大地燃情

雷迪克/著

中国言实出版社

图书在版编目（ＣＩＰ）数据

大地燃情/雷迪克著. —北京：中国言实出版社，2015.7

　　ISBN 978-7-5171-1426-0

　　Ⅰ．①大…　Ⅱ．①雷…　Ⅲ．①长篇小说－中国－当代　Ⅳ．①I247.5

中国版本图书馆CIP数据核字(2015)第150313号

责任编辑：史会美
出版发行：中国言实出版社
　　　地　　址：北京市朝阳区北苑路180号加利大厦5号楼105室
　　　邮　　编：100101
　　　编辑部：北京市西城区百万庄大街甲16号五层
　　　邮　　编：100037
　　　电　　话：64924853（总编室）64924716（发行部）
　　　网　　址：www.zgyscbs.cn
　　　E-mail: zgyscbs@263.net
经　　销：新华书店
印　　刷：三河市龙大印装有限公司
版　　次：2015年7月第1版　　2015年7月第1次印刷
规　　格：880毫米×1230毫米　　1/32　　8.25印张
字　　数：164千字
定　　价：22.80元　　ISBN 978-7-5171-1426-0

目　录

第一章 岁月记忆

1998 年，我在非洲打猎
阴雨连绵
一不小心，射中了一只嘴巴很大的鹦鹉
当时我不知道
这是世界上
最后一只阔嘴鹦鹉

2003 年，还是在非洲
角羚迁徙
我捉到了一头蓝色的花斑角羚
它的肉很酸，只好拿来喂狗

我忽略了
这是世界上
最后一头花斑角羚

OK，我先介绍下自己，我叫雷迪克，是一名风险投资家。

据说我出生的那天，产房被红光笼罩，火色的金红，氤氤氲氲，
蒸腾而起。
看到的人都说那是灵兽凤凰投胎的预兆。
遗憾的是，红光过后，从房间里走出来的，是一只虫。
小虫。
从此，我的名字就被叫做雷小虫。

江湖子弟江湖老。不知不觉，我已经在投资的江湖上浪迹了十几年了。成名并没有想象中的那么不容易。

我做人厚道，人脉广、反应快、消息灵通，在江湖中很快有了不小的名声。大约还是在我读研究生的时候，有一次，我在街头无意中看见一张采访李泽楷的报纸，读后很有感触。记者问李泽楷，"你的父亲李嘉诚究竟教会了你怎样的赚钱秘诀？"

李泽楷说，"我的父亲从没告诉我赚钱的方法，只教了我一些做人处世的道理。"记者大惊，不信。李泽楷又说，父亲叮嘱过："你和别人合作，假如你拿 7 分合理，8 分也可以，那我们李家拿 6 分就可以了。"

这段采访极大的震撼了我，我看了不下一百遍，在我的投资文件夹里，至今有一张泛黄的报纸，正是采访李泽楷的那张，多年来我一直珍藏着。报纸的空白处，端端正正地有一行毛笔书写的小楷：7 分合理，8 分也可以，那我只拿 6 分。

过于精明的人，多赚了眼前，输光了未来。

走上江湖后，凡是和一些弱势的小公司合作，我都坚持对半分成，即使在集团内部，虽然我是正职，我都是和副职平分项目奖金，不多一分钱。厚道的作风，使我声名渐起，追随者众多。

我先后成功投资了几家新能源、新材料公司，其中，华丰股份、江瑞磁材、爱都科技都在上市的当天，轰动了整个 A 股。

2010 年，我投资的重庆科锐股份成功借壳南源科技，也算为家乡做了些贡献。于是，投资武林中很多人都知道有我这么一个人。

但是很奇怪，我的朋友却很少。

没有一个名门大派的弟子愿意真正和我交朋友。

只有在我又一次成功投资某个大项目，或者成功借壳某家上市公司，才会受到正派中人的来信恭贺和道喜。

可是和我一起喝酒庆贺的，永远是一些"五凤刀""断魂枪"之流的小帮派的低级弟子。

连他们的高层都不会来。

我的武功越练越高。但是也越来越郁闷和不解。

直到有一天，我遇到了天下第一聪明人——许大智先生。

我对他说我非常的不开心，我将我的烦恼告诉了他，我问他我到底该怎么做。

大智先生听完，拈着他那长及唇角，纯银色的眉毛，微笑着说："我有一个办法可以试一试。"

"什么法子？"

这次他只说了 3 个字：

"改名字。"

然后就闭上眼睛，再也不说一句话了。

我虽然不是很明白为什么，但是我相信大智说的一定不会错。

于是，我把自己的名字改为：

雷迪克。

真的很奇怪。

从那以后，我不但名声越来越响，朋友也一下子多了起来。

而且都是各大门派的董事长、总裁、投资总监。

于是我索性连武功的名字也改了。

叫"身舞彩凤双飞翼，心有灵犀一点通"。

于是，连软金中国的炎总，红树资本的周南鹏，也一个个都成为了我的朋友甚至至交。

我梦想着有一天成为江湖的宠儿，飞舞在九天之上的凤凰。

高兴归高兴，但是我始终没有明白怎么会这样？！

难道真的是因为我改名字了？

我不相信我的朋友们都是这么浅薄的人，仅仅因为我的名字从粗俗可笑的"小虫"改为了高雅风流的"迪克"？

难道和"小虫"交朋友就是丢脸，和"迪克"就是沾光？

难道江湖上武林中，真的那么看中一个名字，一个代号，一个称谓？

难道雅与俗，清高与低下，对他们来说关系真的那么大？

我决定更好的包装自己。于是投资江湖上又多了一个艺术家，他是雷迪克。

我喜欢旅行，经常奔波于世界各地。

夕阳中的卢浮宫；

梦幻蓝天下的托斯卡纳；

星夜渐临的里亚尔托桥；

仰视中的雅典卫城；

春天里富士山下的樱花；

月夜中流星闪过的亚利桑那；

还有雄伟的挪威布道石及维多利亚大瀑布……

不仅为人所熟知的知名景点纳入了我的日程当中，同时天性使然的冒险精神也驱使着我前去探险一些鲜为人知的幽僻境地。这一点在旅途中显露无疑。

我喜欢结交朋友，也许是中国人热情好客的传统在感染着自己吧，另一方面也带着些许的期待，期待那些可爱的异乡朋友们能带着我去体验当地不一样的文化，或者在我第二次归来的时候能给我一些别样的惊喜。

为了进一步培养自己的艺术修养，我特意去了一趟 Arles——梵高的创作高地。

波德莱尔曾说："他生下来。他画画。他死去。麦田里一片金黄，一群乌鸦惊叫着飞过天空。"

梵高于 1888 年到达 Arles，他曾梦想自己可以在 Arles 建立一个画家村，可只有高更一人前来。

由于风格意向的不同，梵高和高更引发了激烈的争吵。1889 年 5 月，梵高自愿去了 St-Remy de Provence 精神病院进行治疗。

在那里他画了 150 多幅画作，其中包括最有名的《星夜》。1890 年梵高搬去了 Auvers-sur-Oise，当年七月，他朝自己的肚子开了一枪，之后在医院去世，年仅 37 岁。

我到达 Arles 时，正好是法国铁路大罢工的开始。于是，原本二十分钟的火车车程，被更换为 1 个半小时的大巴。

那天天气阴霾，也许这也预示着某种心情，尽管他的画那么明亮美丽，至始至终，我都没有对这个小城有美好的想象。

站在那里，我开始幻想，幻想他孤独地作画，孤独地生活，没有钱，请不了模特，他的模特只有自己。直到最后也只是一个人孤独地去医院，孤独地开枪打死自己。

他画中的明亮不是这座小镇给他的，那是他心里的花火，比世间任何色彩都要鲜艳灿烂。

去 Arles 的沿途，路过的都是普罗旺斯的农村，细雨蒙蒙中和老家的景致有七八分相似。一路上，粉白的桃花开得正旺，那妖娆的枝和细碎白色的花瓣，和他画中的如出一辙。

路边有一个叫梵高的小餐馆，我坐下小憩，点了份正式的法国大餐。前菜：小野兔肉配酱汁；海鲜杂汤。主菜：上，香煎鳕鱼+包着菠菜馅的意式饺子；下，小牛肉配萝卜蛋饼，加一个小薯球。甜点：白巧克力配冰淇淋；纯味酸奶配三种调料：焦糖酱、蓝莓酱及白糖。

我是大老粗，总的感觉，法餐真是吃了个形式，这远远大于内容。相比之下，我更喜欢豪放美味派的意大利菜。

饭后，一路碎步，参观了梵高的故居。

Arles 原本只是普罗旺斯的一个普通小镇，在这片处处是薰衣草的海洋里，翻不起多大的浪花。

但因为梵高，这里的一切似乎都有了弘扬于世的意义。他笔下的公园、墓地；他画过的咖啡馆、小黄屋；他停留过的医院。于是有了一家又一家以他命名的商店、餐厅、咖啡馆。到处售卖着他的明信片和纪念品。Van Gogh Trail 每天带领着游人追逐着他作画的路线。

人们惊喜的发现，原来他笔下的种种都可以在这里一一找到原型。（Arles 最有名的咖啡馆是 Cafe du Soir，根据他的名画"夜间咖啡馆"所建造的梵高咖啡馆。）

可他生前在这里过得穷困潦倒，一生只卖出过一副画作。那个时候，没有人看到他的画感动得热泪盈眶，没有人对着他那太阳般的色彩，惊声呼出 amazing。

Arles 有一种被称为"阴险的温馨"的气质。的确，在这个阴霾的日子，冷风飕飕，游人寥寥。那些石块建筑被风霜磨砺了太久，终究和如今的时代相去太远。

也许在夏日阳光明媚，向日葵旺盛的时候来，会有不太一样的感觉，我这样想到。

我记得那个冰冷阴湿的古城，还有那一路的桃花。而梵高笔下的灵魂，早已渗入画作，渗入我心。

突然，一个往昔岁月的镜头闪过脑海，一个熟悉而苍老的声音再次回响在我耳边。

"你知道，为什么梵高的画，死后价值连城，生前却一文不值么？"苍老而沉稳的声音问道。

"我不知道呀，师傅。"

"这里面有一个秘密，这个秘密表面上和艺术界有关，其实，根子在私募投资界。"

"哦，师傅，那这个秘密是什么呢？"

"正真透彻地领悟了这个问题，才能成为一名顶级的私募投资者，仿若一个习武之人，花费数十年心血，打通'任、督'二脉"。

嗡！嗡！嗡！

我的脑子开始乱了起来，眼前的东西开始有些模糊。

站在这个薰衣草盛开的地方，我闭上双眼，往事历历浮上心头。

1998 年，萧瑟风中，临近世纪末，怪事多。

先是流行摇滚，不管是人是犬，只要是雄性的，就得吼两嗓子，好像这样才叫有个性；你要是不知道崔健、汪峰，唉，都不好意思与人打招呼。

而后流行"丐帮服"，好端端一条裤子，硬要割几个破洞，或者故意割掉一小截，让独特的个性飘在风中，对，风中。

再然后，又一窝蜂似的往酒吧里钻。

生活中，很多事情自有其因果，命运只负责洗牌，玩牌的，还是我们自己。

酒吧这玩意，我是没啥大兴趣的，最多就是混混时间。据说，在西方，只有没正经事儿干的人，比如古惑仔和思想家，才老在那儿耗着。

但在这里，在我们海城，如果你不常去酒吧，你就不是精英，不是新人类，甚至不是八九点钟的太阳。

嗨，这就是生活。

海城是很奇怪的地方，曾是春申君的封地，海城简称"申"便源于此。

在中国乃至全世界，很少有一个城市，拥有如此多的方言——早上在买油条的时候，听见了海城乡下口音，上班时在写字楼里听见了广东话、北京话，或是洋文。晚上去小吃店，又听见了四川话，湖南话，甚至在路边的角落，还会传来几声听不懂的吆喝，那是新疆人卖羊肉串的声音。

就这么一个城市，它几乎集中了全国人民的口音。没有一个城市能把这么多的形形色色的声音汇集得如此彻底干净。

海城的酒吧，生意兴隆得永远超乎你的想象。

从繁华的外滩，到时尚的华山路，从南京路步行街，到徐家汇商贸圈，酒吧的数量多得也永远超乎你的想象。而酒吧的招牌，自然也就一个比一个让你无法想象：

老板明明是个海城土生土长的家伙，却悬挂着大幅印第安人头像，并自报家门："印加部落"。

在门口廉价地堆两大块水泥，花里胡哨地弄个像是恐龙但更像是野猪的模型，就号称"侏罗纪"。

更有别出心裁的，让服务生们剃个光头，穿上道魔两派的衣服，再安置一些作为饰物的器具，居然大言不惭地美其名曰："哈魔寺"！

虽然，我一直觉得一个酒吧叫作"哈魔寺"有些不伦不类——寺庙是清修的地方，怎么能够灯红酒绿呢？但是，或许正因为犯了某种宗教的禁忌，反而更加神秘刺激。

总之，这个哈魔寺的生意，好得难以想象。非但是周末，就连平时的夜晚，也总是人山人海。

而我，也是其中的常客之一，大隐隐于市嘛。

就在这样喧闹的环境里，我偶尔构思，偶尔创作，居然也写出了一本魔幻穿越小说。讲诉了一个上下跨越千年的爱情，通过4个环环相扣的故事，把波诡云谲的故事情节与不变的人性交织在一起。该书通过4次转世轮回，以道魔双宗历史恩怨为江湖背景，书写了一幅绚丽无比的史诗。我的初衷是想在这个日益重视物质条件的时代，呼唤人们更关注感情上的缘分。

末尾，我给这个故事提炼了一个温暖的主题"世间所有的相遇，都是久别的重逢"。

那几个月，我沉浸在这样的情绪里，在"哈魔寺"酒吧，创作了全文，最后我把该书命名为《哈魔门》。

青春的屌丝岁月就是这样的，美好爱情都存在于幻想中，现实基本还是要靠自己动手来解决。

在酒吧，时间混得很快，一晃一年多过去了。

1999 年夏天的一场雷雨，来得比以往时分，更早一些。

这一年，雷迪克青春正茂，是一个有几分帅气的小伙子。和你一样，他可能大学毕业几年了，可能是个销售主管或者部门经理什么的，可能时常在网吧流连，或是在天涯或者猫扑网上骂骂贪官，可能也有过一两次无疾而终的恋爱，两三个曾经的情人。

偶尔，他也会在某个僻静的时候，偷偷致敬一下青春。

说实在，谁又知道青春到底是个啥玩意呢？

那些暖暖的却带着初恋的酸涩？

那些后觉的带着强烈的悸动？

我都不知道这些词说的啥意思。

是《盛夏光年》那么晦涩，

是《情书》那么拖沓，

是《初恋红豆冰》那么慵懒，

是《颐和园》的过分愉悦轻松，

是《那些年》的记忆中真实生活，

怀揣青春的时候，它总是一文不值的。

此时的雷迪克，他也依旧没有结婚，肯定也是个害怕寂寞的人，也许还是个文艺青年。

那天，我像往常一样，在哈魔寺酒吧看尤金·奥尼尔（EugeneO'Neill，1888-1953 年）的作品，他是一位美国著名剧作家，表现主义文学的代表。主要作品有《琼斯皇》、《毛猿》、《天边外》、《悲悼》等。

尤金·奥尼尔是美国民族戏剧的奠基人。评论界曾指出："在奥尼尔之前，美国只有剧场；在奥尼尔之后，美国才有戏剧。"

不过在我看来，奥尼尔的剧本好坏参半。有些相当好。有些相当不好。尽管如此，我最喜欢的编剧：一个奥尼尔，一个阿瑟·米勒。

寻常的时间，也会发生不寻常的事。

你可能也知道，对于害怕寂寞的人来说，寂寞就像自己的影子一样，不知何时就会钻出来，甩都甩不掉的。而解除寂寞的药方，一个或许是朋友，另一个或许是酒和酒吧。

现在，又是一个弥漫着啤酒的时刻，你是不是也有点寂寞，或是无聊？那么，欢迎你来到哈魔寺和我一起畅饮。

只要一进门，立即别有洞天：音乐的气味扑鼻而来，吧女妖媚的微笑瞬间便会将你紧紧缠绕。在这里，你不会再感到孤单，因为你身边的人正在陪着你一起堕落。

当然，也可能是你正在陪着他们一起堕落。

谁陪谁，谁说得清呢？话说回来，又何必什么都说清呢？

但今天有不同，我遇到了一个不一样的人，好像有事发生。许多酒吧妖艳的女子，没有引起我的注意，反而是一个中老年大叔模样的人。

他戴着一顶帽子，一直静静坐在酒吧一角，彷佛在等什么人。

他一直没有说话，低着头，将面目全都藏在帽子的阴影中，仿佛不愿让人看到他脸上的表情。

但他的眼睛却一直在盯着我的手，我的脸，观察着我的每一个动作，观察得非常仔细。

他自烟袋中慢慢地取出一撮烟丝，慢慢地装入烟斗里，塞紧，然后又取出一柄火镰，一块火石。

他的动作很慢，但手却很稳定。

他拿起了石桌上的纸媒。

在灯火下可以看出这纸媒搓得很细、很紧，纸的纹理也分布得很均匀，绝没有丝毫粗细不均之处。

他用两根手指拈起纸媒，很仔细地瞧了两眼，才将纸媒慢慢地凑近火烛。

叮的一声，火星四溅。

纸媒已被点燃。

他慢慢地将燃着的纸媒凑近嘴里的烟斗。

　　我距离他不远不近，他的每一动作我都看很清楚。

　　点烟后，他看着我，静静的，看了我足足5分钟。然后，他起身走了，没说一句话，但回头深深地看了我一眼，好像，那眼神是要我跟他一起去个什么地方，我浑身一震。

　　那场景，让我想起西游记里，菩提祖师在悟空的头上敲了三下。我很好奇，反正也没什么事，就一路追随他。

　　约莫半个时辰工夫，到了一间乡下的屋外。说是乡下，其实是城乡结合区。

　　那人在一间四合院里，消失了。

　　院子很安静，我叫了几声，没人应答。于是径直走了进去。这时，一个洪亮的声音突然响起："年轻人，有事吗？"

　　定睛一看，一个胡子拉碴的中年男人，正和蔼可亲地看着我。正是他，看那装束，有点像乡下做完农活洗好手准备晒太阳的农夫。

　　我有些慌神，支支吾吾说，大叔，借点水喝。

　　大叔凝神看了我一会，我有点发毛，想是不是乡下人认为我不怀好意。有点无趣，打算换地方找水。

　　这时，他突然笑了，说："进来吧，小伙子。"我谢过后，径直走进去。进得门来，吃了一惊。

　　这屋里古色古香，压根不像乡下的摆设。细一看，竟然被我认出一件貌似古董的太师椅。堂屋正中间，是一副梵高的作品《阿尔勒的桥》。那夕阳下盛开的植物，让我一时有惊艳的感觉。

　　再一看周围，有花瓶，有字画，虽然我不懂古玩古董，但一个乡下人屋里这样摆设，还是让我狠吃了一惊。他说，坐吧，我给你倒水。我点点头，坐下来，到处看。

　　旁边屋子虚掩着，静悄悄的。外面阳光灿烂，四合院里连狗都没一条。窗外柳枝摇曳，诺大个四合院，似乎除了这个农夫，再无其他人。

　　四合院本来是北方特产。最大的四合院恭王府就在北京什刹海西北。湛湛碧波之侧，恭王府像一颗熠熠明珠，托起什刹海上那一轮明月。

此处古宅结合南方的地势特点而建，只是一介村民的安居之所，规模与气势都无法与恭王府相比。然而，其精工细雕，所费匠心却一点也不逊于恭王府。

大门的雕花桃枋和吊柱、门簪、扣板均雕有两层镂空的莲花等图案。

那模样，即使你没有见过修建这座古宅的主人，单是那一片片舒展的莲瓣，就能让你想象到修建者应该有与莲一样的沉静。

古宅两厢房那一幅幅雕窗：散花仙女、奔月嫦娥、浣纱西施、戏水鸳鸯、双飞紫燕……应该是主人细腻而婉约的内心，在躬耕田亩，把菊桑篱之余雕刻下的诗和丽句。

大叔半天没来，我坐得无聊，突然好奇想看看旁边那个屋里有什么。于是我轻轻走过去，悄悄推开门。

那一霎那，我像被惊雷打住了，目瞪口呆。

堂屋里看起来古色古香，那间侧屋里却完全是个现代化装备。9台电脑像花儿一样排列，却只有两个键盘。电脑上是一些股票的走势图，一些江恩的曲线，一堆全国乃至全球的及时财经资讯汇报。

那一瞬间我以为我在做梦，分不清是现实，还是梦境。

这时，背后一个声音响起："年轻人，你的水"。我猛回头，看见农夫端着一杯水，正似笑非笑地看着我。

我面红耳赤，像什么秘密被人识透一样。他倒落落大方，似乎不以为意。

我的传奇投资生涯，就这样懵懂开始了。

这个农夫，就像许多年前，那个叫维诺兰的足球老教练，守候在布里诺斯艾利斯的中央公园，用了一生的时光，等到了那个年仅8岁，名叫马拉多拉的孩子。

那天以后，这农夫成了我的师傅，我也开始学习投资那些事。

这个神秘的人，对我只有三点要求：

1. 不得对外说出他的背景和来历；
2. 不得带第二个人来此处；
3. 学习期间，必须住在此处，学习完结后，再也不要回此处来。

而我当时脑子里，根本没考虑到这些，我只关心三件事：

1. 要不要交学费？多少钱？
2. 中间能不能外出泡妞？
3. 学习期间，管不管饭？

那天晚上，我做了个奇怪的梦：
我与佛对面坐着
着一袭青衣
气定神闲
佛望着我微笑

未曾拈花
花香却充满我心
山外的钟声悠响
在我与佛间缭绕荡漾

佛说：空即是色，色即是空
然我，却贪婪于这悠悠花香和钟声的悠扬。

第二章　乞力马扎罗

那天后，我成为了老人的弟子，整天住在四合院里。

老人告诉我，投资在 99%的时间里，都需要安静，非常沉静，沉静得好像不做任何事，沉静得一般人都无法完成。

但在那电光火石的一瞬间，你需要出手，发出致命一击！

大海风起云涌，天地为之变色。

刀光一闪，

你已出招，

致命飞刀，

例不虚发。

对方瞪大眼睛，刀已插入他的咽喉，至死也不相信。

没有人看清你是如何出手的！

这就是投资！

老人望着我，眼里闪烁着砺刃的光芒。

他语气逐渐加重起来：

江湖中，没有人知道你会在哪里出手，为何原因出手。

未出手前，别人想象不到你的速度和力量。

找不到任何人能代替的。

但你要记住一点，投资也需要伟大精神，需要正能量，否则就绝不能发出那种足以惊天动地的气场！

还未在手，可是你的气场已在！

那并不是杀气，但却比杀气更令人胆怯。

你的人格，你的精神。

单论技术，索罗斯未见得比巴菲特逊色。

但显然，后者的正能量更足。

那是一种伟大的精神。

你记住了么？

师傅教我的第一课，是"什么叫大盘？"

我说，不就是"指数"吗？

师傅笑了，然后悠悠道："股市是一个人性集合的场所，来这里，最重要的两种心态就是"贪"和"怕"。所有的盈利和风险控制，都源于这两点；所有的亏损，也源于这两点。很多人性的弱点，在里面都有非常充分的反映。

他眼里的"大盘"，是盘面的真实，是"可否操作的环境"。其中有一个最简单的办法，就是看每天的涨跌比例。

有时候，指数涨很多，但跌的个股却远多于上涨的，有时候又是反过来，当然有时候也是和市场"指数"完全重合的。"

师傅顿了顿，望着我，说："这才是真正的'大盘'。"

然后，他开始教我如何将一些股票归类，自己做 N 个指数，然后再和普通人看的市场指数（上证）做一个对比。

师傅讲完这一课，告诉我："这只是散户战法的第一课。以后你要做大操盘手，需要学的并不是这些。没有一直和市场指数反向的大板块，只有极少数个股会因为操盘手的个人意志而改变，但不代表整体。市场指数依然永远都是真实的旗帜。只是，需要看懂这面旗帜的真实舞动方向，如何利用各种指数在期间的时间差，才是重点。"

后来他才告诉我，他之所以选择我做他的徒弟，是发现我的性格有远超常人的宁静，即使在喧闹的酒吧，也特别沉稳，适合炒股。

我不懂这个，但既然有这个机会我当然要抓住。

每天都有常规课。逐渐我才知道，旁边屋子里还有几个人，并非我以为的偌大院子只住他一个。他们都是我的师兄师姐，出师后就奔到了全国各地。

其中有一个，给我印象深刻，他姓郭，叫郭靖。

一个夜晚，在哈魔寺里台球桌旁，我正在尽兴挥杆，突然，一个满脸是泪的男子，满嘴酒气地蹒跚过来，靠近台球桌时，他似乎走不动了。

这个男人，身材魁梧，脸上的线条像刀削的一般，也是将近三十岁的模样。男子泪流不止。

我也不知道缘由，只知道，任何一个像这样对什么都无所谓的人，一定是有着真正伤心往事的人。"颤抖坤"的那首《无所谓》，不是人人都能领悟的。

我叹了口气："兄弟，我陪你。"我拍了拍那个醉酒男子的肩膀，扶着他，一起到沙发边坐下聊天。

而后，郭靖又要了几瓶雪花啤酒。我们对饮起来，有一搭没一搭地说着话。

"这个劲不够，我们不兴喝这个"，郭靖晃了晃瓶里金黄的雪花，说，"我们兴喝黄河。"

"哦，我还以为只有兰城流行黄河呢，"我说，"去年，我去兰城的武威，喝了半个月的黄河。"

"你知道，那里附近多的是秦瓦，城郊的农民，挖地时，渴了，随手捡一块秦瓦，倒半瓶黄河，就着喝，那才叫带劲……"

"武威是个好地方，就是污染重了点……"

"不过，可能也是说笑罢了，秦瓦现在还能剩多少呢……"

"武威……"

对话渐渐的就接不上了，变得越来越像自言自语。

你都不了解对方，所以交流就很难理解彼此，就像读一本书，拿起来才发现只是下册，而你永远找不着上册。我怕他喝得太多，就偷偷拿了两瓶酒，藏了起来。慢慢的，他的目光变得呆滞，身体也开始软了下去。我坐在沙发边，四处张望。

这一场景，给我印象深刻的原因，是 8 年后，我和郭靖合作了一把，以 2 只私募基金的合力，共同操盘"汇州黄河"，使其在短短 2 月内，暴涨至 3 倍，成为那时排名前列的大牛股。

这是我当时始料未及的。

现在的年轻人总是这样，每天都可能有新的面孔漂流到你暂时栖居的城市。当这些年轻人陆陆续续地开始承受生计的压力时，每个人便开始有着各自难言的烦恼。他们为了事业、金钱、爱情或者肉体什么的，总是不得不追踪着传说中的机遇，在各个城市之间游走。我觉得，与其叫他们"飘一代"，还不如叫"漂一代"贴切。

我们都是漂泊在不同的城市河流上无根的浮萍，疲惫而暗藏焦灼，没有谁是真正的飘逸洒脱。也许，真正的飘逸洒脱只存在于理想中。于是朋友越来越少，以至于如果不去酒吧，简直就不知怎样将时间和寂寞通通打发。

于是，为了排遣寂寞，我来到了哈魔寺，偶然，遇见了郭靖。

约莫一周过后，我再次坐在哈魔寺的吧台前，自斟自饮。突然，一只手拍了拍我的肩膀，一个带着西北味道的声音说："兄弟，来了?"我抬起头，一下子想了起来，微微有一点尴尬。

其实，该尴尬的，应该是那个人，但那人却似乎一点也没觉得什么，他伸出手来，一把逮过我的手，热情地握了起来。"我叫郭靖，第一次来海城，人生地不熟的。"

我笑了笑，开玩笑说："哈，原来是郭大侠，久仰，久仰，我打小便崇拜你的弯弓射大雕了"。

从那以后，我称呼他为郭师兄。

交谈中，得知郭靖还有一个表妹，叫冉玫，小名美美。

我的大脑，慢慢平静下来。

"嗡嗡"的声音，渐渐隐退。

眼前的薰衣草，又逐渐清晰璀璨起来。

我摘下墨镜，定了定思绪，走进 Arles 火车站。

离开南法，我并没有立刻返回国内，我的思绪，还有些浮躁，正好我看见路边的《费加罗》报纸上，有廉价航空公司的航空广告。

现在正是航班促销的季节，我大致瞧了瞧，看上一张，那是去内罗毕的航线。

我稍微一犹豫，最终决定定下这张机票。

（乞力马扎罗之旅）

乞力马扎罗是一座海拔一万九千七百一十英尺(5895 米)的长年

积雪的高山，它是非洲最高的一座山。

西高峰叫马塞人的"鄂阿奇—鄂阿伊"，即上帝的庙殿。在西高峰的近旁，有一具已经风干冻僵的豹子的尸体。

海明威在《乞力马扎罗山的雪》里说："豹子到这样高寒的地方来寻找什么，没有人作过解释。"

乞力马扎罗雪山是我心目中最具有梦幻特质的雪山。由于全球性的气温不断的变暖，预计 2020 年左右，乞力马扎罗的雪将消失。

经过海明威的笔端，山被赋予了灵魂：自然与野性、沧桑而诗意。

一个心底最深处却从不敢奢求的梦想，渴望站在那个神秘非洲赤道天堂神殿一般的雪山之巅。与非洲原生态亲密接触，与野生动物一起守候草原日出，聆听来自于土著部落的远古之音，从热带丛林到皑皑白雪的飞速跨越。

我在飞机的机舱里，横躺着。乘客很少，我就把中间 4 个座位全部拉通，躺下，随手拿出《乞力马扎罗的雪》，看了起来。这是海明威的一部短篇小说，是对于一个临死前的人的精彩描述。故事主要讲述一个作家哈里去非洲狩猎，途中汽车抛锚，皮肤被刺划破，染上坏疽病。他和他的妻子在等待一架飞机来把他送到医院治疗。小说围绕"死亡"和"即将死亡"来写。

我望了望机舱外，快到达内罗毕了，非洲大地的苍茫狂野，渐渐露出了面目。

这次往返肯尼亚内罗毕的机票，最便宜的才 445 磅，算上欧洲之星往返巴黎也才 600 欧不到，这让我很满意。乞力马扎罗山位于坦桑尼亚的北部，靠近与肯尼亚的边境。也是世界上最高的独立火山。

乞力马扎罗山从低海拔的农田，及繁茂的热带雨林中陡然拔起。再由热带雨林到高山草地，又渐渐穿过荒芜的山体，到达乞力马扎罗的双峰：Kibo 和 Mawenzi。这里的热带雨林，栖息着众多不同种类的动物。有野牛、美洲豹、猴子等。

在斯瓦希里语中，乞力马扎罗山意为"闪闪发光的山"。

它的轮廓非常鲜明：缓缓上升的斜坡引向一长长的、扁平的山顶，那是一个真正的巨型火山口——一个盆状的火山峰顶。山麓的气温有时高达 59℃，而峰顶的气温又常在零下 34℃，故有"赤道雪峰"之称。

在过去的几个世纪里，乞力马扎罗山一直是一座神秘而迷人的山——没有人真的相信在赤道附近居然有这样一座覆盖着白雪的山。

我继续翻看着海明威的这本名著，主人公弥留之际再次看到了乞力马扎罗，它高于一切，耸立夺目，哈里的飞机翻越了重山，穿越暴风雨瀑布一般的水帘，他看得到往南方飞去的蝗虫群。

我叹了口气。

如果要经历一切苦难的洗礼才能靠近乞力马扎罗，你愿不愿意？

做一个平凡人是那样容易，你觉得你有才华，你知道它，我们每个人都曾觉得自己与众不同。

但是你太容易地走了一条你觉得最惯熟最容易的路，于是你看得到自己的才华磨损了，你看得到它，然而你已经无能为力。

很多人都在说乞力马扎罗山上的雪，但我只想谈谈那只豹子。

我发现伟大的文学作品之所以伟大，除了天工鬼斧的匠气，更在于其中蕴含的某个寓言，或者只是一个符号。

这个符号也许是划时代的，更可能是跨越时空甚至文化的人类心灵秘符。

乞力马扎罗山是坦桑尼亚人心中的骄傲，他们把自己看作草原之帆下的子民。听当地人说，在很久很久以前，天神降临到这座高耸入云的高山，以便在高山之巅俯视和赐福他的子民们。

盘踞在山中的妖魔鬼怪为了赶走天神，在山腹内部点起了一把大火，滚烫的熔岩随着熊熊烈火喷涌而出。

妖魔的举动激怒了天神，他呼来了雷鸣闪电瓢泼大雨把大火扑灭，又召来了飞雪冰雹把冒着烟的山口填满。

这就是今天看到的这座赤道雪山，地球上一个独特的风景点。这个古老的故事世代在坦桑尼亚人民中间传诵，使大山变得神圣而威严无比。

虽然号称是内罗毕之旅，但飞机其实是停靠在坦桑尼亚，这里有三个主要的国际机场：Dar es Salaam、Zanzibar 和 Kilimanjaro International Airport。我的航班着陆在 Kilimanjaro International Airport。

到达肯坦边境后办理落地签证（$50），登山结束返回边境时需要再办理一次落地签证（$50），但手续并不复杂。

还算顺利，我心里这么想。

早在 1991 年，乞力马扎罗山国家公园管理机构作出决定：

"所有的登山者的行程，必须经由那些当地的、拥有许可的登山代理来协助和安排。所有的登山者，必须在向导和背夫的陪同下完成登山行程。"

向登山代理预订登山，其中首选的是乞力马扎罗山脚下的两个城镇：Arusha 和 Moshi。

在 Arusha 有着众多的向导服务，但更主要是针对野生动物园。

相比之下，Moshi 是我首先考虑的地方。大多数的乞力马扎罗山登山代理、向导服务都集中在这里。而且这里的价格也比其他地方略微便宜。

我的底线是必须要有当地政府部门颁发的许可证书的机构。我提出看看他们登山用具的要求。尤其是检查一下帐篷的完好程度，帐篷门的拉锁是否都正常。

过往的经历，使得自己明白这对进入高海拔后，寒冷的夜晚及雨夜是相当重要的。

签订登山服务合同时，我看得比较仔细，问仔细合同中包括什么和不包括什么。

OK，这是在非洲，不是在中国，不是在重庆，更不是在家里。

这份合同，费用包括的有：

1. 所有的乞力马扎罗山国家公园费用、救险费用、你自己、向导、背夫扎营时使用木屋或帐篷的费用。

2. 所聘请的向导、助理向导、背夫的工资。

3. 登山的食品、饮用水。（我问了问所提供的每日餐数，对方回答说包括三餐和一次热饮。）

4. 前往乞力马扎罗山国家公园及返回的交通工具。

5. 租用帐篷、炊具的费用。

6. 租用登山用具的费用。比如手电或头灯、山杖或雪杖、水壶等。

攀登乞力马扎罗山，一直被认为是比较昂贵的。检查完后，我交付了 US$1100，不含小费。小费包括：背夫、厨师小费 $7/天/人。助理向导小费 $10/天/人。向导小费 $15/天/人。

乞力马扎罗山在坦桑尼亚人心中无比神圣，很多部族每年都要在山脚下举行传统的祭祀活动，拜山神，求平安。我来的时候，正好碰上。

祭祀活动规模很大，远处望去，都是乱舞的人群。破旧的越野车，穿行在起伏的大地上，四周都是比较罕见的飞禽走兽。我拿着租借来的一杆猎枪，有些兴奋。

一头蓝色的花斑角羚，出现在前方，它大概是迷了路，掉了队。哈哈，我举起了枪。

（"啪"，聚光灯一闪。）

我站在山脚下，远望。巨大的山体使自己在几公里之外依然感受到它的震撼。动物及植被分布在具有明显的垂直分带上，物种变化明显。

最适合于攀登乞力马扎罗山的季节是当地每年的两个旱季。通常在一月到三月中旬和六月到十月。除两个旱季外，每年的圣诞节到新年，也是深受欧美人欢迎的季节。

因此这个时节，在当地的消费也是比较昂贵的。一月到三月的攀登，这个季节的天气仍略微寒冷。山顶的很多部分仍被白雪所覆盖，但天气晴朗，只是偶尔会有少许阵雨飘过。

现在是六月初，从六月到十月，是一个攀登乞力马扎罗的高峰季节。除了气候原因外，还因为欧美很多公共假日也分布在这个时期内，从而形成了较大的登山流量。在经历了四五月份的雨季后，湛蓝的天空中，云似乎低低地飘荡在树梢上。

对那些独自前往乞力马扎罗的登山者来说，在这个时节里很容易找到一同组队的人们，从而分担了请向导和背夫的费用。

向乞力马扎罗顶峰的最后冲刺，往往是从凌晨就开始起步了。

我选择在满月的晴朗夜空下，借着月光银辉登山，除了能见度很高外，月色下的乞力马扎罗，别有一番景色。

月光下的乞力马扎罗，静静的，像一个老人，戴着斗笠，在打瞌睡。
抬头望，一望无际的夜空像一块深蓝的大幕布，上面点缀着一些星星。
有的很亮，有的也一般。
月亮把柔和的光撒向大地。
可能是因为气温下降，我冷得发抖。
耀眼的星星像白天遇到的那几个非洲娃娃，充满热情、稚气。它们眨着眼睛，好奇地注视着这个远道而来的我。
西北天空就挂着大熊星座。传说众神之首庙斯有一个妻子叫赫拉，赫拉的嫉妒心很重。有一次，庙斯爱上了一个叫伽利斯多的仕女，庙斯怕赫拉发现，就把伽利斯多变成一头熊，这头熊后来变成了大熊星座。
北斗七星是大熊星座不可缺少的一部分。北斗七星还有辨别方向的作用。我们就看北斗勺柄所指的方向，那就是南。

北斗七星附近有一颗最亮的星，它就是北极星。北极星又名"帝星"、"紫薇星"。现在地球自转轴北极指向的天空与北极星的角度只有大约 1 度，所以被称为"北极星"。

我想，也许多年以后，我还会回忆起这一幕，回忆起月夜下的乞力马扎罗。
深蓝的夜，无数的星星，皎洁的明月，还有潜行登山的雷迪克。

吸引着全世界的人来攀登乞力马扎罗山的另一个原因是："你只需一直徒步走向山顶，而无需任何登山绳索或攀登技术。但在五到七天的徒步中（看你选择的是哪条登山路线），对耐力和抗高原反应有一定的要求。"
在从 Mawenzi 到 Kibo 的山脊上，有时候还会遭遇大羚羊群。

实际上，全球七大峰，这个是唯一一座不需要专业登山工具的山峰。在此一年前，我曾徒步阿尔卑斯山脉 48 天，最后到达了采玛峰，抬头一看，立刻便放弃了登山的企图。

所以，这次的机会还是宝贵的。

向导推荐马兰古路线，那是在征服乞力马扎罗山的 6 条线路中，最常走，也是最容易到达峰顶的一条。途经曼德拉宿营地、火伦坡宿营地、基博宿营地，经吉尔曼点到达最高峰 "油葫芦"峰。

他们的心情，我可以理解，登山对他们而言，是生意，越省事越好，越快赚钱越好。但我是水瓶座，喜欢特立独行，登山对我而言，是文艺，是表达，是信仰。

我选择的是曼查密路线，这被认为是到达峰顶最美丽的路线，但比马兰古路线困难一些。

我依次经过了马兰古路线第一、第二露营地和巴兰科营地、火山岩塔营地和希拉营地。

晨曦时分，我到达了最高点，还没完全褪去的月光，点映着四周妖娆的薄雾气。

站在油葫芦山峰顶，回望浩瀚的阿鲁沙大陆。那股磅礴大气，茫茫苍生的气势，有些震撼了我。

我好像发了会呆，愣了愣神。

一轮升阳刺破地面，霞光升到云层顶端，地平线随之亮起了红光。

非洲最高的火山喷发，天地一片霞红。

这壮观的日出色彩是由大气和微小云团粒子反射光线所致。

我曾在脑海中无数次想象过与乞力马扎罗壮观日出相遇的情景："灿烂的阳光照耀着山峰。当我抬头仰望时，白雪皑皑的雪顶反射出强烈的光芒刺痛我的双眼。我挣扎着睁开眼，每一次哪怕只是短短 1 秒钟，与天地对视，心也会很满足。"

可惜，那只是文艺的表达而已。

实际上，阳光并没有刺痛我的眼睛。

我左右张望，远眺连连，不经意回头间，看见一个红衣女子，手里拿着相机。

她皮肤白皙，黑水晶似的眼珠灵巧的转动，明亮得像一潭清池。

阳光投下，融化在她的眸子里，婆娑着碎银般的光华。

仔细一看，是美美！

嗡！嗡！嗡！

我的大脑又炸了开来。

生活又一次如戏剧一般。在乞力马扎罗的山顶，我没有遇到那只传说中的豹子，而是遇到了现实中的美美。

我的思绪随着时光再次倒流。

第三章　初遇美美

1999 年，秋。

像大多数漂流着的浮萍一样，往事随着波浪，轻轻地碰一下，然后便会再随着波浪，轻轻地散开，注定将像呓语般很快飘散在记忆里。

然而，这时候，美美出现了。

在那个大院子，我们每天的学艺其实是枯燥的。

师傅带我进门，让我去当地一些营业部转悠，和散户聊天。

他给了我 20 万资金，说随便我怎么操作，但需要每天把自己的想法和为什么买卖，因为什么买卖，哪怕受到什么人干扰，都如实记录下来。他似乎并不着急看这些东西，只要我这么做一段时间。

这算什么破事，但突然有了一笔 20 万巨款，虽然不是我的，但总算独立运作一笔"资金"了。

我很兴奋，重新捡起以前掉下的那些"股市秘籍"，开始每天去营业部炒股，但回来住在那个院子里。

这样，我每天专心做股票，很勤奋的样子。

时间很快过去了，酸甜苦辣自己知道。最后的成绩是亏损 50%，我发现我瘦了起码 10 斤。师傅似乎并不关心这钱是赚了还是亏了，一直不问。

四合院房间里的人慢慢减少，但没有再增加。

这时候，师傅才叫我拿出我那本操作日记，躲在屋子里看了一天。

那天是周末，我觉得自己实在不是做投资那块料，万念俱灰。

师傅躲进屋子后，让我出去钓鱼。直到他叫我才可进来。从当初误闯到这里来，又到钓鱼后可能被扫地出门去。我想，我的宏伟梦想就这样结束了吧。

我称霸江湖的梦，还没有开始，就已经玩完。
那个叫虚竹的家伙呀，还没见到天山童姥，就被江南七怪给干掉了。
唉，有首歌是怎么唱的，"没那么简单"哪！

继续说我的故事。
我闷闷的一个人钓鱼去。那是一个水库，没有养鱼，都是自然生长的。不远处就有一块牌子写着"严禁垂钓"。
水面平静，守水库的早已和我老熟。严禁垂钓只是对外来人说的。我哪有心思钓鱼，只想一个猛子跳到水里去。忐忑不安，不知道师傅会怎样处罚我。
我想，最大的处罚就是让我走人吧。
我这人有个好习惯，就是说到的事情，一定要做到。
做不到就要先声明。所以日记都是真实记录，绝不弄虚作假。

因为师傅告诉过我：这个日记就是将来给你的教材。如果你做一分假，就少一分成长。一定要真实心态，真实的记录。
不要认为自己幼稚，每个人都是从幼稚成长起来的。
直到夕阳西下，金色的阳光照进水库的时候，师傅出来了。

我正对着夕阳下的水面发呆，师傅走到我身边，并没有提日记的事情，指着水面说：看，水面像什么？
我说，像血。

师傅淡定的看着我，说："你没有发现一片金色，那么壮观？"
后来师傅告诉我，我的性格必须有所改变，要学会在悲观中主动乐观，在乐观中发现悲观。
他又指着远处的一片玫瑰花园，说："你觉得，那里是每丛刺上都有花呢，还是每丛花上都有刺？"
这句诗一样的话，打动了我。

以至于许多年以后，每当我想念他老人家时，都能回忆起这场景。

虽然我不知道为什么师父说要把我的日记当作给我的教材，之后当他开始真正教我的时候，我才慢慢明白。

师傅教我的散户战法第二课，叫做"心理分析"。他举了个例子：散户看盘，一般先看"指数"，再看自己手上的个股。什么金叉，死叉，斑马一样多而繁杂的均线，甚至各种自编的指标，改变了参数的指标等等。

这些都是还没入门的表现，是将来被我们收割的"韭菜"。

师傅先问了我，在营业部和那些散户混得老熟了吧？

其中有倒霉的菜鸟，也会有相对出色的高手吧？他们一般都看什么呢？

我说，菜鸟看的东西就是量和价，还有金叉死叉什么的，还会一些股市秘籍中的"必涨图形""必跌图形"。

至于高手嘛，藏得紧，好在徒儿死皮赖脸，总算搞到一些东西。

后来我发现，高手做的，似乎都是我看起来风险巨大的品种，大家叫它们垃圾股。

但不知道为什么，他总能赚钱。

我觉得是他运气特好。

师傅笑了笑，说，你说的"高手"，都是"短线高手"吧。

我想了想，恍然说，是的。

师傅没再说话，而是打开电脑，翻出一堆资料，我看了下，那是全国各地一些营业部的客户交易资料，最长的一个账户资料有近6年的交易历史，从最早的20万元做到了近3000万。

他说，你先好好研究一下这个交割单。

那一个月，我独自一人躲在四合院的一间房里研究那些交割单。

师傅也懒得理我，每天早起打打太极拳，再到不远处的一块地里去给他种的一些蔬菜施肥。

奇怪的是，这些事他从不让徒弟做，也不知为啥。一天午后，师傅送了我一串佛珠。

他说，江湖纷争，先比"技"，再比"术"，最后比的是"道"。

这一串佛珠，送给我。

大道至简，佛以修身。希望陪伴我，助我冲破最后的通关隘口。

我就收下了，放在书桌上，继续研究交割单。

我的精力，专注在交割单上，这些交割单看起来比较乱，似乎做了一年多时间的一些短线。一年下来，算小赢。

而我对照那年大幅波动的行情，似乎我都可以赚不止这点的。

第二年开始，交割单慢慢清晰起来，牛逼之处逐渐显现。

基本上只在同 1—2 个股票上来回的做，手法还是短线，只是品种突然间只缩减到 1—2 只，高抛低吸成功率有 70%，看得我热血沸腾。

那一年，他赚了 0.5 倍。当年指数却跌了十几个百分点。

这是一个相当了不起的成绩，我的手心都看得冒汗了。

第三年，叹为观止的成绩开始了，交割单开始和去年没什么变化，高抛低吸不亦乐呼，只是品种换了。

到第 3 个月开始，他突然转变了手法，长时间不交易了，就买了深发展一个股票。这一年，他赚了 4 倍。

静就是动。

防守就是最好的进攻。

在这里得到了最好的表达。

不知为什么，那一刻，我想到了意大利，想到了罗伯特巴乔。

第四年，最开始他的手法还是持股不动，后来改变手法，又开始重复第二年的手法。那一年，他居然赚了 6 倍。

第五年，空仓，基本没赚，也没亏。（那一年股市单边下跌，连一个像样的反弹都没有）

第六年，第二年的手法，4 倍。

交割单似乎没有想象中神奇，惟一让我觉得神奇的是他每年多少都能赚点。

而且最奇怪的是，明明是一个炒手的个性，突然之间就可以改变手法，只做某 1—2 只品种高抛低吸。

甚至敢于某个阶段长时间持股不动。

师傅告诉我，越是看似平凡的交易，越有神奇的功效。

师傅打了个比喻，彷如《易筋经》，一旦掌握，就算是普通招数，到他手中，立刻焕发出神奇。

我听着听着，脑袋开始走神了，回忆起《天龙八部》的情节。

"当年慕容博和鸠摩智谈起天下武功时曾说，《易筋经》是少林寺的镇寺之宝，慕容博最仰慕的武功只有两种：一是少林寺的《易筋经》；二是大理段氏的六脉神剑。

慕容博说少林寺数百年来一直能够占住中原武林的领袖地位，靠的决不是少林七十二绝技，虽然少林七十二绝技每种绝技都很厉害，但别的门派有的武功也决不在任何少林绝技之下，少林寺若要靠七十二绝技的武功来占住武林领袖的地位，那绝对是不可能的，很显然，少林寺靠的是《易筋经》，但《易筋经》到底有何神奇，慕容博当时却也并未得知。"

师傅的声音，打断了我的思维，我又回到了现实。这个交割单的神奇，并不在于某个阶段他获得了上百倍的暴利，而是他超然于其他股票品种不管不顾只管自己的自留地的洒脱。

我问，如果那个股票走的趋势一直是下降趋势呢？师傅说，即便下降趋势的品种，中途总有阶段性反弹。那个交割单的主人，所做的品种虽然也会阶段性跟随大盘下跌，但全年波动幅度总是相对比较大，连续单向的时间却不多。

最后，师傅总结了这个交割单的优秀之处。

1. 利用自己的短线盘感，只做同一两个品种的反复波动却不被其他同期涨得更好的品种吸引，这种耐心和毅力，是一般散户所不能拥有的。

2. 所选择品种是个眼光问题，他的优秀之二，在于他利用了所操作股票的"股性"活跃程度高于一般品种，且这种眼光，一般散户也是不具备的。"波动"才是交易的根本，即便一个股票长时间在一个区域横盘，但几个月下来，反复的箱体箱顶，也是金钱。

3. 在大牛市来临时期，能够果敢改变短线思路，转为长期持股，这种思路的突然转变，是绝大多数做惯短线的炒手无法达到的境界。

4. 在股市大熊时期，选择了大部分时间空仓，这种眼光和忍耐力也非一个短线炒手所能具备。

5．他的操作结果是：除了从头跌到尾的单边下跌市，他都可以赚钱。而股市这几年某年成为单边下跌市的情况，非常少。

后来师傅才告诉我，这是我的大师兄的一张成绩单。师傅是在一个偶然的机会，将他引进门的。

这张成绩单只是大师兄一个微不足道的账户，主要是作为示范给后续同门看的。因为起始资金小，更有说服力。

不少散户把几千万资金也当作巨款，实际上这几千万资金在一些大市值品种上，进去连个水花都不会溅起。这是散户战法的典范。

由于连续多年获利，这个账户下周将换名，改城市。

时间够长了，目的也达到了。

我面红耳赤。想起我第一年就巨亏 50%，比起大师兄，那差别不是一点点。潘长江遇到姚明，没啥好讲。

那一瞬间，我脑海里闪过一幅画面：

"风吹过，卷起了漫天红叶。

剑气袭人，天地间充满了凄凉肃杀之意。

大师兄反手拔剑，平举当胸，目光始终不离对方。

他头发虽然有些蓬乱，衣衫虽仍那么落拓，他脸上已焕发出一种耀眼的光辉！

他就像是一柄被藏在匣中的剑，韬光养晦，锋芒不露，但终将焕发出属于他的灿烂光华！

那一刻，他人剑合一。"

（多年以后，大师兄名动江湖，在 2001—2005 年的 5 年漫长熊市里，他因为成功投资苏宁电器，取得每年平均复合 100%的惊人增长，震撼了市场。进入 2006 年以后，他率领的宝鸿路席位，南征北战，显赫一方，为无数青年才俊所追捧，已经是可以和湖墅南章老怪相抗衡的顶级私募投资者了。）

这是后话，暂且不表。

文艺归文艺，学艺还是首要的，自己也不小了，房子、车子、票子，啥都还没有呢。

我深知这关系着我的前途。我今后的吃喝，我的休闲，甚至我的文艺，都得从这里面来，马虎不得。

每日例行操盘，收盘后，我和郭靖，也偶有交流，这些，我都认真记录下来，以备日后复盘，反思。

【·雷迪克　1999-07-22 17:52 】

目前的市道板块轮动特征明显，对与大涨且放大量的个股，除板块领头羊外，一般都可以不再做关注。

反而应该在思维上先人一步，提前介入有启动迹象但还没大幅拉升的板块。

否则，操作节奏上始终就要比市场慢半拍。

资金运作自然不能运转如意。

方法我都在用。三种方法中，早盘和尾盘做得最多，午间开盘做得少。

都说短线操作易与流为频繁的随意操作，成功率不高。

但不知道有准备的短线交易不能等同于随意操作。

成功率的高低取决于盘后的准备程度，用功时间。

一分耕耘，一分收获。

【·郭靖　1999-07-22 18:02 】

午间收盘前拉高的个股，开盘后价格易成为当日盘中高点。

这可能和机构做盘手法有关。

所以午盘交易尽量少做。

有时炒股就这么简单，比价和示范，给出我们选股的思路 ——联动的思路。

【·雷迪克　1999-07-23 16:01 】

对情绪控制能力的高低，基本也反映了其操作水平的高低。

做专业投资，都必过情绪控制这一难关。

我感觉，只要能看懂，并能做对，低吸和追涨都一样。

【·郭靖　1999-07-23 16:02 】

这点我认同，其实，我以前走了弯路。

大师兄的手法确实厉害。

不过，也适合他的性格。

还是要找到适合自己性格的路子。

投资的唯一对手，其实是自己。

这条路，终身的较量是自己。

从排序上讲，郭靖只是我的三师兄，前面还有个二师姐，她在出师后，自创了"星月投资基金"，由于长相靓丽，被江湖捧为"第一美女基金经理"。

我时常在报纸或屏幕上见到她，侃侃而谈，顾盼生辉。毕竟是女人，业绩并不十分抢眼，但也不差。

话说回来，她的长相，如果放在娱乐圈，简直排不上号，不要说四旦双冰，仅是一个董莲花，立刻秒杀她。

所以说，投资界的屌丝男，见识太少，就是这样的。

同门兄长如此骄人，我自然感到亚历山大。

几个月过去了，水平虽有进展，速度还不够快，步伐还不够大，我有些着急，心情郁闷，便到哈魔寺酒吧喝酒。

这时，我看见了美美。

我一直确信，自己是在第一眼看到美美的那个刹那，便爱上了这个女子。

这是一个小妖精，一只九条尾巴的狐狸，她的眼睛是两口陷阱，因为危险而异常艳丽。

生活中，人对自我的判断发生偏离，是一件经常发生的事情。

此前，我一直以为，自己喜欢那种高贵清丽的窈窕淑女。

但 1999 年 9 月的那一刻，我蓦然明白。

其实自己心底里真正热爱的，从来就是这样狐媚的小妖精，从来

——自始至终就未曾变过。

如果此刻上帝站在我面前，我愿意举起双手，念到：

"献给我生命中的最爱，不论是现在，将来，还是永远。

我将和你一起欢笑，一起哭泣。

无论未来是好的还是坏的，我都会一直守护在这里。

也许主要求我做的更多，但是不论发生任何事情，都会有你在身边。"

是的，就是这样的。

我喜欢狐狸，最好是千年的那种。

夜不觉　冷醒想你的美

旁言畏　战旗迎风声碎

刀锋对　谁觉红颜可贵

若成狐　今生不必负累

谁最美　把琴笑月开怀

月深沉　涂红你的妖媚

秋夜凉　若想看花已飞

染指香　沉沦你的美美

—— 1999 年 9 月 9 日　大雷初遇美美

说时快，那时慢，我和郭靖正喝得微醉，准备去抵御夜生活的最后诱惑，这时，一个顾长却又凹凸有致的女子，从人群后面挤了过来。

一头长而飘逸的卷发披在肩上，那双眼皮的眼睛闪着令男人们为之疯狂的秋波；瓜子脸上铺着一层淡淡的妆容，化得刚好的眼影，那水水的红唇性感而妖媚。

低胸的衣服将她那一对酥胸暴露在外，让经过的男人不由得放长了他们的眼球看着。

那米白色的衣服将她原本就白皙的皮肤显得更加的白嫩而修长，将她那小蛮腰修饰得很是完美，像一个完整的梨被人从腰部两边咬了两大口，变得两头粗，中间细。

唐孟棨《本事诗·事感》曾记载："白尚书（居易）姬人樊素善

歌，姬人小蛮善舞，尝为诗曰：樱桃樊素口，杨柳小蛮腰。"

所以，现代人形容美眉们说什么樱桃嘴、小蛮腰，就是从白居易那里学的。其实，这是白居易描写他的小妾们的诗句。

据统计，在英美文学作品描写女性中，相对于16%细致胸部描写，12%大腿描写及 2%臀部描写，像"细如柳条的蛮腰"和"向她可爱的小腰致谢"这样的女性腰身描写出现达 66%之多。

无论身材丰满或苗条的女性，都无一例外拥有纤细腰身。而在两部古印度史诗中，对纤细腰身的描写多达35%。中国诗歌除去对于女性腿部描写的一笔带过之外，剩下17%描写全部"贡献"给"纤细腰身"。

这就是，小蛮腰迷人之处。我边欣赏，边走神。

"这是我表妹。"郭靖介绍得很简单。这个表妹，十分大方，她伸出手，主动与我握了握。"冉玫，小名美美，"她说，"很高兴认识你。"

我轻轻地握着美美的手，她的手柔若无骨，暖暖地在我手心里荡漾。

那种暖洋洋的感觉，从那个夜晚开始，贯穿了以后所有的日子，在我的心中，一直挥之不去。

仿佛一群长久生活在贫穷地区的人，每日在津津有味的收看《新闻联播》，他们憧憬着未来，高声唱着天籁："如果有一天，我悄然离去，请把我埋在，在那《新闻联播》里。"

那时候，哈魔寺里的灯光像浅黄色的啤酒一样迷离，美美的眼神仿佛九月的微风般漫不经意，酒吧里断断续续飘扬着爱尔兰的风笛。

爱尔兰风笛跟苏格兰风笛在演奏跟音色上有区别，苏格兰风笛是用嘴吹气给气囊鼓风的，而爱尔兰风笛靠肘部的鼓风器给气囊鼓风。

苏格兰风笛的声音高亢而又振奋，非常鼓动人心，因而被苏格兰军乐所广泛使用；而爱尔兰风笛音色哀婉忧伤了许多，也不像苏格兰风笛那样高亢，所以在哈魔寺酒吧演奏这样的曲子，很是适合。

一曲完毕后，中间还夹杂着林忆莲的小曲。

"男人久不见莲花，开始觉得牡丹美……"

林忆莲的声音悠远而感伤，我笑着问美美："你是牡丹还是莲花?"

美美也开着玩笑，"都不是，我是罂粟。"

女子笑着说。那一瞬间，夜的光亮在她脸上水波般荡漾，她的笑唇竟真如绽放的罂粟，妩媚袭人。

我们的交谈很开心，双方相互留了 QQ 号，以方便联系交流。

我紧张的压力彷佛在这里得到了释放，暂时忘记了投资学业的艰难。

那夜，

花瓣离开了花朵，

暗香残留

第四章　艺成出山

随后的日子里，我白天炒股，晚上泡酒吧，成了惯例。

随着阅历的增加，我越来愈明白。

庄家之于股市，就像男人之于女人。都很坏，男人没一个好东西，可女人离了男人也不行。否则，就成了剩女，圣斗士，齐天大圣。

庄家虽然兴风作浪，翻云覆雨，但证券市场正是因为有庄家的炒作，才会有蓬勃的生机，没有庄家，股市就是死水一滩。

如何正确认识庄家，是师傅给我上的重要一课。在我看来，那难度，不亚于如何正确认识女人。随着证券市场的发展，庄家的炒作技巧是飞速发展，从而导致投资者追涨杀跌，多数结果自然是以庄家的全身而退而告终。

庄家常用手法之一：尾市拉高，真出假进。

庄家利用收市前几分钟用几笔大单放量拉升，刻意做出收市价。此现象在周五时最为常见，庄家把图形做好，吸引股评免费推荐，骗投资者以为庄家拉升在即，周一开市，大胆跟进。此类操盘手法证明庄家实力较弱，资金不充裕。尾市拉高，投资者连打单进去的时间都没有，庄家图的就是这个。只敢打游击战，不敢正面进攻。

手法之二：涨跌停板骗术。

庄家发力把股价拉到涨停板上，然后在涨停价上封几十万的买单，由于买单封得不大，于是全国各地的短线跟风盘蜂踊而来，你一千股，我一千股，会有一两百的跟风盘，然后主力就把自己的买单逐步撤单，然后在涨停板上偷偷的出货。

当下面买盘渐少时，主力又封上几十万的买单，再次吸引最后的一批跟风盘追涨，然后又撤单，再次派发。因此放巨量涨停，十之八九是出货。跌停板手法类似。

手法之三：高位盘整放巨量突破。而巨量是指超过 10% 的换手率。

这种突破，十有八九是假突破，既然在高位，那么庄家获利丰厚，为何突破会有巨量，这个量是哪里来的?很明显，巨量是短线跟风盘扫货以及庄家边拉边派共同成交的，庄家利用放量上攻来欺骗投资者。细分析之，连庄家都减仓操作了，这股价自然就是兔子的尾巴长不了。放量证明了筹码的锁定程度已不高了。

手法之四：盘口委托单骗术。

在证券分析系统的委买委卖的盘口，庄家最喜欢在此表演，当三个委买单都是三位数的大买单，而委卖盘则是两位数的小卖单时，一般人都会以为主力要往上拉升了。这就是庄家要达到的目的。引导投资者去扫货，从而达到庄家出货的目的，水至清则无鱼，若一切都直来直去，庄家拿什么来赚钱呢?这就是庄家的反向思维。

我沉浸在这样的氛围里。
彷佛把一本《九阴真经》翻到了中间段：
精彩与艰难并存，信心和野心齐飞。

我和师兄郭靖的交流，也越来越多，简直就是亲兄弟，好哥们。据说，成熟的人认为只有付出才有回报，不成熟的人认为天上会掉馅饼。

我比较折中，属于那种希望小小付出后，天上可以掉大馅饼的。

每天照例是操盘，然后是复盘，我和郭靖经常会在收盘后讨论，切磋。然后，我反复琢磨后，认真的记下来。就像当年那个叫虚竹的少年，每日在少林寺苦练《易筋经》一样，我也渴望着，有一天可以名动武林。

【·雷迪克　1999-10-08 16:01 】

不过从成功率来说，追涨靠的是瞬间的反应和直觉，而低吸有更多的理性思考，所以成功率低吸要高得多，从长时间的收益来看应该比追涨还要高。

追涨——市场热点，（最好是第一次放量上穿 5 天线、涨停品种）。

低吸——龙头品种，（均线附近买）。

【·雷迪克　1999-10-11 19:50 】

在大盘正在下跌时期，不操作是最好的操作。

最大的风险是补跌，它甚至比抢反弹的风险更大。

下跌不做 ，上涨满仓（看涨幅榜）。

如何拉涨停？

【·郭靖　1999-10-11 20:10 】

以我现在的经验，只能说上几点，个股拉涨停，是个技术要求很高的活：

（1）出击的时间，必须把握住大盘否级泰来的临界点。这点最为重要，必须借大盘的势。

（2）必须认清热点，借板块的势，或借赚钱示范效应的势。

（3）个股的选择和上面两点相比，相应简单一些。分时图走势强于同类个股，有涨停潜力，与其跟风不如主动发力，吸引别人跟风，使自己的资金处于相对有利的价位。

（4）相同分时走势的个股，有些封住了，有些封不住。有些打了上千万也封不住，有些两三百万就停了，且第二日的走势也不错。其成功的关键在于对大盘的理解，是大局观的问题，不是操作技巧的问题。

总的来说，做好前面两点，自然能体会四两拨千斤感觉。

热点、大盘上涨、合力、借势。

判断这波行情大小的标准。

【·郭靖　1999-10-22 17:25 】

是否持续放量，这点最为重要。

如明日出现 200 亿以上的成交，那至少是五日行情。

如五日以内成交持续在 120 亿以上，那一个月内的行情都可以做一做。

如果一个月内成交都持续在 120 亿或 150 亿以上，那算回到了强势市场，三四个月内都可以做一做。

如果明日成交不能超过今日，那就是两三日的行情，冲高就出吧。预测行情的都是假高手，走一步看一步才是专业态度。现在股市在不断扩容，这个成交量标准要逐渐跟着增大。

【·雷迪克　1999-10-22 17:28 】

明白了，真正的专业者在任何时候对后市行情的看法都是说不清楚。

根据成交量的统计来分析行情的性质：好。

【·郭靖　1999-10-22 17:29 】

低位三个涨停的个股按惯性来讲一般会出现 5 个涨停。如当年的

600231、600853、000557。

中线炒作的确定性小于短线，炒短线的热点分析是重点。

【·郭靖 1999-10-23 16:25 】

避开上升途中的单日大阴线，对专业投资者来说应该是很轻松的事。比如大师兄，根本就不避，只做龙头，大跌还赚钱。

【·雷迪克　1999-10-23 17:28 】

一轮行情中，即使抓不住龙头和领涨，只要能抓对，抓准主流热点中的个股，也能获得超过大盘的收益，跑赢大众——联动的概念。

郭师兄，你怎么看专业选手的心态控制？

【·郭靖　1999-11-07 00:16 】

当对市场认知达到一定的程度(至少经历过二轮牛熊循环)，当高抛、低吸、追涨、杀跌、持有、空仓等专业手法已被熟练掌握，专业人士如果还不能达到稳定获利的境界的话，那只有从心态上去寻找原因了。

技术方面过关了，还要有稳定的心态来配合。有了稳定的心态，仓位就会得到合理的控制。控制了仓位就控制了风险。风险得到了合理的控制，技术水平就会得到更好的发挥。

水平发挥得好，赚的钱就多，心态就会更好，这就是技术发挥——仓位控制——良好心态之间的关系。

三者相辅相承，是个良性的过程。其中一环出错，操作上就会出问题。

买——追涨、低吸。

卖——高抛、杀跌。

持有、空仓。

四合院里日子很快流逝，师兄弟们一个一个逐渐离开了，我也有了长足进步。

师傅讲授的内容，也逐渐深奥了。就像学习降龙十八掌，起初总是，第一招亢龙有悔。第二招飞龙在天。今天该到龙战于野了，我渴望着早日见到最后一招，传说中的神龙摆尾。

那些夜晚，我独自一人站在四合院内。

圆月下，枯树旁，昏鸦，又见昏鸦。

但见我身躯一挺，一股霸气扑面而来。

我左腿微屈，右臂内弯，右掌划了个圆圈，呼的一声，向外推去，口中低喝道："亢龙有悔！"

掌风猛烈如涛，夹着一声龙吟，一股烈风，汹涌而至。两掌相交，四周的众昏鸦竟被掌风掀飞出去。

白天的操盘，当然是紧张的，不过，沪深两市的开盘时间只有4小时，其余都是自己安排的。

稍有闲暇时候，我就在QQ上和美美聊天，她有时在，有时隐身。

对舞蹈的喜爱，将我们牢牢地吸引在了一起。从此，每天晚上，我和她都准时在网上等待对方，我们一般从晚上8点多一直聊到深夜12点，才恋恋不舍地下线，渐渐变得无话不谈，连在生活中不可能说的最隐私的话题，也逐渐涉及。

我想，我是有些恋上美美了，爱恋的恋。

翌日，师傅开讲"龙战于野"。这是关于散户心理分析。

如何据此发现主力在诱导散户发生趋势共振，如何据此发现主力在诱导散户反做。要做到这一点，首先要非常了解散户。

所以，散户心里想什么，每天看盘看的是什么，听的是什么，都要了解。

因为每一只股票背后的运作者都是人。有些是"合力"，有些是"独力"。不管哪种力，都代表了人性。合力的股票，用合力的方法，引导性独力的品种，就用做独力品种的模式。

见股如见人。

人要拉肚子，股票就会跌停。人性的背后，就是股性。

木匠与厨师的故事，就是师傅这时候告诉我的。师傅说，你去大盘里面选个股，好比在茫茫人海里去选适合你的女人。

一个品种，你需要首先判断的是，它是属于木匠的品种，还是厨师的小菜。木匠做家具，首先找的木材，是一定要大于所做出来的家具的大小的。多出来的材料，就是那些边角和锯末。

厨师做饺子，擀面的时候，找的面团，一定是小于饺子皮本身的。

两类匠师，为了同一个目的，却选择了把大变小和把小变大的截然不同方法。

如果你首先没有判断准确这个品种属于厨师还是木匠，交易的结果自然就会和实际的期望完全相反。

找到正确的品种，做合适的事，是重中之重。

在我还没来得及明白上面这些话的确切意思时，师傅给了我一张宇宙图，说，"看看我们在哪？"

我一看那图就蒙了。浩瀚的宇宙啊，地球根本就在一个找不到的地方，何况我们生活的这栋四合院。

"这就对了"，师傅说。"万物皆有定律，一环套一环，一物制约一物。宇宙中有一个银河系，银河里有个太阳系，太阳系里有地球，地球上有我们的中国，中国里有我们的城市，我们的城市中有我们这栋四合院……"

师傅喝了一口龙井，我望着龙井，不知为何，突然想到了苍井空，有些走神。唉，那时的我，还是雷小虫。

师傅继续讲。

如果把我们的宇宙看成一个股市的环扣终端，那么其中的关系也同样的一环套一环的。

股市的波动，无非是涨、跌、盘三种。

涨中有跌，跌中有涨；涨中有盘，盘中有涨；跌中有盘，盘中有跌。

缩小到最小的一天分时图，也同样可以诉说这样的规律。一只票，每天都有交易，交易的博弈，就是多空的分歧。

大跌了，有人卖也会有人买，大涨了，同样如此，盘整不怎么动，还是如此。一切皆因买卖人看趋势的角度是不一样的。

大多数散户看的都是其中的一小段，稍微聪明点的，也就看到月为单位。涨了，说会涨，跌了，说还会跌。

这和三岁小孩最初的"看山是山"是一样的。

一环套一环的游戏中，我们需要看到的，是真实的趋势是什么？大管中，中管小，一丝一毫都不会改变。

只有这样，我们才能渡过第二层"看山不是山"的阶段，从而到达"看山还是山"的第三层境界。

我每天给蔬菜施肥，若没有我的肥料，你今天看到的鲜活的蔬菜叶子，不出半月就会沮丧泛黄。如果天没有大旱，没有洪涝，当你看见我每日对蔬菜的培育，你会很清楚这些蔬菜会一直欢快的成长到被我收割。

宇宙是一个抽象的名词，代表了世界里的万事万物。师傅用蔬菜施肥的例子，给我讲解了生长的催化剂。我听着听着，却慢慢地感到不寒而栗。彷如一个狼人，在月圆之夜，露出了锋利的牙齿，看见了圆月弯刀，那一刻不得不出手。

我能想象小散们正被肥料诱惑着，生长着，欢天喜地，全然不知有个人正站在一旁，手上镰刀举着，只等长壮了来收割。

"那我如何才能避免成为蔬菜呢？"我问。师傅想了想，问："看过武侠小说吗？"

这还用问，我初中时候就迷恋这玩意，读书不用功，倒是看武侠小说把我弄成了近视。

师傅说，武侠小说里，讲到有一个人，在一条泥泞的路上，为了逃避敌人的追踪，就倒着身子行走，路上留下了清晰的脚印。敌人顺着脚印追踪，却从终点追到了起点。

这是利用敌人的常识。

股市里绝大多数人学的东西，都是类似道氏理论，波浪分析，或还有周易式的江恩。这些理论子子孙孙世世代代传下来，自然就成了大部分交易者交易的一些"常识"。而我们只需要利用他们的常识，让自己从容获利。

这些懂得常识的人，总有少部分是可以真正获利的，他们就是样板，是培养大众从众心理的赚钱榜样。所有迷恋"技术分析"的人，永远不会觉得技术分析不好。一定要说不好，他们都只是怪自己没有用好。

实际上，在世界上有锁诞生的时候，就已经有了解锁的人。一环套一环，一把锁有一把钥匙。你现在需要学的，就是如何找到那把钥匙？

我抬头远望，看着我来时的那条道路。

一条机耕道，通向这个四合院的唯一的一条马路。

师傅说，你是不是从这条道进来的？

我点头。

师傅给我留下一个考题："当你在村外的时候，看见那条机耕道，你还有换另外的路走的想法吗？"

我说，没有。因为压根没有别的道路。

"很好"，师傅笑道。"以后你只要在股市里，找到这条道路，然后修个四合院，该来的，都会来。到处都是果蔬，有菜花、水果，还有胡萝卜、韭菜。"

我点点头，似懂非懂。

我后来慢慢地懂得了师傅说的"那条唯一的道路"是什么意思。我们正走在道上，道士的道。

后来的"缺口理论"，师傅也慢慢传给了我。所谓缺口，有很多种。

师傅用了个比喻："缺口就是一条路的路口。"

这条路通向何方，是一条不归路，还是最终要回头，事先没有人知道，却都怀着满满的信心。

这里只谈周线缺口。虽然我笨点，但还是懵懵地明白了，师傅所指的"路"，实际上是一把解开道士理论的钥匙，是道士世界的梦魇。

周线缺口就在这条路上诞生了。当"缺口必补"成为道士世界常识的时候，一条大道随之展现。

正好那一周的周线产生了一个向下的缺口。大道无形却有形，缺口就是挖道的路口，不断等着回补缺口的人们，被不断的套牢。

路的尽头在何处？何处才适合修建四合院？

师傅淡淡地笑。

炒股是两个世界的博弈，你就把缺口一分为二吧。以真正造路的缺口的起点为标志，除以2，就是适合修四合院的地方。

我傻傻的呆了半晌，看着我身处的这座院子里。

安安静静，那一瞬间，天地间，似乎只有自己的呼吸。

天下没有不散的筵席，离别时刻悄然来临了。

那天，师傅做了一桌好酒菜，把我和郭靖叫了过去。实际上，此时四合院里，只有我们2个弟子了。

我是重庆人，酒桌上有个小火锅。郭靖是西北人，桌上还摆有肉夹馍。师傅的细心，让我们感受到了什么，鼻子有些发酸。

离别时分，气氛让人伤感，我呆呆的，吃不下饭。

师傅说，习武之人，见天地，见众生，见自己。

前者并不难，后面两个才不容易。他的多年心血都传给我们了，一出江湖，风高浪大，自己要小心。

这时候，师傅终于传授了我们传说中的"神龙摆尾"。

他顿了顿，送我们9个字，"走正道，利散户，修吾心。"

他说，走邪道的人，虽然偶尔也会出两个厉害人物，但那个是小概率事件，概率极小。重要的是，邪道的人，终身见不得天日，自己内心也很灰暗。

从这点上说，走正道，是划算的，做成事的概率也大些。

听到这里，我拿出笔记本端端正正写下一行字；"降龙十八掌最后一招：神龙摆尾，正一能一量"

师傅的话，我都记在心里。我琢磨着，师傅教的东西，我大概明白了七八成，掌握了五成。郭师兄比我强些，大概掌握了七成以上。

师傅临别送了我俩一件礼物，是一本书。那是杰西.利弗莫尔的《股票作手回忆录》，他用书里一句话，做了总结：

"投资，像山岳一样古老，里面是人性的恐惧和贪婪，他们像绵羊的基因一样，世代流传，一百年以后，也仍旧不会改变。"

多年以后，我知道这位老者，叫止之铁。他就是江湖上神龙见首不见尾的"止铁快刀"。

股市上，无数股票的 K 线图上，留下了他的操盘痕迹。

无数涨停的瞬间，无数长阳的时刻。

止之铁一生，只收过七个徒弟，而我就是第七个。我曾问过他，说他这么厉害，为什么不多收几个弟子？

老人笑了笑，望着远方，悠悠说道："多年后，江湖上，到处是我的传说，有些年轻人，仔细听了我的故事，研究了我曾经的操盘 K 图，从中领悟到什么，他，就是我的弟子。"

这位老人早已隐退。再后来，他信了佛。

我时常想起他，想起那个温暖，成长的四合院。那些肥肥的蔬菜，瓜果。

我想，此刻，或许，他在某个公园里练习太极。又或者，站在街边某个象棋摊边，指着棋局大声说："拱卒！拱卒！"

总之，他存在。

"我的梦里，我的心里，我的歌声里。"

2000 年，千禧年钟声
"当当当当当"

在四合院的学艺结束后，我又返回了大都市。

这次的我，彷如当年怀揣宝剑走下天山的楚昭南，一副自信心满满的样子。彷如整个江湖都是摆放在我面前的盛宴。

下山前，我和郭靖告了别。

从那以后，他自号"还珠楼王"，以一口屠龙宝刀，行走江湖。然而不知为何，也许是感情的事困扰了他，从 2000—2006 年的 7 年间，他的业绩实在一般。

20 万的启动资金，到 2006 年末，才刚刚突破 100 万。这个成绩，实在拿不出手。然而，2007 年，在那场史无前例的大牛市里，他终于小宇宙爆发。

也许是他的手法极其适合当时的市场，也许是苍天不负苦心人，也许吧，当年，他取得了 7 倍的成绩。

2008 年春节前，我和他密谈了一次，一致认为农业股，是当年的最好机会。

开春 3 月后，他操盘隆陆高科领头，我操盘登湖种业紧跟。在市场上，掀起一股农业风暴，在世道并不好的情况下，他仍然取得了 0.5 倍的业绩。

突破千万的那天，郭靖平静地说了一句话，我印象深刻，他说："1 千万，对一个专业投资者来说，才是刚刚起步。"

那年，郭靖 40 岁。

离开四合院时，我回头，深深地看了它一眼。那感觉，彷佛在告别我终将逝去的青春。

第五章　牛刀小试

青春是以梦想肇始的，却未必以成功告终。

2000 年初的时候，我还只是一个小小风险投资经理。

期间，勤勤恳恳，大事小事都做，在整个投资世道不算太好时，仍然获得了年收益 30%以上的业绩。

我还算满意，公司高层好像觉得我也不错。

一年后，集团又发了几支新的规模都在十亿级别的产业基金，由于我去年的出色业绩，现在已升为高级投资经理了。不像某些巨型基金，只收管理费，不投项目，我们出手还是比较多的。

老板是爱新绝罗，罗总，他常夸我是"投资圈里最有型的"，就是说玉树临风，风流倜傥，有广阔的胸襟和强健的臂腕，这话在我听来，不如加点工资实在。

大家好兄弟，讲义气，前景那是一片光明啊。私下里，我俩关系挺好的，我的级别，基本相当于天地会创投的青木堂堂主。

别看天地会只是一个刚起步的小创投公司，目前天地会创投在全国各地设有各路分支分堂，接近那沙县小吃，业务是生意上的合作而已，并没有什么 VIE 结构，还有啥红筹落地的问题，其实这些我也不懂，是有一个外资阁楼基金的兄弟教我的。

不仅业务做得相当牛，还深得其他投资人喜爱，特别是对冲基金啥的，回报杠杠的，开始我不懂，以为跟梁山一样，后来听闻虽然累，但员工们待遇相当不错，可令人羡慕呢。

江湖高端人士陈近南就是我的上司，他告诉我功夫就两个字，一横一竖。

师父说做投资最需要关注的就是风险控制，所以我练得最好的武功就是一个字——"跑!"。

经过自己的努力，我还在神龙岛、五台山、云南等地以极低的价格拿到了许多优质资产。多重的身份让我赤橙黄绿青蓝紫各条各道都混得如鱼得水，而一般的皇室子弟公子哥儿却也未必能玩转过来。

此时的雷迪克，已经初露锋芒。

做投资嘛，其实除了收益，最应该关注的还是要稳，要懂得风险控制。然而有时碰到一些流氓企业，你也没办法，特别是碰到流氓企业和千年一遇的地头蛇、黑中介、骗子机构的时候，你要么有火眼金睛和金箍棒，要么只能自认倒霉，或者也可以去西天商学院取取经，路上还有那么多美丽的女妖，要能顺利取得了佛门毕业证那就牛了，也不管他喇嘛就是和尚，和尚就是喇嘛的事了，法海再厉害，也终究是无鞭。

你要问我做投资这行幸福不幸福？我还真不知道。投资圈是一座城，是唐朝的大明宫，清代的紫禁城。

在里面当差的，小至御膳房的太监、浣衣局的宫女，大至文武百官、后宫妃嫔，一律衣着体面，谈吐不凡。这个城里等级森严、规矩繁多，一不留神就会惹来杀身之祸。

这个城里聚集天下财富、诱惑不尽，一朝得势便会富甲一方。

所以城里的人表现都很积极，也都小心翼翼，做太监的想着晋升总管，做官员想着位列宰辅，做妃嫔想着册封皇后。

不是有句俗话说，一个不想做皇后的妃嫔，不是一个好甄嬛嘛。

城外的人看多了布衣进去官爷出来的例子，所以总是想方设法地往城里挤，我小时候呀，是个读书人，十年寒窗为的就是挤进这个圈子。

后来才知道，这里是围城呀。城外的人固然千方百计想进来，城里的人呢，也不乏有些谋生退意。

现在呆久了呀，看多了八抬大轿进来，五花大绑出去的例子。所以总是在诱惑与风险中衡量着是否要逃出去，当代很多投资圈明星盛年告老还乡也就是因为这个。

所谓"有人辞官归故里，有人星夜赶科场"。

正常，正常呀，

这就是生活。

那天去太子府食堂打饭，居然拿出了一张龙门客栈的房卡，万万没想到的是居然还能刷，食堂师父告诉我，起初他们偶尔碰到过这情况，后来见多了，干脆就做了个什么卡片识别控制系统，只要是龙门客栈的房卡，可以免费打饭。爷爷的，这信息化果然做得牛。

那天去枢密院听了高太傅的年度总结与来年投资策略会，太傅果然是高人，手抚木琴，边谈边高瞻远瞩地回顾了大清国的宏观经济，远到欧洲危机、中东海盗，近到温州商会、花前月下，噼里啪啦，稀里哗啦讲得真是落花流水、流水不腐，只教晚辈好生佩服。

那天只因听众太多，开始还坐在最前排，后来被一挤又一挤的，完了却已到了门口，听得太入神，连流哈拉子都不知。

只听一过路扫地大妈，轻声言道"此小哥弦音清奇幽雅，其意高远，然徵声中低回靡靡，似有悲声。却不知小哥所为何事?"

我正要张嘴，边上一位黄发老者却已抢着回答："大概意思就是大盘来回振荡，该干啥还是干啥吧。"

高太傅最后放声高音，吟诗两句勉励大家。"雄关漫道真如铁，而今迈步从头越!"

真是书到用时方恨少，肉到肥时方恨多。

那两年，我仍然马不停蹄地穿梭在帝都和魔都之间，把业务拓展到了西域、南蛮、罗刹岛、南洋诸岛等地，倒也收获不少。

我一如既往关注家乡，西部未来的国际金融中心渝城。最近几年，家乡变化大，我小时居住的弹子石地区，原来算平民区吧，现在号称CBD。

我很激动呀，不过，街坊邻居都不知道 CBD 是啥意思，他们把它理解为"菜背篼（Cai Bei Dou）"。

年初的时候，回了趟渝城富侨洗脚城，那儿照旧生意红火，只是客人们给的小费比以前少多了。然而，洗脚城的规模却是扩大了很多，二期工程、三期工程等建设得如火如荼。还荣获了"渝城市知名字号"、"渝城市著名商标"、"中国足疗连锁机构最具影响力品牌"等 20 多项荣誉称号。

企业发展势头红火，股东们正在商议要引入知名风险投资机构，并准备未来将洗脚城整体上市。

其实呢，也别小看这行业，真正的现金流企业，没有啥应收账款、坏账风险的。

我琢磨着为家乡做点啥事。

2002年初，我终于被提拔为投资总监的时候，我是长出了一口气。这就是说，我可以独立带队投资了。

在体育比赛里，一直打双打，或是团体，是没有出路的。必须要单抗，影视圈也是如此，

老跟在别人后面，观众根本就记不住你。金城武够帅了吧，老演男二号，所以演了不少片，观众还是记不住。没看见，俺家的刘包子都出来单抗了么。

所以，当我有机会单抗时，内心的喜悦仿若二战时攻克柏林的苏联盟军。

我的首个项目，是我并不熟悉的煤矿题材——山隆矿业。就像当年上官惊鸿面对天机老人那样，决定是否要出手的那一瞬间，我的心里，没底，没底。

这是公元2002年春季的某一天，见到第一场雨的时候，地点是山西大同煤城。

这座城池，位于山西省北部大同盆地的中心、黄土高原东北边缘。是山西省第二大城市，国家重化工能源基地，素有"中国煤都"之称。

大同最高峰是阳高县六棱山主峰黄羊尖，2420米，我们的目标企业——山隆矿业就位于六棱山下的小镇中。山隆矿业在当地并非顶级大企业，但也增长迅速，颇有潜力。

要投资矿业，不懂地质是不行了，我特意咨询了相关的专家和行业研究员。

大同区域在多期的地壳构造变动中形成了一系列的构造形迹，尤其以燕山运动和喜马拉雅山运动的影响最为明显，地震活动也较为频繁。

大约在二三百万年前，大同一带是一片浩瀚的湖水，考古工作者把这个湖叫"大同湖"，它是个封闭的内陆湖。那时候这里气候温暖、雨量充沛，参天乔木遍布湖畔。野马、披毛犀、大角鹿在这里追逐奔驰；多刺鱼、鲤鱼在湖中自由嬉戏。

后来，随着地壳的升降运动和干湿交替，大同湖发生过无数次变化，最后于数万年前悄然消逝了。

北魏时期，郦道元在《水经注》中曾详细记载了此地环境状况。

在《云中郡志》中还记载着大同景物"滴翠流霞，川原欲媚。坡草茂盛，群羊点缀。……挹其芳澜，郁葱可冷。"这些都说明过去的大同地区曾经是草木丰盛、风景秀丽的好地方。

为了确保对山隆矿业的五千万投资的安全性，我正带领自己的团队，密切地做企业调研。

五千万，不是个小数目，对于首次担当大项目负责人的我，压力不是一般的大。

我心里明白，李开复拿五千万投倒闭了和我拿五千万投资倒闭了，结果是完全不同的。李开复亏损了，属于正常亏损，但是我败了，就全完了。

投资公司损失的不止是钱，还有自己的职业生涯和声誉，所以，我不能输，公司也输不起。

外围的尽职调查结束后，我望着远处深深的矿洞，决定亲自下矿井去看看。

我早就听说，煤矿投资水很深，有些煤矿本身就是一个烂摊子，巴不得有人来投资，但也有一些煤矿前景是相当不错的，主要是缺乏资金，如果是这样子的话，就值得投资了。

煤矿有三种，一种是立井，第二种是斜井，第三种是露天开采。立井煤矿的煤层埋藏深几百米只有通过立井的方法开采，但是成本很高。斜井和露天则是为开采埋藏深度较浅煤层设计的，成本小一些。

我带着几个人来到矿井边，班上另外的几个人都等着！我指了指团队里唯一的一个女士，让她留在上面，其余跟着一起下去。

正好四车一组的绞车从矿井下上来。

翻绞车的两个女工大锹一挥，几下子翻得干干净净。

我们几个人上前大声地说着笑话，然后说道，告诉绞车放得慢点儿，我们坐着下去！于是几个人爬进了绞车里，轰隆隆地进入了地下的世界。

翻绞车平稳均速地下降着，每隔几十米远就有一个小灯鬼火似的晃荡着，绞车不紧不慢地放着，不知前面有多远，也不知后面有多长，大约过了半个小时，绞车停了下来。

几个人蹭蹭地跳了下来。

我寻思着，这难道就是八百米的地层深处？

头上的矿灯纷纷打开，给这个绝对黑暗的世界增添了几丝绝对的光亮，黑暗处似有一双双幽灵一样的眼睛在凶狠愤怒地窥视着，等待着掠夺脆弱的生命之花。

下车的地方是绞车的轨道尽头，上一班还有半个小时下班，也就是还剩最后的四绞车的煤就没事了，就可以回到地面上，歇息十六个小时再继续干活了。

这一班人是午夜上班，凌晨八点停止工作，所有的时间中，上零点是最辛苦的。

"啪啪"的声音在回响，那是一群人大皮靴踢打着路面的小煤块，在这幽灵般的隧道回响，

"我是你河边上破旧的老水车，数百年来纺着疲惫的歌，我是你额上熏黑的矿灯，照你在历史的隧洞里，蜗行摸索。"

我有些惊恐，心里默念着舒婷的名句。

一路战战兢兢，小心翼翼，走了将近三百米，忽然前面"轰"的一声，然后又是"咣当"一声，接着是连续不断的闷响声。

"塌顶！"

"塌顶！"

几个人相顾一视，都被对方的矿灯刺痛了眼睛，却都看到了对方脸上惊恐的面容。

"怎么办？"我哆嗦地问道，有些吓傻了。

"不会……回不去了吧。"手下一个叫黄伟的胆怯了。

负责带队的专业人叫张双喜，这个时候当然得他说话。

"大家不要怕，有活的就给他拉出来！"

几个人扔掉干活的家伙什儿，慢慢地向前蹭着，只听得自己的心咚咚地像是擂鼓一样跳着。

一股股煤烟弥漫过来，让人透不过气，矿灯照处，都是煤烟，迷迷糊糊就像是在雾中，再加上在伸手不见五指的地下，根本就看不清什么东西。

跌跌撞撞地前进，无序慌乱地摸索，几块大缸一样的大石头终于出现了，它们像疯狗一样地挡住了我们的去路，显得无比的霸道和凶悍。

我看着眼前的景象，想起了美国好莱坞的那些科幻灾难片，心底冒起一股寒意。

"第一次塌顶绝对有第二次塌顶的可能，许多松动的大石头就在那悬着呢！"

张双喜提醒着大家，几个人小心地绕了过去，轻微的触动就可能引发连锁性的第二次塌方，结果就是我们这几个人被埋在里面再也出不去了，我心里这样想到。

寂静，一片寂静，什么声音都没有。

这是一个绝对寂静的地方，接近地下一千多米的深度，没有任何分贝的打扰，除了魔鬼凶恶的无声的咆哮。

一声轻微的呻吟传了出来。

一个人的大腿被一块大石头砸断，血流了出来，混合成煤泥——血红的煤泥。现在只是无意识地呻吟着。

我们几个轻轻地走上前，越是这个时候越是要慎重。

两个人上前搬开石头，却发现脚被一块更大的石头死死卡住。

于是过去四个人，一起用力，好在是刚下井，有着使不完的力气，全用在这上面了。

大家不由自主地嗨了一声，终于搬开了。

就在这时候，上面又是"嚓嚓"作响，第二次塌方马上就要开始了。

"走！"我一声断喝，四个人抬起这个人，不知道是谁，也没有时间看，只是一个劲儿地往回跑，能救一个算一个了。

几个人在前面跑，后面大石头咣咣地掉着。

四百米的距离，生与死的距离。

终于跑到了停绞车的地方，我心情紧张，心跳加快，肺里经这一阵猛跑，空气里都是煤尘，呛得肺像灌了铅水一样沉重，又感觉马上就要爆炸了一样。

忍住马上就要爆炸的冲动，我指了指铃，年纪最小最机灵的黄伟窜了过去打铃,几个人把救出来的人放到绞车里,然后也都跳了上去,随着绞车上去了。

回头慌张地望了一眼。

剩下的是无寂的黑暗,死了的和没死的人,都陷入了无边的黑暗。

漫漫的隧道,"咣咣"的绞车声,一声接一声地撞击着轨道,像是索命的死音,又像是死神恶兽磨动牙齿的嗞嗞声,让人无比心烦,焦躁不安。

终于出来了,几个人大口大口地喘着气,终于看到了星星,呼吸到了冰一样清清的空气,像是从地狱来到了人间,这人间虽然不好,毕竟还是比地狱强。

出来刚见天光的那瞬间,我回头望了下深井,心里想,这辈子我不再也下去了。

"为什么我的眼里常含泪,因为我对这片土地爱的深沉!"

对山隆矿业的五千万最终是顺利投了出去,随后遇到煤炭景气周期,伴随股市里煤炭板块大涨,这笔投资赚了不少钱。但我始终忘不了井下的那一幕,那是命运选择的一幕,那是许多人无奈的选择。

从此后,我对煤炭题材的项目就再也没碰过。

几年后,美国西弗吉尼亚发生煤矿爆炸事故,导致 29 人死亡。

奥巴马为此发表演讲,他的演讲朴实无华,却感人肺腑。那天,我正巧在电视机旁,观看了让我动容的这一幕:

今天致悼词的任何一个人,都不能说出任何话语,可以填补你们因痛失亲人心中的创伤。尽管我们在哀悼这 29 条逝去的生命,我们同样也要纪念这 29 条曾活在世间的生命。凌晨 4 点半起床,最迟 5 点,他们就开始一天的生活,他们在黑暗中工作。穿着工作服和硬头靴,头戴安全帽,开始一小时的征程,去到五英里远的矿井,唯一的灯光是从他们头戴的安全帽上发出的,或是进入时矿山沿途的光线。

夜以继日,他们挖掘煤炭,这也是他们劳动的果实,我们对此却不以为然:这照亮一个会议中心的电能;点亮我们教堂或家园、学校、办公室的灯光；让我们国家运转的能源；让世界维持的能源。

大多时候，他们从黑暗的矿里探出头，眯眼盯着光亮。大多时候，他们从矿里探出身，满是汗水和尘垢。

大多时候，他们能够回家。但不是那天。

他们从事这份工作时，并没有忽视其中的风险。他们中的一些已经负伤，一些人眼见朋友受伤。所以，他们知道有风险，他们的家人也知道。

他们知道，在自己去矿上之前，孩子会在夜晚祈祷。他们知道妻子在焦急等待自己的电话，通报今天的任务完成，一切安好。

这艰险的工作，其中巨大的艰辛，在地下度过的时光，都为了家人。都是为了你们；也为了在路上行进中的汽车，为了头顶上天花板的灯光；为了能给孩子的未来一个机会，日后享受与伴侣的退休生活。这都是期冀能有更好的生活。

在我们心痛时会想起这首歌。

"我虽行过死荫的幽谷，但心无所惧，因你与我同在。你的杖，你的竿，都在安慰我。"

那一年的夏秋之交，我因为山隆矿业的成功投资分红，拿到一笔奖金，这笔钱在当时看来，还是不小。我又有了难得的 1 个多月的休假，两者相加，我踏上了阿尔卑斯山徒步之旅。

山腰青草翠绿，山花烂漫，一片红。山坡上牛群散布，牛铃声回荡山谷，山谷里村落安详恬淡，一片田园风光；不知名的小湖小河点映其间，湖面上划过的三角帆鲜红，亮得像灿烂的宝石……

用不着美酒，只需一阵带着花香的山风，就熏得人心旷神怡了！

漫步在湖泊、花海、绿树、青草、小镇、牛羊、冰川、雪山……

一杯咖啡，一首老歌，望着皑皑雪山，发会呆……

有油画的重抹，有国画的矜持……

这就是那天的我，踏足在阿尔卑斯山徒步之旅，初次感受到事业小成带来的切切实实的实惠。那一刻，我心里涌起的是对我所做的投资这一行，无比的热爱。

我的第二个单抗项目，是农业题材。那家公司是做养虾和对虾深加工出口的，叫"欧德食品"。

在开始做这个项目之前，我和美美之间发生了一些小事。

佛言："人有众过而不自悔，顿息其心。罪来赴身，如水归海，渐成深广。"

……

2003 年，早春。

春风轻拂海城，天气时雨，时阴。

周末，在一个项目被证监会发审委严厉驳回之后，我气急败坏，匆匆由帝都返回海城。

第二天傍晚，依旧是在哈魔寺门口，大雨。

鲁迅说过，一个不会反思的民族是永远都没有出路的，人也一样。

天边的乌云翻过来又翻过去，一阵狂风贴着地面席卷而来，刮起苹果大小的石头"呜呜"作响，好似那尼斯湖上的恶魔吹响了愤怒的长笛。

风沙在天空打着旋，呈螺旋状地飞向天空。接着在天空停顿片刻，此时天空就如同吴道子的泼墨山水画一样，东一块白，西一块黑，让人感觉泼墨写意的无穷神韵。

风沙在天空中停顿一下，然后凝聚成黑乎乎的一团，接着像一个千钧巨锤一样狠狠地砸了下来，砸向了街边处只露出一个脑袋的雷迪克。

我睁大了眼睛看着这恐怖的现象。虽然已经持续了很久，可是每一次来的时候，都让他心怀恐惧、愤怒、压抑和不甘，还有一种莫名其妙的兴奋。

这是一个黑色的黄昏，在酒吧前的十字路口。风太大，而我逆风，

风向时而又变了，你知道，那是个风口，风像黑暗地狱幽神的诡秘笑容一样将我拦截，我凝固在风中。

让沙尘暴来得更猛烈些吧！

无数的风沙夹杂着苹果、梨、南瓜等，狠狠地砸向我的脑袋。我左右躲闪，身形保持着一定的潇洒风姿。

那一刻，我仿佛进入了《黑客帝国》里精彩的慢镜头。

于是我的脑袋就以微小的幅度摆动着，不过和后来相比，这只是开胃的小菜。

长风不绝，无孔不入。风沙一粒接一粒地灌入肺里，把里面的空气挤压出来，直到灌满，从我的鼻子、嘴巴、耳朵、眼睛里流了出来。

啊！我愤怒地大叫着，震得街边的佛帖轻轻摆动，如同印度佛教功德池里随风摇曳的莲花。

我张开尖嘴喷出肺里的砂砾，还没来得及喘一口气，又迎接下一轮沙尘的袭击。

迷茫中，时间，飞速回转。

彷佛快要落到地面的雨滴哗哗地回到了天上，"君不见，黄河之水天上来。"

恍惚间，远处一个机械钟由于后退太快，轰的一声爆炸，接着化成原子、电子，如同一缕轻烟回归到了世界本源。

这情景，刚好被美美看见，她有些惊艳，瞬间对我一下印象深刻起来。

那天晚上，就在哈魔寺酒吧，我和美美亲切地交谈。

然而，随后，我居然偶然见到大师兄。

我取下眼镜，擦了擦，再带上，看清，没错，就是大师兄。

我太兴奋了！

我们虽然是同门，但我入门晚，进来时，大师兄已经出山，所以见面并不多。

他个子高高的，皮肤很白，戴副眼镜，身材微胖。

称大师兄，是按进师门顺序摆列的。其实，他比我还小 2 岁。

关于大师兄的传奇，江湖上传得很多。

他，17 岁时就已经入市，当时主要混迹股市发源地之一——海城。

少年时候，他因为对股票非常有天分，很快就被所谓的"黑帮人士"结识，希望大师兄帮他们操作，甚至在操作时，因为出现了一点分歧而被责难，这段历史可以参考同期香港影视片。事实究竟如何，没人知道。

师傅刚好路过，遇到此事，出手救了他。

于是，他成为师傅第一个弟子。天才还是大有用武之处的。跟师一年，他如清洗了硬盘，脱胎换骨后转战浙江。

短短几年，就成为当地龙头老大，一直活跃在解义路营业部。

虽然成名早，业绩高，但不知为何，直到 2010 年，大师兄才开始发行自己第一只阳光私募产品。因为名声在外，他的产品一下子就募集了超过 10 亿元资金，创下当时私募产品首发记录。

这问题，我后来问过他，据大师兄本人说，其实他一直在观察阳光私募行业，到了 2010 年，觉得这个行业基本稳定发展了，自己终于开始放心大胆地行动。

大师兄做阳光基金系列业绩非常稳定与惊人，几年下来都排名靠前。追随大师兄的投资者越来越多，然而，大师兄像是有意控制规模，规模扩展到 50 亿元左右后，他不再接受追加资金。

最有印象的是 2011 年银种子酒一战。当时，有个庄家在搞银种子酒，誓将银种子酒做成年内白酒股涨幅第一。经过不断暴跌洗牌，银种子酒价格大约在 15 元左右。然而这时，这个庄家发现大师兄进来了。

庄家通过朋友给大师兄带话，说这个股票不怎么样，你赶紧撤出去。大师兄说，明白了。

隔了几天，庄家发现大师兄还在那里，又派朋友过去问。大师兄说，现在机构都走光了，只剩下一家了，这不是明摆着的机会吗，我干嘛要走？

于是庄家就跟大师兄联合操盘。

银种子酒一路飙升，涨到 21 元左右时，公司发出业绩利好。大师兄全部抛出。在这前后时间不到 3 个月的时间里，大师兄在银种子酒上吃了整整 40%。

我问他为什么不继续往上拉，大师兄说，有次马云讲，人不可太贪。

之后银种子酒的走势也证明了大师兄的判断，银种子酒股价一路狂跌，原本的庄家还没出来。这家公司直到两年后才刚刚超过 22 元的新高。

庄家虽然也赚了一些钱，但比较了一下自己与大师兄的时间成本，不由自叹弗如。

大师兄的每次操作都十分灵活，惯用的招数就是跟庄，而且每每都比庄做得更精准。比如一般庄埋伏个大半年吃个 50%，大师兄往往在庄做的主升浪中赚取最大一截，比如短短两三个月吃个 40% 后火速退出，重新寻找新的目标。

他操作的原则是，我一向跟着市场走，我也不知道下一步我会买什么。

他从来不买创新高的股票，因为对他而言，太不安全。他看好一个股票后，宁可买个地板价。但他的盘感过于出众，往往他买的时候就是爆发前夜，抛的时候也往往是近期最高点。

似乎对大师兄而言，买到地板价，抛在最上方，是一件司空见惯的事。当然，他也不可能每仗必赢，许多大佬对他的失误做过批判，但无法改变他业绩整体优异的事实。

多年的江湖历练磨出了大师兄灵活又不失谨慎的操盘风格。他手下的投研人员全部都是研究员，只有他一个人来做主是否操作。

他也非常自狂，一般不愿露脸，他也毫不掩饰自己的行为，把赚钱当作第一要义，基本不看市场上任何人脸色。

大师兄在上海汤臣一品买了豪宅，平时上班在汤臣一品对面的东亚银行大厦，午饭在距离东亚银行 500 米左右的国金中心。

他其实是个喜欢安静的人。

对环境保持高度的警惕性，成为大师兄的一大特征，股市操作亦是如此。直到目前，大师兄在圈内还是过于神秘。只是一些微妙的答案，只有大师兄自己才能回答。在我们这一行，最顶级的"东邪西毒"有那么几个。其中，东湖湖墅南的章老怪是一个。

在我的职业生涯中，我只偶然，也是唯一的，遇到过他一次。我当然很珍惜这个机会。

我问了他一个困惑我很久的问题，"为什么有这么多钱了，还要起早贪黑地十这行，为啥不干干别的？"

他笑了笑说，这个问题，他也曾经思考过，这么多年，他发觉自己只会干这个。别的，都不会。

再说，他也习惯了这样的生活，就一直做下来了。

当时，我想，可能这个回答也适合大师兄。

回到那天晚上，美美和我的亲切交流。

"爱情在人生中只是一个点缀。一生总要出一次天花，总要当一次飞蛾，但是一次也就够了。在爱着的时候，把自己低到尘埃里去。可是终有一天，还是要变回自己。"

美美和我陷入热恋，美美是个基督徒，我虽然不是，但对基督教还是充满好奇。

美美提议要去基督的圣地——耶路撒冷游历。

我看着她，说："我考虑一下。"

......

"主，你是我高台，我的拯救。我的盼望只在乎你！众山怎样围绕耶路撒冷，你必将怎样围绕我！"

我们终于来到了耶路撒冷，天气正好。这座位于地中海和死海之间的犹地亚山区之巅的圣城，传说中耶稣受难的圣地。

站在高十九米，长五十八米的哭墙前，祷告的时候，我第一次见到了美美柔弱而虔诚的一面。

由于当时周围除了我以外，只有美美一张亚洲面孔，她显得特别显眼。

和我旅行者的身份不同，美美是一名非常虔诚的基督徒。她左手拿着圣经，右手按在墙面上，嘴角轻露平和的笑意，那笑意又带着一些苦涩，仿佛在脚下这座意为"和平"的圣城做着祈祷。

她静静地祷告着，任何外界的嘈杂都不能将她打扰。那一时刻凝固起的祥和深深吸引住了我，甚至差点覆盖住了我的嗅觉。

祷告结束，美美将手中一页纸塞进了哭墙的缝隙里。直到这时，我才从恍惚中回过神来。

耶路撒冷没有博学多识的神学家，没有擅长宗教画的艺术大师，这里只有平凡人虔诚的面孔。耶路撒冷的每个角落都有虔诚祈祷的人，在闪闪的烛光前，他们满怀感激的面对着生命中最重要的这一刻。

一路上，随着眼前教堂的一一闪过，我时不时跟美美谈起耶路撒冷和伦敦、巴黎、罗马之间的区别。我并不想炫耀什么，但美美似乎兴趣不小。

在耶路撒冷的露天集市，咖啡与烤肉的香味混在其中，有着不一样的风味。一路往前走，渐浓烈的熏香和玫瑰露的香味越浓烈。

圣墓就在前面了，耶稣就是在这里被罗马士兵钉上十字架死去，而后埋葬于此，最终复活升天。

从公元 4 世纪起，圣墓教堂就是基督教徒朝圣的重要去处。圣墓教堂所在地原是哈德良时期修建的一座阿芙罗狄蒂神庙。君士坦丁大帝皈依基督教后，曾派其母亲海伦娜前往巴勒斯坦查访圣迹。

圆形大厅中央，是海伦娜发现的安葬耶稣的洞穴遗址。洞穴周围的岩石全被削去，圣墓则被围在一个被称为 Edicule（意为"小房子"）的建筑内。圆形大厅的穹顶直到公元 4 世纪末方才完工。

公元 614 年，Khosrau 二世率波斯军队占领耶路撒冷，教堂遭到严重破坏。630 年，拜占庭皇帝赫拉克里乌斯（Heracrilus）夺回耶路撒冷，并将耶稣受难的十字架放置在经过重建的圣墓教堂内。

"要进去看看吗？"美美问我。我委婉拒绝了美美的好意。归根究底，我并不是一名基督徒。

旧城祈祷与教堂的钟声渐渐远去，随着而来的轻松惬意的新城。

这里有人群熙攘的公园、紫藤爬满墙壁的老房子、乐声悠扬的博物馆与画廊、播着流行歌曲的卡布奇诺咖啡吧。

我们在一家露天酒吧坐了下来，美美看到傍边小书架上，放着一本精美的杂志，封面是一座美丽的山峰，山顶是白皑皑的积雪，非常漂亮。

美美惊诧，脱口而出："这是哪？好漂亮。"

我看了看，淡淡回应道："这座山叫乞力马扎罗，在非洲，以前海明威写过一篇关于它的小说，呵呵，有机会我带你去呀？"

"好呀！"美美笑道。

"希望那时，我们还若初见！"我开玩笑说。

美美端详着我，缓缓说："人生若只如初见，何事秋风悲画扇，是这意思么？"

我听完一愣，不知该怎么回答。

这时，一个刺着纹身、带着脐环的女招待为我送来冰凉的啤酒。

"刚才许的什么愿望？"我另起一个话题。

"愿望？"美美不解地望着我。

"就是塞进哭墙的纸条。"我解释道。

美美一愣，随即笑道："那不是愿望，而是感谢，感谢的话语，感谢上帝带给我的一切，这是我前来耶路撒冷的主要目的。"

我点点头，表示理解。随后，我们谈起各自小时候的种种经历，谈起上学，谈起出生的家乡。然而奇怪的是，谈及自己的家庭，美美的脸上总是浮现出喜忧参半的表情。

我给美美讲我在十一中学读书时候的乐趣事。"那时候呀，班里有个叫万东强的同学，这人可厉害，常常飞奔着向人吐口水。那家伙，只见他怒气冲冲，雷霆万钧之势，端的从一旁杀出，朝着我们一口唾沫吐出来，然而，神奇的事出现了。在大多数时候，那唾沫在空中划出一道优美的弧线，最后，飞回到他自己脸上去了！"

"啊，哈哈哈，太乐了！"美美开心地大笑起来。

"还有个同学叫卢小章，据说呀，他一直认为抽烟的女人是坏女人。这想法从读中学到现在，十几年一直没变过。你说好玩不好玩？"我继续道。

美美听了"呵呵"直乐，她从兜里拿出香烟和火机。

"啪"一声，点着了火机，望着我问："那你看，我是好女人，还是坏女人？"

我笑了笑，回答说："这个重要么？俗话说，好女人上天堂，坏女人走四方嘛。"

美美微笑道："那你呢，好还是坏？"

我想了想，很负责地告诉她："我的缺点就是太正直，所以，我要多和你在一起，沾一点小坏小坏的习气。"

渐渐地，美美也敞开心胸谈起往事。美美强烈的反差激起我浓厚的兴趣，促使着我一问到底，以至于夜幕降临、酒吧打烊都不知晓。当时的我已经忘记了时间。在我眼中的是另一幅画面，是另一个世界的真实。

我彷佛回到了美美的一些过往之中。

一九九五年的夏天，那一年，美美收到北京舞蹈学院的录取通知书。对于美美来说，这是一件实在令人兴奋的大事。美美想说的是，兴奋并不是指因为能够上大学所带来的喜悦，而是自己终于可以离开青岛了。

美美出生在青岛，一个美丽而优雅的海滨城市。在美美很小的时候，差不多记事以来，父亲和母亲就经常吵架。

卧室、客厅、厨房，除了美美的房间，几乎家里每一个角落都留下两人口角的痕迹。当时，年幼的美美一直不明白爸爸妈妈为什么老是吵架。

事实上，直到念大学，美美依然没有明白。小的时候没有想过追问，长大以后却已失去兴趣。

一九八八年，父母的离婚使得美美的抚养权归父亲所有。可是没过多久，父亲很快再婚。家里新到来的陌生女人让美美很不舒服。

于是，利用春节到爷爷家过年的机会，美美趁机赖着不走了。爷爷是一名基督徒，一直都很疼爱美美，有什么好吃的好玩的或者教堂举办一些活动都会想到美美。

以前每当家里闹得不可开交的时候，美美总会跑到爷爷家里躲避那些讨人厌的互相咒骂。那年，当父亲再三劝未果后，便不再勉强美美。

看起来，这似乎是一个不错的解决方法，既省去美美对于新家的不适应，也让母亲探望美美的时候不至于面对来自父亲的尴尬。

在美美搬到爷爷家九个月后，母亲也和自己单位的一个同事结婚了。美美至今清楚地记得，当母亲带着一个陌生男子来看美美的时候，自己差点哭出声来。

母亲离开后，美美躲在床上哭了很久。后来爷爷走过来安慰，美美才慢慢止住眼泪。

和爷爷在一起的四年，是美美童年最快乐的时光。听不见讨厌的吵架，晚上回家后等待美美的是爷爷慈祥的笑容和温热的晚餐，有时候睡前，爷爷还会给美美讲一些民国时期自己和几个青壮年手持猎枪刀具，在乡下联合抵御土匪打劫的一些趣事。

然而谁能想到，一九九二年的夏天，爷爷竟因心脏病而溘然长逝。用牧师的话说，是上帝派遣的天使将爷爷接到了天国。

爷爷去世后，父亲接美美回家。这一次，美美仍然没有答应。父亲和一个女人结婚生子。往日熟悉的家庭，怎么想都没有了自己应有的位置。和父亲一样，母亲和别的男人组建家庭，生儿育女。

几年来，美美没听说父母和新妻子丈夫吵架的消息，他们各自的孩子生活得也很快乐。那么，美美就是多余的吗？

爷爷的去世让美美经常不由想着这个问题，有时候想着想着便忍不住哭起来。爷爷去世，美美不愿去父亲家，也不想去母亲家。

为此，无奈的父母只好聚在一起商议，最后一致决定让美美住在学校，直至美美离开伤心的青岛，来到北京。

直到今天，美美还清楚地记得，当初那股刻骨铭心的寂寞。心里空荡荡的，总感觉少了点什么。尤其寒暑假时，因不愿意搬到父亲家，独自呆在爷爷生前的大房子，这种感觉更为强烈。

值得庆幸的是，舞蹈学院的生活，令美美意外得到一些慰藉——美美认识了几个不错的闺蜜。大学二年级以后，室友们都恋爱了。本来非常热闹的房间里一下子变得冷冷清清。

这让美美感到难以忍受和害怕。为此，美美经常跑到图书馆去看书，或到电脑房练习编写代码。

在冷清中过着日子的美美，性格变得独立而有些孤僻。

那些天，美美说了很多事。有的，我能理解，有的，我也很迷惑。我想起了凯特·斯蒂汶斯在他的歌《就座》中概括的这一点：

"生活就像多重门的迷宫。扇扇门都得往里推才打得开。伙计，你就只管推门而进，不论你怎样走，你都可能绕回到开始的地方。"

这种情绪，困扰着我，直到我迎来新的项目，这次是个农业的养殖加工题材。

天朝的城市，叫"都"的不少。

比如，北京是帝都、上海是魔都、重庆是陪都、成都是成都。

很多人管上海叫魔都，并且流行开来，这是源于日本作家村松梢风，他对魔都上海的描写在1924年就非常有名了。

历史上、伦敦、上海、东京、纽约是公认的四大"魔都"。

伦敦之所以称为魔都很大程度上来自于维多利亚时代高速发展的工业革命，从封建时代，到蒸汽时代，再到电气时代，变换只有短短的200年时间，加之英国在各大殖民地中掠夺了大量的财宝，使伦敦成为了当时世界上的中心。

随着资本的积累和国家的强大，英国人的思维发生了根本的转变，大量掠夺来的奢侈品充斥了主流市场，新型贵族和资本家成为了国家的主宰，而传统贵族的没落使其无法适应，为了继续维持其贵族的面子，对奢侈品大量需求增长了社会的攀比风气。

但是与之相对的是工人阶级，以及下层社会极度贫穷和困难的生活，于是犯罪的激化和贫民对上流社会的不满高涨！我曾阅读过在这段时间具有批判主义风格的小说，当时它们充斥着社会下层生活，书中多以义侠或者神怪幻想描写为主，从《雾都孤儿》，《双面人》，《福尔摩斯探案集》都可以看出对当时社会现状的描写。

从伦敦再看上海，历史总是相似，却不雷同。

上海是个多色多样的地方，有古老的建筑，还有摩登的高楼大厦，群魔乱舞的人际关系，与村松梢风小说里介绍魔都情况真是如出一辙。再看看上海密布的地铁网络，连接起来简直是个大怪物，于是很多人又说上海地下压着一只妖兽，叫魔都合情合理。

我认为这为上海抹上一层朦胧晦涩的质感。上海确实有着魔术一般的发展速度，而自己所在的公司也是这个城市飞速发展的一个缩影。

海城到处是摩天大楼，建筑风格多西化，却也显得格调清雅，参差错落。不像帝都，多是深宅大院。在这个繁华的都市，在鳞次节比的建筑森林当中，常常让人觉得无法呼吸。

在华山路高楼的夹缝中，有一片开阔的绿地，有着世外桃园的感觉，天地会创投海城分舵，就设在这里。这是魔都里数一数二的顶级办公休闲地，漫步在这里的人，绿影环绕，常常觉得有另一片蓝天。

在我所在的这个天地会创投的上海分舵里，有一个总裁和三个投资总监，手下带着一帮喽啰。总裁姓汤，职业女性，号称"一品靓汤"，近50岁，却天资靓丽，背影看着像28岁，正面看着像38岁，总之，万里选一了。汤总经常和市委市府的领导在一起，谈理想，谈人生，前景光明。

三个投资总监，除了我，一个是华博士，早年毕业于上海交通大学，另一个是资历很深的职业女性赵晓瑛，这二人排序都在我前面。

说起职业女性赵晓瑛，她是江西鹰潭人，三十几岁，CFA，曾任职知名券商海达证券的产品拓展部总经理。

2003年10月的一天，盛夏似乎还没过去，太阳炙热地烧烤着大地。

赵晓瑛开着她的红色帕萨特，载着愁眉苦脸的沙沙（一条赖皮狗——她笃信男人不如狗，而沙沙则是她最忠实的伴侣，如果每天她都给它买进口小牛肉吃的话），挟着股雷霆万钧的气势，直奔华亭伊士丹而来。

生气不是没来由的，她花费一个月心血昨天刚辛苦完工的上海欧德食品公司投资可行性研究，在今天一早的会议上，居然遭到了总裁汤明驹的质疑。

那是一家主要从事水产品收购、加工销售的企业。总裁许云峰当年落户奉贤现代农业园区，开始创业。2002年出口创汇7000万美元，产值5.7亿人民币。公司按照欧盟(EEC)指令和美国药品管理局(FDA)要求建造厂区，公司的生产设备和技术在国内遥遥领先，形成了公司在市场竞争中的核心优势。

投资实力如此雄厚的公司，当然是百利而无一弊了，这当然也有赵晓瑛的努力。别人的怀疑也就罢了，她受不了的是李大凡，公司的监事会委员。之前，她不止一次的和他交流过自己的构思，而且每一次进展，她都会及时地向他汇报——也许不仅仅因为他是她的上级，他们毕业于同一所高校，他一贯都是理解她、支持她的。

但在今早的会上，李大凡一边倒的同意汤明驹，不停点头，让赵晓瑛怒火中烧。鉴于汤明驹所提出的苛刻要求，赵晓瑛是看不上的，华博士也不来劲，负责人就三人，辗转反复，上海欧德食品公司项目落到了我手中，自己不挑剔，反而觉得这是个出成绩的机会，因而倍感兴奋。

当今的社会，业务只是工作的一部分，甚至有时是一小部分。复杂的人事关系，才是重头。如何处理好周边关系，摆平各方势力，是我打算接下这项目，首要面临的问题。

对待靓汤那边，我首先高度赞扬了汤总的大局观，那不是一般人能看出来的，有这样的谨慎作风，公司未来前景毋庸置疑，最后，我举出市府那边提出要支持农业发展的号召和文件，争取了部分利益。

对赵晓瑛这边，人家辛辛苦苦做了前期工作，直接接过来，多少有些感激。这样，我请赵晓瑛去看电影，算是答谢！

电影是顾长卫的《孔雀》。影片追溯一个平凡家庭三个成员的成长历程，大姐是理想主义者，二哥是现实主义者，三弟是悲观主义者，大姐一直梦想成为空降伞兵，生活的现实一直无法实现其理想，最后姐姐自己缝制了一个蓝色的降落伞，骑着单车在大街小巷中穿梭。

这放飞青春梦想一幕，深深震撼了我。那一刻，我仿佛穿过荧屏，看到了自己。

我自问："理想幻灭、现实无奈，是不是，有没有？"我的理想生活不是说要有多少钱。但现实就是，如果没有多少钱，将会很痛苦。

电影散场后，赵晓瑛也觉得挺好看，这样，这项目就算接顺了。上不得罪靓汤，左右不使华博士和赵晓瑛尴尬，我觉得这样比较合适。

什么叫"职场"呢，在我看来，所谓"职场"，其实就是你身边一个大约十来人组成的小圈子，这个小圈子就是一个浓缩的社会。你每天花八个小时的时间在这个小圈子里生存，你的生计跟这个小圈子息息相关，搞定了这个小圈子，你就等于战胜了自己。

至于李大凡，一个典型的文人，不去得罪他就行了。我时常觉得文人是一个非常怪异的群体。一方面，中国文人的造诣很深，历史上中国文人所取得的思想文化成就比任何一个国家的文人都不逊色。另一方面，中国文人又是一个对现实生活产生作用非常微小的群体，有时，甚至完全可有可无。

在当下社会，有很多违背客观规律、不尽合理的地方。生活在其间的中国文人，对此也熟视无睹。但若有谁提出改革，准会有其他文人找出种种理由来阻止。但若提出改革的不是文人而是官员，文人们则会持完全相反的态度。

文人相轻是中国由来已久的社会现象。这种现象在春秋战国时期就非常普遍了。那时的百家争鸣，并不是在法制和相互间尊重人格的前提下进行的，而明显带有相互诋毁、攻击等成分。

比如，儒家弟子攻击墨家"无君无父"，指责道家"疏阔无用"；法家代表人物韩非子则干脆将儒家当做危害国家之首，必须予以铲除。此外，不让齐景公重用孔子的是晏婴；而阻止韩非子为秦所用并最终致其于死地的，是法家的李斯。

秦以后，文人相轻的现象越来越甚。扬雄是西汉时著名的辞赋家，其作品气势恢宏。但在有生之年，一直没做过什么大官。原因就是其经常受到其他文人的指责。

北宋时的王安石是一位杰出的文人、政治家。其最重要的功业是推行旨在实现"民不加赋而国用足"之变法活动。他的变法主要伤害的是富商大户的利益，但反对他变法最为激烈的却都是著名的文人。当时的司马光、苏洵、苏轼、欧阳修都是他的反对者，后世的朱熹等人也在指责他。

唉，这些话说起来就长了，暂且不表。

那些日子，我着手准备欧德食品项目的立项资料。从准备到最后立项，大概花了两三个月时间，不知不觉，空气里遍布了早春的痕迹。

2004 年年初，春暖花开。玻璃门外的阳光下，一树梨花在后院里一夜盛开。隔窗看不尽木棉的舒展，木棉的树枝覆盖了浮云下的年华，春天是一个盛大的季节。

项目立项后，我决定去拜访欧德公司老总。一路驱车开往奉贤农业园区，正值油菜花开，田地抹上一片金黄，黄灿灿，流金溢彩。

黄绿相间的油菜花，打动了自己。花丛间萦绕着七彩斑斓的蜜蜂和蝴蝶，油菜花地里传出阵阵动听的虫叫声，不禁让我想起了童年。

小时侯，我会提着竹篮和小伙伴，沿着油菜地打猪草。一边打猪草，一边嬉戏。春天，有时天上下起毛毛细雨，雨轻轻打在花上，清新朴实的花香撒在空气中，雨水滚落在油菜叶子上。

大片大片的油菜花，像金色的绸缎一直铺到山的那边。中间夹杂几座隆起的小丘，那漫天铺地的金黄仿佛被一把剪刀裁成了许许多多的碎块，紧紧地，密密地，汽车在金黄的海洋里上下起伏。有时头顶上是一片一片的金黄，脚下也是一片一片的金黄。

缕缕花香传至鼻端，清新宜人，田野间，萦绕着追逐飞舞的蜂蝶，极具诗意。我不禁想起杨万里的那首诗："篱落疏疏一径深，树头花落未成阴。儿童急走追黄蝶，飞入菜花无处寻。"

一会儿，车开到了欧德公司现代化园区大门。这是一家主要从事水产品加工的企业。去年年加工各类虾制品共计13000吨，带动农户6700多户。我觉得这点很关键，可以用来打通政府，取得优惠政策，以便于项目将来IPO，或者并购退出。

前来接待的，是欧德公司财务主管宋华，舟山人，老江湖，面上堆满热情地和我握手。

一分钟后，宋主管引领我和华彬走进一间豪华的办公室。一位衣冠楚楚，身材魁梧的中年人立即从办公台内走了出来，很有风度地与我、华彬握了手，并一同坐在了沙发上。

我定神一看，眼前这人，四十岁出头，中等个子，穿着一条蓝布便裤，腰间扎着一条很宽的牛皮带；留着短平头，发茬又粗又黑；圆脸盘上，宽宽的浓眉下边闪动着一对精明、深沉的眼睛；特别在他说话的时候，露出满口洁白的牙齿，很引人注目，一副精明强壮的农民企业家形象。

宋主管给双方做了介绍，这位中年人便是欧德公司的董事长许云峰，是公司的创业者。

十几年前，许云峰从舟山一家国营大型鱼虾企业出来，先在舟山创立海之歌加工小厂，一步步做到今天的欧德公司。

交谈期间，我看到墙上挂着一幅全国地图，上面贴满了各种颜色的标记，我便问许云峰这张地图的用意。许云峰说这是欧德公司在全国各地分支机构的位置图，不同的颜色代表着不同的等级，是按照每年业绩的贡献率设定的，可以使观者一目了然，说完许云峰还热情地请我到地图前仔细观看。

一会儿，交谈完毕，许云峰迫不急待的要带着我去参观厂区。我一听，正合心意，怀着些许兴奋的心情，一路参观了欧德公司厂区。

欧德公司的现代化厂区颇为壮观，整个厂区外观干净整洁，占地面积近 1000 亩。厂区看不到冒黑烟的高耸烟囱，没有工业烟雾尘污染。职工上下班通道布局合理，人车分流。在许多设计中充分体现人性化特点。无论建筑的布局还是为三期水产深加工项目预留的发展空间，都对照国际一流企业新要求"管理一流、技术一流、设备一流"，各方面都已颇具规模。

工厂参观回来后，双方都感觉很合适。我坐下看了看手表，然后起身向许云峰告辞，并表示如果一切准备就绪后，会主动联系欧德公司进一步推进。

许云峰将我和华彬送到厂区门口，对我俩说了些多多关照之类的客气话，嘱咐宋主管开车将我们送回市区。

在宋主管去取车的时候，华彬终于说话了："我怎么觉得许云峰这个人有些古怪，但又说不出到底怪在哪个方面。"我没有说话，静静地望着远处广袤的田野。

回到公司后，我便向李大凡汇报了情况，总体给予了好评。李大凡也给予支持，我便加快了工作进度。经过两周的尽职调查与相关考证，欧德项目各方面都符合公司投资的要求。

不知不觉，秋天来临了。

秋雨霏霏，飘飘洒洒。如丝，如绢，如雾，如烟。

雨水唰唰地下着，细密的雨丝在天地间织起一张灰蒙蒙的幔帐。

一日，早间。我对电话里的宋主管说："程序都基本走完了，要是没别的意外，我下周就过来吧，随时联系。"

一周后，我奔赴欧德与宋华交流双方签约的细节流程。交谈间隙中，我起身，仔细看着墙上挂着的三期鱼虾深加工工程规划图。忽然一个一闪而过的念头打断了我的思绪，这个感觉从我进入这间会议室的那一刻起就产生了，这是一种非常不好的预感，我总觉得有什么地方不正常，又说不出在哪里。

为什么会有这种感觉呢？我转过身，透过窗玻璃，看着不远处三期工程规划的用地，心想，自己瞎疑神疑鬼了，能有什么事呢。

交谈完毕后，我驱车离开。看着我离开厂区时，宋主管思绪万千，他感叹自己在我这样的年纪时正在舟山一家国营大型鱼虾企业做业务，缺乏为人处世的经验，四处碰壁，日子过得浑浑噩噩，完全看不到前途在哪里，幸好遇到许云峰，带着他一起闯荡创业。

许云峰曾经对宋主管说过："一家企业最大的竞争优势就是人才，这是你的竞争对手唯一不能复制的因素，谁说两条腿的人有的是！依我看人才就像土地一样永远都是稀有资源。"

我回来后向领导汇报了工作进展。为了稳妥，高层汤明驹要求两点作为必要条件，一是天地会创投公司派任财务总监，二是欧德公司重大财务支出，均需财务总监签字确认，方可划帐。

事关重大，天地会创投公司项目组赴欧德公司协商该事宜，整整经过一天的谈判，许云峰才勉强同意，谈判完毕后，双方走出大厅。一个偌大嗓门的声音从二楼行政部传出来："听说咱们公司要和海城著名的天地会创投投资合作啦，好事呀，哈哈"。

我不禁一怔，目光顺着声音望过去，但见火焰般热烈、火焰般抢眼的晶莹璀璨的红色头发！当下染发的人很多，染什么颜色的都有。但是，红得这么抢眼、红得这么耀眼的色泽，他却是第一次见到。

红色头发下，是一张还算洁净的大脸和一双大眼，可能是岁月不饶人，少了些许灵动的气息。身材凹凸有致，估计时光回到七八年前，还算秒杀旁人那种。"她叫南枫，是公司的行政部总经理。"许云峰笑着介绍道。

两周后，在海城知名的西郊宾馆。天地会创投公司与欧德公司签署了参股投资合同和相关协议。签约那天，欧德公司总裁何慕伟到场，我早听人说起过他，和许云峰一起创业的朋友。何慕伟年纪约四十岁了，鬓角的头发略微秃进去一些，脸上的皮肤显得很粗糙，眉毛浓黑而整齐，一双眼睛闪闪有神采。由于年轻时候常在舟山打鱼的缘故，他皮肤显得格外黝黑。

签约大会在友好热烈的气氛中进行，天地会创投投资参股欧德公司4000万元。随后的五个工作日，天地会创投公司按照约定将参股资金拨付到欧德公司账上。

这天清早，心情不错的我刚刚从天地会创投公司出来。我刻意地放缓了脚步，聆听着脚下沙沙的节拍，然后深深地吸入了一口清新的空气，一股凉爽的空气通过气管迅速地钻进了我的胸腔，立刻感到无比的畅快。

我想起许云峰那副道貌岸然的模样就想笑，合同签署完后，款项刚打过去，态度就冷淡了许多。昨天见面时，许云峰多一句话都没有，甚至最后连送送客人的意思都没有，这和签约前的那个许云峰简直是判若两人。哼，这个商场油子。

我钻进车里，拿起手机准备给李大凡通个电话，汇报一下目前的工作，刚拨完号码又把手机放下了，心想，如果李大凡一旦知道自己已经完成了手头的工作，绝对会再出一些幺蛾子，李大凡不会让任何人休息一分钟，包括他自己。想到这里，我把电话扔到副驾的座位上，发动汽车驶出公司的停车场，嘴里嘟哝一句："爱谁谁吧。"

二十分钟后，我来到华山路附近的一家胶卷冲洗店前，我在车里看见赵晓瑛站在门口正和一个中年人握手告别。当我走过去的时候，赵晓瑛说了句："你从欧德回来啦，项目进展如何呀？"我笑着如实相告。

赵晓瑛在天地会创投公司工作的时间比我要长，我接替赵晓瑛做欧德项目后，她转身去负责崇明岛的一个别墅投资项目去了，听说合作方是传说中的美国黑鹰山庄。

我和赵晓瑛在天地会创投共事，是最要好的朋友，死党，我们几乎无话不说。以至于后来华彬开玩笑断言，我们之间有进一步发展的可能。但我觉得，赵晓瑛早就有自己的真命天子了，可能性不大，唉，我心里又想起那个欲言又止的天蝎座美美了。

天蝎座的人喜欢有自己的思，钱和物质对他们是不可缺少的，他们的好斗性、狂热性和不妥协精神，常常给人留下深刻的印象。

我觉得，从星座上讲，水瓶和天蝎有点不合，但如果两个人是真心的那也无妨， 只要相爱都可以相配。

几近黄昏，夕阳的余辉淅淅沥沥地洒在苏州河粼粼的微波上，泛起美幻的七彩光，映照着河畔一艘艘画舫，似也昭示着海城的这番盛世景象。

天色渐暗，沿着数里苏州河，各色画舫万灯齐放，闪烁着惹人遐思的艳丽光影。

这时候美美走在河边，心烦着，自己年纪也不小了，逐渐有迈向"剩"斗士的潜质。

若以美美为中心，向周围辐射，就会呈现出一个数量确定，元素互异，关系密切的剩女集合。

剩女们尽管挑剔但又对彼此的身份感颇为认同，她们觉得自己不俗，与婚姻恋爱中的那群女人缺乏难以深入交谈的共同话题。

然而，剩女们潜意识里对那些婚恋中的女人充满着敌意，因为那群傻女人脸上洋溢的感觉，哪怕是虚伪造作的幸福感，总能不经意间无情地拨动剩女们敏感的神经，动摇剩女们不堪一击的骄傲。

因此，尽管剩女与剩女之间也会相互看不起，但在结盟问题上，她们毫不含糊。

在美美周围剩女集合中，露易丝姚是最出挑的一个。尽管美美向来对自己的身材有自信但在露易丝姚面前，那就是C罗遇到了梅西。

露易丝是射手座，天生爱憎分明，对感情不会拖拖拉拉。操着一口阴冷潮湿伦敦腔，外语系高材生露易丝工作后，顺利地完成从系花向交际花的蜕变。如今担任某知名公关公司宴会策划的露易丝，辗转于名流云集的各种宴会酒席，顾盼于各色阔佬之间，一片纸醉金迷歌舞升平。

美美觉得露易丝姚的身材和脸蛋能满足无论是原始洞穴时代还是后工业化时代男人对女人的一切遐想。

高高翘起的屁股，彷佛是新的女性独立宣言。

露易丝常说："婚姻是青春的结束，人生的开始。爱是温柔的吗？它太粗暴、太专横、太野蛮了；它像荆棘一样刺人。"

美美记得露易丝在大学期间特别青睐一个寒酸窘迫犹太穷鬼的理论。对自己系花向交际花转变，露易丝直接引用犹太大胡子的原话向大家作了解释："要是现象和本质一致，那一切科学研究都是多余的。"

"女性要自强"，露易丝说："弱肉强食的世界，霸权当道，容不得软弱。如果要生存，就必须懂得王者之道，勇气、力量、冲突、角逐。爱情，婚姻到处充满着战斗的气息，只有坚强的意志，无谓的气魄，才能建立自己真正的王国。"

露易丝认为两年来她卧薪尝胆深入名利场内部，掌握了一手详实的资料，早已在真理层面上把握了问题的实质。于是，她停止了八卦名流私生活，开始迫不及待地兜售她的哲学观点，企图拯救美美等剩女于无知的水火。

露易丝的高频词汇转变为：阶级、资本、剥削、利润、异化、革命……让人想起二十世纪三四十年代年轻进步的漂亮姑娘总会在蠢蠢欲动之后，踏上延安的朝圣之路。

露易丝眉飞色舞："要我说，阶级分析法不过时，人生来就被打下阶级烙印了，比方说无产阶级与资产阶级，今天的屌丝与高帅富。屌丝们尽管在大无畏地自嘲，哪一个又不是钻营着想成为高帅富，所以还是马克思最彻底，与其成为下一个高帅富，不如消灭屌丝与高帅富的界限。"

"财产是人类不平等以及贪婪欲望的物化，这些阔佬家族财富的积累，没几个能经得起推敲，随便曝光哪一个，都充斥着大量罪恶的勾当。别提什么贵族多知书达理，英国倒是老牌贵族绅士国家，又怎样？得势时给美国人当爹，失势时给美国人当孙子。"

美美哈哈大笑，她了解星座，射手座天生异性缘好，不要嫉妒她身边的男人，可以跟她辩论也可以跟她比赛，但就是不要冷落她，否则本来就爱自由的她一定会跑没影儿。

"婚姻制度算个啥？"露易丝继续道："一夫一妻制从产生那天起便以通奸和嫖娼为补充，婚姻是以经济条件为基础。王子会爱上灰姑娘，可王子不会娶灰姑娘为正妻，王子要登基，需要军事和经济的支持，王子要么和他国联姻要么娶宰相的女儿，至于灰姑娘嘛，等王子成为国王羽翼丰满后会拿她填充后宫。别这么看我，你们觉得阔佬喜欢我就一定会娶我么？六十岁的地产大佬估计会，不过我可忍受不了他们衰败的肉体和老年斑。"

美美毫不怀疑，要是再来一个延安，无数个时髦解放的露易斯将会蜂拥而至。

露易丝神采飞扬说"如果你进入我的理论王国，最好给我看到你的真诚、忠诚，还有坦诚，我会带领你一起拼，一起冲，江山如画，总会闯出我们的天下！"

美美也承认，比起露易丝讲的那些似是而非的真理，她更痴迷露易丝布道时放射出来的诱人光芒。

唉，剩女多烦恼，美美叹了口气，想起了雷迪克。

此刻，他在做啥？

第六章　初试折戟

"春有百花秋有月，夏有凉风冬有雪，若无烦事挂心头，便是一年好时节！"

大约 2 周后，我跟随宋华一起去奉贤工商局做了工商变更，完成了法律意义上的入股工作。

当我从欧德公司出来的时候，感到分外轻松，举目四望，有几棵老树屹立远处，老树阴郁地站着，让褐色的苔掩住它身上的皱纹。无情的大风剥下了它们美丽的衣裳，它们只好枯秃地站在那里。

偶尔的几滴雨打着我的脸。一堆堆深灰色的迷云，低低地压着大地。

我心想，快要变天了吧。唉，时光总是无情变换，那些暮色下的落雪，穿透浮云的斜阳，头顶寂寞的飞鸟，荒漠里沉默的天空，是不是总在意外处陪伴着你！

回到天地会创投公司，一进门，碰到行政部助理王莹，她不小了，还没找着男朋友，我关切的询问了一下，王莹叹了口气，说上周刚相亲一个。

这次是一个浙江嘉兴人，黄伟的老乡呀，父母来上海做生意，勉强算个富二代，但身高是硬伤啊，还没有王莹高，王莹 165 啊！不要求 185，但 163 也太矮了吧？介绍人说有 170 啊！最起码比王莹高一点啊！真伤不起！这也就算了，王莹也不小了，说真的，现在把标准放低很多了。但这个小 baby 完全没断奶啊！什么都要王莹来做主，是男人不？

王莹顿了下，缓了缓："说实话，也有优点。白净、和年纪不相符的老实（他 32 了）、家里有钱等等。但都不是我要的啊！我家不缺钱，不想要个老实巴交的男人，我也不是外貌协会的。"

我哈哈大笑，顿一顿，分析到："通常看自己的条件会有两个极端，一个是过分自信，一个是有点自卑，很少能有正确认识的。所以看别人的时候也会有偏差，其实有的条件真的是看看就能习惯的东西，相亲这玩意靠一面是不靠谱的。"

在我看来，王莹条件还是不错的，身高165，身材算是凹凸有致吧，外貌应该算中上吧，王莹刚到公司那会，走到走廊上总是有男人搭讪的，当然现在已经不复这种光景了。重点大学毕业，典型的理工女，客观、冷静、理智，这也是她为什么会成为剩女的原因之一。

聊完，两人就各自下班了。我到自己喜欢的巴西烤肉吃了一顿。

夜晚，华灯初上，天高露浓，一弯月牙在西南天边静静地挂着。清冷的月光洒下大地，是那么幽黯，树丛中此唱彼应地响着秋虫的唧唧声，蝈蝈也偶然加上几声伴奏。柳树在路边静静地垂着枝条，阴影罩着蜿蜒的小路。

路边喷泉真是各式各样，有拔地而起的水柱；有簇拥在水柱周围的菱形网状水帘；还有伴随着悦耳、优美的乐曲声，随着声调的高低，颤动着二十四个喇叭型的水花。

我展望窗外，觉得很安详。一件大事阶段性完成，这是自己接手的第二个大型投资项目，我不禁高兴地在心里憧憬着新年。

耳边传来收音机里播放的歌："我要飞得更高，狂风一样呼啸。"

话说私募成功后，许云峰意气风发，立志要争取全国龙头。为提高素养，他报班进入长江商学院学习。

"锦江春色来天地，玉垒浮云变古今。"一晃3个月就过去了。

宋华这段时间啥消息也没汇报，我就感觉有些蹊跷了，于是找到华彬诉说心底的苦闷。欧德公司拿了这么大笔钱，几个月过去了，一点动静也没有做出来。他怎么向公司高层解释呢？他接下来还能做些什么呢？

我不停牢骚着，抱怨着，华彬就耐心地听我诉说，然后就谈了自己的看法。

"谁能保证有人会在拿到钱后，还和事前承诺的言行一致呢？今年欧盟提高了卫生标准，对欧德当然有影响了，当然了，就算许云峰想尽快推进三期项目，还要看客观环境允许吗？时机适合么？……这都是我自己的看法罢了，你自己考虑一下吧！"

我冷静地坐在华彬对面的沙发上，仔细地聆听华彬在讲述自己的看法，不过，这些观点并没有打消自己的忧虑。

通过私下的打探，我了解到更进一步的消息。欧德公司此次融资原计划做三期鱼虾深加工项目，使企业实现可持续发展。但由于受到国际大环境的影响和国外对中国食品的打压，近半年欧德公司经营状况不佳，出现了亏损。公司目前处于停滞状态，许云峰表面上暂时也没动作，不知道打什么算盘。

窗外有些飘小雪花，我意识到，冬天的确来了。寒风凛冽，我突然有一种冰冷的感觉。

夜晚，站在高楼上远眺，南京路好像一望无际的、被珍珠琥珀装饰起来的灯海。那些在绿阴遮掩下的街灯，像淡绿的葡萄，放着柔和诱人的光辉。

苏州河边，有不少别致的小街小巷：长长的、瘦瘦的、曲曲又弯弯。石子路面，经过晚上的露水洒过，显得光滑、闪亮。在它的旁边躺着静静的苏州河，风一吹，荡漾着轻柔的涟漪，就像是有什么人在悄悄抖动着碧绿的绸子。

农历新年很快来了，街上五彩缤纷，各种各样的货物都齐全，琳琅满目。一些亲朋好友欢聚一堂，品尝着美酒佳肴，谈着一些开心的话儿。

我却总是提不起劲头。实际上，到了年底，除了土地证办好了，其余基本没进展，我有些着急了。

这时，发生了个小意外。

欧德公司地处奉贤偏远农村，位置对上班而言，不太方便，所以当初派财务总监时候，很多符合条件的候选人都不愿意去，天地会创投最后派驻欧德公司的财务总监，是一个持有 CPA 的小姑娘，说小，也不小，其实也快 30 岁了，只不过对财务总监这岗位来说，确实稍显嫩了些。过去没两月，抵不住岗位的压力，辞职了，一时间，在寻找不到合适总监情况下，天地会创投决定暂时派公司监事倪苏畅去肩负监管责任。

欧德公司董事会同意天地会创投公司推荐的财务总监倪苏畅，但距离上一任辞职，中间差了几天，哪知道，就这短短的几天，出事了。

出啥事了？账上的钱，不见了。原本用来建设三期工程的四千万，没了，被挪用走了。

结果就是倪苏畅去了没两天，就将欧德公司存在挪用公司资金、三期项目延期等情况紧急向天地会创投公司汇报。

2005年初，在我要求下欧德公司紧急召开了第二届第一次董事会议。会上，我对欧德公司提出严正要求，要求立刻归还挪用资金。

一周后，董事会同意我推荐的新财务总监程国强。经过1个月的工作，程国强向我汇报了欧德公司近期情况，由于情况和预期有较大差距，我又两次要求程国强进行核实，最终水落石出。

原来，那笔用于三期扩建工程的钱，被挪走炒普洱茶了。

这事缘起长江商学院。许云峰在长江商学院读书时，听到同学说起普洱茶的炒作事情。后来普洱茶的炒作迅速升温，价格飞涨。许云峰自己按捺不住，也加入进去了，趁着财务总监换人的间隙，偷偷挪走了巨额资金。

我对普洱茶是不陌生的，这种茶产于云南勐海、思茅、耿马、沧源、大理等地，属于黑茶，因产地旧属云南普洱府（今普洱市），故得名。

现在泛指普洱茶区生产的茶，是以公认普洱茶区的云南大叶种晒青毛茶为原料，经过发酵加工成的散茶和紧压茶。普洱茶外形色泽褐红，内质汤色红浓明亮，香气独特陈香。

"越陈越香"被公认是普洱茶区别其他茶类的最大特点，"香陈九畹芳兰气，品尽千年普洱情。"普洱茶是"可入口的古董"，不同于别的茶贵在新，普洱茶贵在"陈"，往往会随着时间逐渐升值。

这玩意，根据《本草纲目拾遗》载："普茶最治油蒙心包，刮肠、醒酒第一。"

事实医学证明：茶叶中的茶多酚能促进乙醇代谢，对肝脏有保护作用。喝茶能增加血管收缩功能。茶碱具有利尿作用，能促使酒精快速排出体外，因而起到解酒作用。并且用茶解酒，不会使醉者大量呕吐，发生反胃的痛苦。

所以这茶非常适合炒作，具备降脂减肥、降压、抗动脉硬化、美容等一系列功效。

钱被挪走后的一个月，双方陷入艰难的拉锯战。以至于在我的记忆里，那个久旱不雨的夏天，格外清晰。

太阳像个老大老大的火球，光线灼人，公路被烈日烤得发烫，脚踏下去一步一串白烟。天气闷热得要命。小鸟不知躲匿到什么地方去了；草木都垂头丧气，像是奄奄待毙；只有那知了，不住地在枝头发出破碎的高叫，真是破锣碎鼓在替烈日呐喊助威。

话说炒作行情下，普洱茶价格一度突飞猛进。2005年第一季度普洱茶均价上涨了约4倍，部分大品牌甚至上涨了十几倍，炒作造就了普洱茶大量价格泡沫。

许云峰2005年初从云南进货，共投资了2800多万元以每公斤300元收进普洱茶系列"下关甲级沱茶"，当时还有不少炒手也加入进来，购销两旺的局面引发了普洱茶行情的表面繁荣。在持续不断的买盘推动下，"下关甲级沱茶"进一步涨到了400元附近，让许云峰大为感慨，庆幸先下手为强才掌握了获利的筹码。

唉，操盘炒作这事，有这么简单吗？

如果这样，那群四合院里面的人，何必还要每日闭关，苦苦修炼呢？

我常想，如果当时许云峰肯和自己商量商量，也不会发生后来的事了。

然而，life 不能 take two。又或者，古语云，"生活里，没有如果。"

南枫是欧德公司行政部总经理，亦是公司中的秘书头，已在公司效力多年，深得许云峰的信任。南枫看似懦弱怕事，实质满腹大计和夺权野心，借助秘书头号令公司众人，给人插住鸡毛当令箭的印象。办公室是南枫展现权力的舞台，一台一凳、一草一木皆由南枫规管，所有规矩由南枫制定兼解释。南枫深知众人弱点，懂得不越权却又令众人臣服其下，整个行政部犹如南枫的女王办公室，公司上下皆对其又惊又怕！

"处理办公室斗争就像在和猪玩摔跤，你会把自己弄脏，但是猪喜欢它。办公室斗争是不可避免的恶俗，但很不幸的是 它也是人们赖以达成某事的手段。"南枫深信此点。

南枫为了全面控制公司，对总裁何慕伟虎视眈眈，派手下人监视何慕伟一举一动，何慕伟眼见南枫对他"份外关照"，心中有怒火，又不便即刻发作，为了长远计，只得哑忍……

强悍背后，南枫回到家中却甚为孤独，出身舟山农村的她，早年浪迹街头，在一小镇的 KTV 做服务员，一次恰逢创业的许云峰在该 KTV 接待官员，才偶然结识，几次往来，南枫觉得许云峰这人讲义气，有几分男人气魄，便心生好感，毅然追随许云峰，一直从舟山到上海，从当年的舟山海之歌小厂，到今日的欧德公司。

一段时间后，南枫和何慕伟全面较上了劲，南枫想把市场进货和营销这一块夺过去。何慕伟坚决不让，实际上，我早就听说过，许多人会在公司的进货中收受回扣，这是他们的利益大肉，当然不肯放。许云峰估计也心里有数，所以对此内斗，也佯装不知。

我其实是不希望南枫占上风的，何慕伟固然不是什么好菜鸟，但到底是精通业务，当年和许云峰在舟山某国有大型企业共事了 20 年，对鱼虾冷冻出口业务有多年经验，至于收回扣，那还是两害相权其轻的事。如果南枫反盘，其固然对许云峰，对公司衷心耿耿，但到底是一女人，对业务、对市场都不在行，她上台，人心尽失，对欧德项目弊大于利。

可惜，事态并未按照我希望的走势进展。不久，他们的斗争进入"刺刀见红"的阶段。一天，公司高层开完会，何慕伟脸色铁青地走出办公室，把文件夹往桌上重重一放，平时温文尔雅的他居然脱口而出地冒了几句脏话。

一个月后何慕伟就离职了，南枫如愿接管了何慕伟的业务。上任第一天，她就对何慕伟手下几个助理恨恨地说："他拍拍屁股走了，留下这个烂摊子让我收拾，真是便宜了他。"她随即发号施令："你们几个赶紧把所有的文件资料整理出来给我。"这几个人只用了一天就拿出了资料，可南枫只翻了几下就冷冷地说："资料不全，核心的东西都不在里面。"从此以后这几个人就被打入"冷宫"。

我心情迷茫，驱车开到了外白渡桥。桥面矗立着电杆，杆上安装杯形华灯，宛如倒扣的茶杯。乳白色的灯罩和蔚蓝的天空互相辉映，显得非常和谐。

然而我全然无心欣赏。此时，陈国强打来电话，说："调查到资金去向了，许云峰在云南设立了个新天路厂区，专门用来运作普洱茶。"这话让我找到了新的突破口。

为了进一步调查清楚资金去向和普洱茶的情况，我向总裁要求了四天的出差。总裁问："你要去云南考察欧德的茶叶投资？"我道："是的，我已经打听到了，那公司叫云南新天路茶叶公司。"

下午有同事关照我，并忍不住问："云南有什么特产？"几天后，我到达云南顺利找到了新天路茶叶厂。厂长在我说明来意后，并未过多阻拦，带领我参观了厂区。

我认真地清点了普洱茶的库存，并核对了进出帐，确认资金没有太大出入后，才略微舒缓了一下紧张的心情。

考察完后，我抽了一天时间去拜访大名鼎鼎的丽江。古城的清晨，晨雾朦胧中透着精致和浪漫，撩拨每一个云游其中的外乡人。

当隐约中的天籁之声刚刚苏醒，当我伸第一个懒腰的时候，不妨随手推开沿河的窗，任晨雾如云般扑面而来，轻轻吸一口，甜甜的，风里还夹杂着丽江独有的清新气息。

那些临水的住家几乎无一例外地改装成了酒吧，从低矮的窗口搭几块木板出来，便成了欢迎路人进门的天然招牌。有意思的是中国再美的古镇，一经开发便必定要挂上红红的灯笼，在垂柳的掩映下打上仿佛中国特色的烙印。

丽江还算是有点独特之处的，拐弯处的小房子上挂着"自游公社"的招牌，从窗口望进去，桌边的三两年轻人正写着画着商量着什么。想象着他们将或骑或驾结伴同行在迷人的山色中……真的啊，淳朴之风无论历经什么样的包装都一样令人感怀。

我被古城街头的各色饰品吸引住了，丽江毕竟是一道风景，集合着与它比邻而居的山山水水的灵气，吸引着在那白云深处或匆忙或留恋的眼睛。

几天后，我带着一大堆从当地特产店里淘到的"云南特产"，像派喜糖一样分发各部门，并展示微笑，不断地说："吃吧，吃吧。"
所有的人接受礼物的一瞬间都有点不好意思。有句俗话说得好：吃人
嘴短拿人手软。派了"特产"后，中午还没到，就开始有人一边嚼着
"特产"，一边问我："中午一起去吃饭吧？"

　　吃完中饭后，小休。盛夏，空中没有一片云，没有一点风，头顶
上一轮烈日，所有的树木都没精打采地、懒洋洋地站在那里。天热得
连蜻蜓都只敢贴着树荫处飞，好像怕阳光伤了自己的翅膀。

　　道路两旁，成熟的谷物被热得弯下腰，低着头。蚱蜢多得像草叶，
在小麦和黑麦地里，在岸边的芦苇丛中，发出微弱而嘈杂的鸣声。

　　我驱车来到欧德农业园区，听取上半年经营情况。欧德公司由于
南美对虾食品安全的原因和国外对中国食品的打压，导致公司的虾产
品出口量严重萎缩，销售收入比上年度下降了51%。

　　本年度业务品种由单一海产品发展为海产品和普洱茶两个产品。
其中，海产品占84%，普洱茶占16%。

　　从费用控制方面来看，销售费用占销售收入的比率本年度比上年
度高10%，其主要原因是出口的12个集装箱柜因产品质量问题于退
回，发生运输费用损失约100万元人民币。

　　在财务费用方面，年度主要业务收入比2004年下降了51%，财
务费用占销售收入的比率从2%上升到4%，资金利用效率较低，其主
要原因是预付普洱茶采购款4,400万元人民币，占用了公司大量的流
动资金。

　　在这期间，许云峰为了保管普洱茶可没少费心思。幸好这些茶饼
堆积在一起比较牢固。他特意在欧德公司的储藏仓库里安装了空调，
温度保持在25摄氏度左右，湿度则控制在75度左右，还要保持仓库
通风，以防止茶叶因为潮湿而发霉。由此耗费存储费用约为茶叶价格
的3%左右。

　　但到了8月底，云南、福建等地一直处于高位盘整期的普洱茶因
为无人接盘而出现了急跌的态势，随后华东地区各大市场的茶价也紧
跟着下跌。

　　公司内斗不止，对外投资又失利，许云峰内外交困，忧心忡忡。
我也感觉不妙。

　　"折戟沉沙铁未销，自将磨洗认前朝。" 我这次出手，便尝到
这种滋味。

第七章　马太效应

大雨洗过的路面，映着银色的路灯，仿佛是一片透明的水晶世界。

为缓和气氛，拖延时间，为自己赢得机会。许云峰亲赴天地会创投解释情况，公司专门召开了紧急会议，所有相关人员都到场。在会上，许云峰解释了：

第一．挪用资金情况：欧德公司的资金大量被关联公司、非关联公司及欧德公司高管个人占用，承诺到本年度十月底前能把资金还回公司；

第二．财务总监的职权：许云峰口头重申了按照董事会所通过的财务总监的工作权限执行；

第三．三期项目：许云峰说有新的预算，在一月内把新的预算与项目进度表拿出来。

末了，许云峰承诺2个月内一定归还款项。席间，监事长要求查阅公司帐薄，许云峰有些沉默。监事长同时要求年底审计，由双方共同聘请有资质的会计师事务所进行审计。

双方僵持了半个小时后，许勉强答应了。我松了一口气，貌似几个关键问题都有了回应，大家也都感到轻松了一些。

当天傍晚，酒席进行中。财务总监倪苏畅坐在包间下首，靠近门的位置。她一贯选择这个位置，上菜必由之路。像她这样一个注意细节的人，当然应该谦恭地选择这样的位置。

"李总，来，我敬您一杯。" 倪苏畅带着温婉的微笑，举杯向上席首位一个头发微秃，大腹便便的中年男人说到。"哎呀，师出无名啊。"李大凡笑眯眯地回道"你看，傅总你都没敬呢，怎么轮到我。"

"呵呵，项目你出大力了，当然是您。"旁边的监事长傅候德，皮笑肉不笑地说。

"哪里哪里啊，我不比傅总啊，傅总是三十年审计经验，老法师呀……"

"我说，李总啊，你看，人家都站这么久了，您好赖也给美女一个面子吗！"傅候德佯作打抱不平，然后华彬附和声起。我心情并没多么放松，所以话不多，只是随声附和。

"行。我干了！"倪苏畅的酒量绝对和她的相貌成正比，有点深不可测的味道。

"哎呀，小倪呀，好酒量。"

"哪里，哪有李总雄风啊！"

谈笑间，觥筹交错，转瞬各人酒过半句，这时候言归正传。"傅总，这次欧德项目，真亏了倪总出马，一下子把许云峰镇住了。"

……

我情绪不佳，那晚后来发生的事情已经记不起来了。

《圣经》中有一句话："凡是有的，还要给他，使他富足；但凡没有的，连他所有的，也要夺去。"

著名社会学家罗伯特·莫顿归纳"马太效应"为任何个体、群体或地区，一旦在某一个方面（如金钱、名誉、地位等）获得成功和进步，就会产生一种积累优势，就会有更多的机会取得更大的成功和进步。

这种现象会造成贫者越贫，富者越富。一步领先，步步领先。如果你认为事态有可能朝最坏发展的可能，那它结果一定会朝那个方向去。

随着欧盟提高进口标准，欧德公司出口受阻，情况进一步恶化。欧德项目进展不顺，我正在烦呢。

公司都在传要组织去瑞金，我想正好换换心情。为加强沪赣合作，上海天地会创投投资公司开展了"红色之旅瑞金行"活动，人说瑞金是一本红色经典教科书，一座被赤色浸润血脉深处的红色故都。

云石山，红军长征的第一山。比起巍峨的井冈山，云石山不过是一座小山坡。

那牵魂动魄的一幕，发生在 70 年前的金秋时节。一群年轻的英雄儿女告别家乡，也告别这深情的红土地，挺直腰杆，甩开脚板，去完成历史上最伟大的壮举。

我站在红井旁，看到石碑上刻的"吃水不忘挖井人，时刻想念毛主席"14个大字，遥想当年，为了解决乡亲们吃水难问题，毛泽东亲自勘察水源，选择井位，带领战士们一起挖井。几天后，一口直径85厘米、深约5米的水井便挖好了。沙洲坝的乡亲们为纪念毛主席，给这口井起名为"红井"。

我路过中央革命根据地历史博物馆前的红都广场，红歌会正在举行，博物馆顶端的"人民共和国从这里走来"十个红色大字遒劲有力。大型歌舞《瑞金建政，翻天覆地——欢庆第一个全国性红色政权诞生》拉开了红歌大赛的序幕。从《苏区干部好作风》到《在灿烂的阳光下》，从《十送红军》到《众手浇开幸福花》，歌者声情并茂的演唱和舞者丝丝入扣的伴舞像一列穿越时空的火车，带着观者回忆峥嵘岁月。

瑞金之行，一下子把我的豪情给激发了出来，欧德项目这点小困难和当年的艰苦比起来，算啥呢。

我觉得自己太过悲观，提醒自己得积极一点。

本来年初时候，由于欧盟和美国对出口产品质量检验的标准提高，南美白虾的出口一度被禁止，工厂也一度停工，但到9月时候，南美白虾出口刚刚被恢复，公司的经营状况有望好转。我又有所期盼了。

欧德公司目前的三期情况进展不明显，许云峰又找了个新的借口，声称主要原因是因为消防的原因，在设计规划中的消防存在问题。许云峰表示三期工程全部占地83亩，其中工程的基础和围墙将在九月的第三周开始动工，今年第四季度全面动工，预计在明年四月份完工。

我在随后查看现场，看到原规划中三期工程的用地还处在农用地的原始状态，现场没有任何动工或动工前期准备的状态。

陈国强进一步反映，他仍然游离于财务系统之外，使得财务运作按大股东的意图运作，使得其他股东的利益无法得到保障。由于公司目前尚未有正规的存货管理制度，存货管理比较混乱，目前无法确定存货是否安全。

我深深感到，许云峰个人和其他关联公司占用上海欧德大量的资金，一方面损害了小股东的利益，也限制上海欧德本身的业务发展；

另一方面，新出现情况是，欧德大股东利用自己的控股地位，将原属于欧德整体资产的烤鳗项目另外成立公司，由欧德以外的股东投资控股，严重损害国有资产的利益。

汤胖子听闻后，一针见血地说："你呐，目前是投鼠忌器，唉。"我一闻此话，不住地点头，直感叹："说到点子上！唉，唉，唉。"

夏末的黄昏总是来得很迟，山野上被日光蒸发起的水气还未消散。太阳慢慢落进了西山。山谷中的岚风带着浓重的凉意，而山峰的阴影，更快地倒压在建筑物上，阴影越来越浓，渐渐和夜色混为一体。

将圆未圆的明月，渐渐升到高空。水一样的清光，冲洗着柔和的夜。

夏末过后，云南、福建等地一直处于高位盘整期的普洱茶因为无人接盘而出现了急跌的态势，随后华东地区各大市场的茶价也紧跟着下跌，在跌近许云峰他们的成本价时，许云峰还示意同伴们捂住存货耐心等待反弹。但是眼看着普洱茶跌穿了自己的成本价甚至惨遭腰斩，让许云峰着实惊肉跳起来。

到了秋天，许云峰每卖出 1 公斤茶叶就要亏损 100 多元，这样的结果让他们无法接受，只能将存货继续捂在手里，等待出货机会。但更让他们心焦的是，如果普洱茶的价格在下半年依然难以回升的话，那么他们只能继续租用仓库储存茶叶，全年的存储费用不菲。

许云峰私下表示，只要收回成本，他就和同伴清仓出局，再也不想为这些茶叶劳心费神了。

华东市场上的普洱茶行情是紧跟云南、福建而来的，身价倍增的普洱茶演绎出的大幅跳水让江浙地区的跟风投资者措手不及，像下关甲级沱茶几年前出厂价仅为每公斤 14 元左右，2004 年的出厂价就暴涨到了每公斤 150 元，2005 年更高，那么市场价就必然要水涨船高，高位盘整而无人接手，余下来的除了下跌挤干泡沫还能怎么样呢？所以像许云峰这样的亏损户不在少数。

业内人士强调，这次普洱茶的价格暴跌是以大益、下关、中茶等为首的几个大品牌价格剧跌而引发的，因为这几个大品牌的市场占有率达到了 70% 以上，使众多投资者认为普洱茶有崩盘的迹象，进一步使得其他普通型的普洱茶品种也成交不畅。

其实，大多数购买普洱茶的江浙人自己并不喝茶，因而纯粹是为了收藏才购买，并且都是抱着一夜暴富的心理来投资。

投机普洱茶的失败，使许云峰亏损高达千万，情况一度恶化，欧德公司有蹦盘的可能。我忧心冲冲。

秋的确来了，用落叶作为她唯一的妆点，让世界沉寂下来。

我真切地感受到太阳的无力，孤独地伫立在天空中，失却了他的云彩。也许，他还有他的光华，可是他也只能无奈，无奈于时节的交替。

下了一场雨，凑凑合合的，却简直不像一场雨。太单薄了，叶片上只是斑白的一点，这雨水太过卑微，配不上做秋的代言。

那样的一场雨，只是一种无奈，夹在秋与晚夏之间的无奈，只是雨在迷茫。

第八章 达摩克利斯剑

表面安逸祥和，其背后往往存在着杀机和危险。

早在公元前四世纪，西西里东部的叙拉古王迪奥尼修斯（公元前430—前367）打击了贵族势力，建立了雅典式的民主政权，但遭到了贵族的不满和反对，这使他感到虽然权力很大，但地位却不可靠。有一次他向宠臣达摩克利斯谈了这个问题，并且用形象的办法向他表明自己的看法。他为了满足一下宠臣达摩克利斯的贪欲，把宫殿交托给他，并赋予他有完全的权力来实现自己的任何欲望。

这个追求虚荣的达摩克利斯在大庆宴会时，抬头看到在自己的坐位上方天花板下，沉甸甸地倒悬着一把锋利的长剑，剑柄只有一根马鬃系着，眼看就要掉在头上，吓得他离席而逃。

历史总是相似的不断重演。今天，达摩克利斯剑下面的人，换成欧德公司和许云峰了。

当初，为了建设三期深加工工程，欧德公司与南宏通建筑工程集团签订了金额为 2,000 万元的工程合同。

目前，虽然进展缓慢，但施工进度已经超过 800 万，按照合同，欧德公司至少需要向南宏通建筑工程集团支付 500 万的工程付款，但实际上，欧德公司除了首期 70 万开工款，其余的都未支付。根本原因，在于资金都在普洱茶上，无力支付工程款。

工程款一度的拖延，惹恼了南宏通的领导，加上外面风传欧德快蹦盘的消息，最终，南宏通一纸诉状，将欧德公司告上法庭。

夕阳在群山间快速下沉，大地此刻遍地金黄。我从欧德公司出来，心里比较沉重，南宏通公司一旦上诉，对许云峰和我，都是个严重的打击。

"上诉一旦开始，项目基本确认失败。"我脸上没有喜怒哀乐，声音不带抑扬顿挫对旁边的华彬说。

华彬反问我："如果你是许云峰，会怎么做？"

我从语气闪烁中看穿他的心思，目光冷却："先还了欠南宏通的钱，拖延住生机，再想办法东山再起？"

"我也是这样想。"华彬索性含糊回答。

"拖欠的 500 万，钱从哪里来？"我皱起眉头，扬起声调

"卖掉普洱茶，断臂求生？"华彬避不开，瞪眼回答。我听到这话，额角神经乱跳，梗着脖子高喊："普洱茶目前还是浮亏，真卖掉，就变成名亏了，许云峰还指望它价格再回到高位呢。"

"他还死不认输"我断然说。华彬似笑非笑，右手摸摸鼻尖："人性哪"

我低头看着手上的资料，承认："我大意了，项目难以翻盘了。"

"这就是诡谲的商场。永不言弃，绝不松懈，不能阴沟里翻船。不要在商场中学，哭都来不及！"华彬吐出烟圈，他来到我身边，拍拍肩膀以示鼓励，"遇到困难停下来，是孬种；见到火坑硬往里跳，是傻子。你不是孬种也不傻，吸取这次教训后，可以成长得更快。商场总是这样，不当孬种，也不能送死。"

南宏通公司进一步向法院申请了财产保全，冻结了欧德公司的土地、资产，直接影响了许云峰进一步的资产运作，情况更加恶劣。

所谓诉前财产保全是指利害关系人因情况紧急，不立即申请财产保全将会使其合法权益受到难以弥补的损害的，可以在起诉前向人民法院申请，由人民法院采取的一种财产保全措施。

诉前财产保全的申请人，通常应当提供相应担保。很显然，以南宏通公司的实力，提供担保没有一点问题。

那天，我接到欧德公司的电话，让我立即参加第二天召开的董事会会议。

尽管我并不是欧德公司董事会成员，可每当遇到董事会讨论什么重大问题时，常常会把我叫上，以便涉及什么问题时，可以直接向我

咨询，尤其是遇到法律方面的问题时，也可以当即让我表态。时间长了，我在很多欧德董事会成员的眼里，便渐渐地成了重量级人物。

但其实，这种重量级人物的身份，不仅仅让我身上多出了一份责任，更多的时候，是多出了一份烦恼。

因为需要让我当即表态的时候，常常都是我认为具有重大隐患，难以有把握操作的事情。每当这种时候，我都会成为别人的挡箭牌。

而不管我怎样反对，往往都抵不过许云峰一个人家长式的独断专行，更难以阻挡事态的恶性发展。

而最终的结果，又常常会由我出面去应对各种各样的麻烦。我常常是身心疲惫地跟随在各种各样的麻烦后面亦步亦趋。

我出门之后，径直去车库取车。大约四十分钟后，我来到欧德公司。就在这时，我的手机响了起来，于是接通了电话，电话是华彬打来的。华彬告诉我，他考虑跳槽，去一家中小投资基金。

这突如其来的变化，让我感觉到意外，我有些失落，觉得自己正在做的事，是不是在浪费时间和精力。大约十分钟后，我开车到欧德的车库停车，我已经不是第一次来这里。但这次的心情尤其复杂。我匆匆忙忙地走进一栋楼的三楼，敲过门后，我推门进会议室。

那一刻，我已经听到了里面激烈的争吵声音，我的心一下子抽得很紧，我反应了过来，事态变更糟糕了。

顷刻之间，我怒火中烧。我强忍着自己的情绪，在自己的座位坐下来。

几天前，在欧德公司食堂的情景浮现在我的脑海。

那天中午，在欧德食堂吃饭，去得有些晚，食堂的人已经不多了，稀稀落落坐着七八桌人，这家食堂请了几个舟山的老厨师来做饭菜，还是蛮香的。我点了个椒香鸭腿，正坐着慢慢吃，有些走神。

临几座的一位员工，随口说："听说新加坡移民政策也在收紧。"傍边传来宋华的声音，声音不大，需要集中精力仔细听。

宋主管说："可不是，不过，新加坡经济发展局为吸引海外投资者、企业家，设立专门人才引进，门槛比较高，大概包括：

1. 主申请人至少 3 年的创业经历，必须是企业股东身份；

2．主申请人在公司的持股比例在 30% 以上；

3．公司营业额的要求，如果是房地产或者建筑相关行业，年营业额要达到 2 亿新币以上，如果是其他行业，年营业额达到 5000 万新币以上；

4．申请时要支付申请费 5650 新币（以家庭为单位）；

6．投资者至少投资 250 万元新币在新加坡政府批准投资的基金 5 年时间；

7．增加居住要求或创业要求。

那位员工吓了一跳："这要求对普通人来说，也太高了。"宋主管，嘿嘿一笑，解释道："那可不是，不过，对许老板，是小菜一碟，我了解清楚了，找专业的移民咨询服务公司来给老板办理，虽然价格贵点，但许老板不在乎，只要求尽快办好。据我初步估计，时间不会太长，这事，我就给你说，小心保密，不要出去乱说。"

两人边说边吃饭，到是不远处偷听的我，顿觉这事不简单，可大可小，便没心思吃饭了。

思绪回到现场，此刻，我几乎接受不了这样残酷的现实，我低着头，偷偷看着许云峰，怀疑他是不是真有外逃新加坡的企图。

这种会议是没啥结果的，无外乎是母牛在宣泄，一会儿斑马又开始反扑，最后旁边的猎狗蠢蠢欲动。我是那只孟加拉虎，当我发现自己熟悉的丛林时，头也没回地离开了。

我又疲惫地回到了家。就在欧德项目折磨得我身心俱疲、无力回天的时候，我懒散地半躺在沙发上，头靠着沙发，目光呆滞，仰望着斜前方。

那是我摆放各类书籍的靠墙大书架，我抬头看见大书架的架子顶层，放着那本封面早已灰旧破损的书——《百年孤独》

在我记忆里，还在初中时候的我，因为好奇买了它。一个不谙世事的小孩子，为了所谓的一点点虚荣心去阅读这部作品，很认真地读，那时的它，却显得如此晦涩，各种复杂的称谓，拒我于千里之外。让我恐惧，翻了两章，便不敢再拿起来看。

和很多人的经历相同，我把它放在书架的最顶层，记忆里告诉自己，我读过它，然而不过如此，因为我没有看下去。

二十年后的今天，经历了许多不想经历的事情，看尽了浮世百态，从一个故作孤独的人变成了一个真正开始明白孤独的人，却没有了过往的浮躁。

在这个清冷的夜晚，我暂时忘却眼前的烦恼，重新去阅读它。

那一刻，经历世事沧桑的我，彷佛被雷电劈中。

书里曾经晦涩难懂的文字如今却像滔滔江水一样一波一波的撞击我的心灵。我一口气从头读到尾，从心底惊呼赞叹怎么会有这样环环相扣精彩绝伦的叙事方式。

冷静旁观的口吻，读罢却激起我心底最深处的苍凉。原来这个被废弃已久的宝藏，从未离开过我。

"布恩地亚家族，家族中的第一人被绑在树上，家族中的最后一人被蚂蚁吃掉。"

漫长的几代人之中，有手艺灵巧的、有求知旺盛的、有聪明机灵的、有勇敢坚强的、有吃苦耐劳的、有光彩照人的……他们有坚毅的眼光，不轻易言败的性格，无论是旅途劳顿的南征北战，还是通宵达旦的欢娱，他们都可以用他们特有的魅力吸引体态美丽，性格丰满的女性。

每个人都在用自己独特的办法抵抗孤独，参加革命也好，反复地做手工活也好，沉迷于情欲也好，读书翻译也好……这里面包括了人类一切可以抵抗孤独的办法。

狂傲、孤独、热情、个人英雄主义、放荡不羁……就像桑巴舞和马拉多纳，哪里仅仅是奥雷良诺上校的性格，这些分明就是雷迪克自己的性格特点呐。

从小到大，我发现自己对世界的认知，对荣誉的看法，对幸福的体验，都与多数人不同，孤独感因此没有变少，而是与日俱增。我就仿佛一个有獠牙的人，总会在月圆之夜，经受狼人的传说的体验，被宿命的悲伤袭击。

我在荒芜，我在狂呼，我的孤独无人能懂。"星垂平野阔，月涌大江流。"我以及与我相似的人，就仿佛是人群中拥有某种特殊血液的人，我们的心遥相呼应。

孤独它在这里，不动不逃，偶尔出来说几句冷笑话。没关系，我竟然涌起一种类似于平静恬然的快乐。就好像我们知道人终究会衰老死亡，但在照到阳光的瞬间，仍然忍不住微笑。

我们生在这世间，富贵与贫穷，生活状况千差万别。但是，如果从几千年的人类发展史来看，每个个体渺小得如同原始森林里的一片树叶，成住坏空，循环往复。对于这片原始森林来说，一片树叶形状大小，颜色如何，甚至存在与否，其实没有多大意义。

于是，个体的生命意义就仅仅在于对生老病死这个短暂旅程的自我体验。从这个角度来说，王侯将相与贩夫走卒，"高富帅"与"屌丝"都是平等的。

每个人都有快乐，但更多的恐怕是面对孤独。孤独犹如影子一样存在于生命一隅，时不时地出来提醒你一下它的存在。

写一本书，做一次爱，去一个好地方，爱一个好姑娘，赚一百万以后再赚一千万……这些都不错，但不要把这些变成抵抗孤独的武器。不，不，不，各种各样的体验都不过是生命的一部分，但不应该是作为战斗的筹码白白被牺牲掉。

那天夜晚，除了孤独，我一无所有。

在我看来，世界上有三部"红楼梦"：中国清代《石头记》，哥伦比亚《百年孤独》，日本平安朝时期的《源氏物语》。按照时间顺序这三部书应该是：《源氏物语》→《石头记》→《百年孤独》。三者在内容上是没有任何关系的。

不过，我以为，这三部著作在本质上是相通的。如果再加上《呼啸山庄》，那这四本书就是人类一部一千年来孤独的历史。

从那天起，我涌起一个想法，像当年 18 岁的加西亚马尔克斯一样，为自己关于流光的记忆，去寻找一个文学归属，缅怀青春，向岁月致敬。

这部作品，应当有个大气、包容而充满正能量的名字。

叫什么呢？《大地燃情》如何？

"繁殖吧，母牛！生命短促啊。"

接下来的一段时间，那种孤独的情绪一直笼罩着我，挣脱不开。我整日浑浑噩噩，有时在办公室为项目发呆，有时随机漫步在嘈杂街头。

那天，就这样不知不觉，却走到了几年前熟悉的老地方，那个神秘的四合院。好像有股神秘的力量一直在牵引着我，身不由己。

我推开四合院门，里面的门楼游廊早已老旧，由于无人居住，里面大多都很破损了，院子内部，地板、天花板都是蜘蛛网丝，房顶上原来铺的一层干草，被风吹得七零八落。

院子里，只有那栀子花树叶上还滚动着晶莹的露珠，丝丝缕缕的阳光透过密密麻麻的树叶，在长满青苔的水泥地上投下暗暗的光斑，四周墙上多了些奇草野藤，牵藤引蔓，穿石绕檐，努力向上生长。时不时听到野鸟轻悦地啾啾几声，更显出院子的寂静。

我漫步在那个四合院中，走到当年自己居住的那间屋子，里面却是虚掩着的。我便推门进入，走进房间里忽然我感到自己渺小起来，我觉得世界是这么广阔，众生是这么多，而自己却在荒郊古院落之中，困惑于一个小小的项目。

我把桌上旧物收拾了一下，随手间，不小心看到师傅当年送我的那串佛珠。睹物思人，彷佛回到那年时光。仔细一看，佛珠上，若隐若现，隐隐刻着"6、3、1、1"四个数字。我很奇怪，当年如此浮躁的我，天天转动它，竟然没有发觉。

我忽然记得《生命不能承受之轻》里，女画家突然发现一张极其写实的画作，反而因为一滴点错的墨点显得无比虚幻。好像整个现实的世界在一个虚幻的点上塌陷了。

我想，不会是师傅又在玩弄禅机吧，但不知究竟 6、3、1、1 是什么用意。

"希望师傅指示我走出迷津就好。"我穿过库房，走过几层石阶，就到了师傅房间。

我走进师傅的小房间，随地就是一拜。

磕头触及地上的方毯子，突然间，彷佛碰到什么硬物，但见"吱嘎，吱嘎"。

墙上一个转动小门打开了，露出里面一个小保险箱。我愣住了，看着小保险箱。缓缓起身，朝着走过去，近距离看着密码箱，

突然想到佛珠的数字，我尝试着，拨动"6、3、1、1"，"啪"保险箱居然打开了。

静静的，露出里面一盒子，端端正正放着三个锦囊。我若有所思的皱了一下眉毛，旁边放着一块手绢，打开来看，这张羊皮手绢上面写着一段话：

"小虫吾徒：此去江湖，当有重重磨难，望你小心克服。师傅虽知你有不凡的福慧，常会化险为夷，但你此去参学，祸福相依，很难预料。

你既然回到此处，说明你还记着有我这个师傅。我没有什么送给你作纪念，送你三个锦囊，你如逢危险之刻，打开第一个锦囊；如遇犹疑之处，打开第二个锦囊；如存迷茫之心，打开第三个锦囊，里面自有妙用无穷。

侠之大者，为国为民，将来如果你能为众生贡献出一点微薄的力量，皆是诸佛菩萨的慈光庇照。

切记！

师　止之铁"

随后，我打开盒子接受过来，自己心里明白，师傅已是一个明白过去和未来的智者。

我端端正正拜谢，拿着锦囊走出了房间。临别时，我像当年一样，再次深情回望，那个四合院，那段青春岁月。

随后脚踏"凌波微步"，纵身一跃，消失在风中。

欧德公司一直拖欠南宏通的工程建设款500多万，南宏通正式起诉欧德，局面在进一步恶化。

翌日，大家又开会讨论了欧德项目，寻找出路。一旦对方采取诉前财产保全，欧德面临查封资产的困境，项目实际上便彻底失败了，我很清楚这其中利害。

项目遇到大挫折，我心情不顺，而华彬则递交了辞职报告，在等

着总裁回复。

算作告别宴，华彬邀约我到街上吃馆子，街上行人稀少，一盏盏玉兰球型组合灯，将柏油路面照得水雾蒙蒙，偶尔有辆出租车沙沙地驶过。

远远近近的街灯已经亮了，起先像一个个暗红色的水果盘，渐渐变成了明晃晃的大银球。

两人沿着街区往前走。遇到一家"诸葛烤鱼"，这家小店我太熟悉了。我老家在重庆，就在那里，有一个 24 岁的小伙子，从浩瀚的三国文化中找到商机，把一间小小的烤鱼店包装成典雅、三国古韵十足的时尚餐吧，既可享受到美味可口的美餐，亦可阅古文，听竖琴，餐吧的每一处细节，都有诸葛羽扇纶巾、谈笑风生的影子。

两年时间，这家复古而又时尚的三国餐吧已经开遍全国 200 多个城市，这个年轻的重庆男孩用三国赚取了千万财富。

我叹口气，对华彬说："哎，咱什么时候也整点这些有创意和激情的事出来。"

华彬点点头，又摇摇头。

据说，烤鱼可是三国时诸葛孔明的最爱，诸葛亮隐居南阳时，常烹制家宴，后亮随刘备攻打江山，刘备、关羽、张飞等也都对烤鱼百吃不厌……

不过当初的烤鱼，但并不十分符合现代的饮食习惯，关键是创业者作的变通，跟随了时代的变化。

华彬倒是第一次吃，发觉鱼是先烤熟，再用小火持续炖，显得脆嫩、新鲜而不冰凉，炖汤里加入可清火、营养价值又高的中药材及调料，保证美味的同时也保证健康。另外针对部分顾客不吃鱼的习惯，小店结合八大菜系制作出精品川菜，这样供顾客选择的面更广，菜名全部引用三国的人名典故。

我说："把三国文化融入烤鱼品牌，又通过文化的穿透力和亲和力对外推广。'诸葛烤鱼'的运营方案属于商战成功案例呀，可惜，俺们的欧德项目只怕要成为反面教材了"。

华彬怕我过分难过，拍了拍我的肩头，安慰说："现实如此残酷，以至于我们无法面对，但是我们依然热爱生活……"

周三上午，周例会结束后，我推门而出。走廊上，王莹给黄伟说起新的案例。

"这次是个渣男，小姨的朋友给我介绍的，关系有点远，他竟然带着他老娘"，王莹愤愤不平。纹着恶俗的眼线，穿着恶俗的花花裙，嚼着口香糖，上下打量下王莹，说啥学校的。第二句，问他那肥儿子，人也见了，感觉怎么样？

王莹说："去你妹妹的，我靠，当时就想用 8 厘米的高跟鞋狠狠的踹上那娘俩！！我去！真把自己当根葱了！"

看在那个介绍的叔叔在跟前，不好发作，就默默地忍了。然后留了电话，人渣娘俩就滚了。黄伟听了哈哈大笑。王莹问路边一小萌妹："刚那个哥哥难看不？"

曰："难看。"

问："他妈丑不？"

曰："丑死了。"

问："姐姐今天漂亮吗？"

曰："漂亮！"

哈哈哈！心情瞬间转好！黄伟在一旁，止不住地笑，嚷着要把这事告诉同事冬衣去，让他吸取教训，借鉴经验。

我在不远处听着，有些担忧，心里想："王莹 82 年生，再没进展，已经可以算是高级别的剩女了。"在我看来现实生活中，好男人不一定能娶到好女人，好女人也不一定能嫁到好男人，好女人和好男人在一起生活又不一定幸福。生活就是这么无奈。"

人有千种，世有百态，每个人的性格、品味、素养皆不同，夫妻相处的方式就不同，一百对夫妻有一百种相处的方式。

婚姻就象一桌酒席，爱是主食，宽容、理解、信任、尊重就是一道道菜，欣赏、幽默、趣味就是酒和饮料，只有同时具备上述几个品种的酒席，才算得上完美无缺的酒席。

所以，男女这餐饭，不好吃呀。

美美呢？她最近如何？

我不由沉思道。

接下来的 2 周，我都在忧心忡忡中度过，直到财务总监报来一件大事，我再也坐不住了。

一天早上，财务总监程国强慌慌张张来报告：许云峰在他毫不知情，公司里没有任何信息的情况下，瞒着股东天地会创投，把欧德旗下控股子公司——舟山海之歌公司的股权和资产全部变卖转移过户了。

事情非常确切，已经有工商证实了。这事深深震惊了我，觉得大事不妙，许云峰开始步步为营，有潜逃的迹象。

我即刻打开办公桌边的黄页本，慌乱查起海城公安局和检察院的电话号码。

凌晨两点，书房还亮着灯，昏黄的灯光下，我战战兢兢地拿出盒子里的第一个锦囊，小心翼翼地恭敬地打开来。

但见，发黄的羊皮绢布上写着三个飞舞的毛笔字：

"等，变数！"

周五晚上八点，天地会创投公司大会议厅，灯火通明，一场紧张的会议正在进行。

总裁汤明驹首先发话了："这事，要高度重视，雷迪克反映得很及时，大家务必提起十二分精神，并作好最坏的应对方案！"

"领导，要不，我从明天开始，一直守在欧德，以防有变。"想着这一个月来的经历，我是心急如焚。

"这样容易打草惊蛇，许云峰看出来后，可能加速事态发展。"李大凡说，"雷迪克这一个月来的表现，大家全都看在眼里了，勤快、实在，但这事不可过于莽撞，力求寻找软着陆点，最好双方都可全身而退。"

"大凡说的是。"汤明驹点点头"这笔钱里有国资成分，相信许云峰也深知利害关系，他轻易不敢乱动，我们也不要太过紧张，做好应付坏的准备，思考周全，必要时候，可以和市检查院及相关部门取得合作支持，力保国有资产不流失。大雷这几年，进步很大，但在关键事情上，还缺乏磨练，这方面，要好好向监事长傅总学习，不付出点代价，哪里学得到真本事？"汤明驹继续道。

傅总补充道："其实我一直就觉得，许云峰这小子，不安心本职业务，老想搞资本运作，挣快钱，但又不熟悉投资这行道，这次在茶叶上，栽了大跟头，可以说，有偶然，也有必然，对我们而言，当务之急，一是要财务总监密切监视公司往来款项，防止许云峰继续挪走公司流动资金，二是防止许云峰处理掉公司资产，套现走人，三是对三期土地，可以说，是欧德公司目前最值钱的资产，要防止被转让过户掉，做到这三点，再对许云峰，旁敲侧击，软硬兼施，晓之以理，动之以情，必要时刻，搬出检察院或公安局之类来吓吓他，让他不敢乱来。"

　　傅总的一席话，让大家理清了思路。我不禁一阵暗暗后怕，要是自己没有无意中听到许云峰移民的事情，此刻自己该多么被动，又会是何种处境呢？

　　"好的，大家就按这个思路办，有紧急问题即刻汇报。" 汤明驹总结道。

第九章　拐角处的微笑

人生就像一口大锅，当你走到锅底时，无论朝哪个方向走，都是向上的。

接下来的时间过得很紧张，雷迪克总担心有啥事发生，心里时常琢磨，那个锦囊里写着的"等"字，到底是啥意思？

蔚蓝色的天空在深秋时节，一尘不染，晶莹透明。

由于海城工业土地供应的持续紧缩，致使工业用地的价格大幅上涨。国土资源部下发了相关规定，改变全国各地同级土地最低标准价"一刀切"的现状，在土地分级定价的基础上，加入区域地价差别考虑。随着细则的出台，海城市工业用地价格出现飞速度上涨。

长期以来，地方政府为了招商引资而压低工业用地价格，依靠低廉的土地吸引投资，增加本地的 GDP。当时很多地方的财政已变成土地财政，政府利用征用农民土地再向市场供应建设用地的方式赚取巨额收入。

地方政府从农民那里征用来的土地总量中，30%~40%用作基础设施、道路、学校等公共目的用地，政府无从赚钱。35%左右用作工业用地，这部分土地是通过协议方式供给的，各地方政府间的竞争，通常要把地价压低。

第三个部分是商业和住宅用地，但其中又有一部分经济适用房用地，真正的商品房用地仅占 15%。这意味着，政府的土地收入主要依赖商品房用地，是用这 15%的土地收入来弥补剩余的 85%的成本，同时还要赢利。

在此前一段时间，压低给农民的征地补偿标准，抬高建设用地的出让价格已经成为某些地方政府从土地上获利常用的方法。随着上述情况的逐渐改变，海城土地价格又一波猛烈上涨，短短 2 年间，欧德公司当初为三期工程扩容而购置的土地市场价格已经突破两千万。

一家来自成都的冷冻物流企业为进军华东市场，正在寻找合适的购买土地目标。这是汤胖子无意中告诉我的消息。我喜出望外，正好欧德的三期土地，非常适合建设冷冻库，其实，这项目原本就是用来做这个的。

双方联系上了以后，对方开始和欧德谈判，要买下这块地。结局就是这么神奇，土地由当初 800 万，上涨到目前 2500 万，西部这家做食品冷冻运输的叫"西霸王"的公司前来签约接盘，接走了三期土地。

南枫跟随云峰多年，总归是有情义的，主动拿出 500 万，支持了许云峰一把。我听闻后，连声感叹："小三未必无情呢。"难怪像《北京遇上西雅图》这类的片子，现在也能通过审查了。社会的价值观变得多元化了。

最后，许云峰通过自己多年的人脉，东拼西凑，自己解决了 1000 万。这样，2500 万土地转让款划转到账的那天，许云峰经过痛苦的思考和煎熬后，最终放弃了逃亡新加坡的念头，连本带利息，归还了 4000 万的投资款项。

天地会创投公司高层闻讯后，长长舒了一口气。那一晚，我彻夜未眠。

"人心即是地狱，所以上帝没有仆人。人心也是天堂，所以魔鬼没有灵魂。"

许云峰回首创业路，感叹万千。我是同情许云峰的。许云峰当年在舟山国营企业，郁郁不得志，30 几岁，出来创业，开创自己的天地。中间甘苦，有多少人知道呀。我甚至从他身上，看到了自己的影子，同样的年轻气盛，同样的不容于体制。

我从内心深处，是不希望许云峰落个身败名裂的。我记得许云峰常说："大家都谈江浙老板多，可是大家都只看到浮起来的，沉下去的更多。"

生意归生意，人情还是在的。江湖无论多险恶，总有让人怀念的地方。一切还清楚后，许云峰请我吃了顿饭。席间，许云峰聊起当初创业的艰辛，心里总有说不出的酸甜苦辣，百感交集。

当初在国营企业，许云峰就是因为不满足现状，多方筹措资金，投资 150 万元在舟山创办了海之歌的小厂，养殖加工鱼虾。为了让自己公司养殖的虾苗又肥又壮，必须每天顶着烈日，在池塘边走上好几个小时，测水、撒料、增氧……

虽然总面积有 100 多亩（6 万多平方米），但"养殖基地"其实就是几片虾塘加一间毛坯平房，都是许云峰讨价还价向当地人租的。那些平房，在夏天，热浪"轰"地涌上来，让人根本睡不着觉。

墙壁上斜斜拉出几根电线，接上电灯泡照明，空调当然是没有的，那台破旧的落地摇头电扇，伴随许云峰走过年轻时候艰难的创业岁月。

有时候，台风带来的狂风、暴雨和低气压，很容易使水体养殖环境发生剧烈变化，从而影响南美白虾的活动和摄食，甚至导致大规模病害暴发，遇到这情况，许云峰都欲哭无泪，最严重的一次，几乎使得许云峰血本无归。

苍天不辜负有心人呐，几年后，白虾生意逐渐红火。许云峰终于成为了一个百万富翁，圆了他当初打工要致富的梦想。

经过十年的打拼，许云峰才从舟山海之歌的小厂，一步步做大，做到海城的欧德公司，随着发展机遇越来越多。许云峰头脑也开始发热，才有了茶叶投机的滑铁卢。

哎，一招不慎，满盘皆输，许云峰心理那个懊悔呀。现在后悔也没用了，他终于从这里面摆脱出去了，曾经的喜悦和烦恼都一笔勾销。

往事随风，叶落归根吧，许云峰打算回到舟山那片熟悉的土地上去了。

"你要跟着世界走，到处都会碰壁；你要是有自己的目标，全世界都会给你让路。"

从欧德公司出来，我心情舒畅地放眼远望，山坡上，一穗穗的高粱高傲地矗立着。秋风吹来，它们像一把把胜利的火把，高兴地晃动着。

仰望天空，只见有一群大雁从北方飞来，又向南方远处飞去。我真心觉得："深秋的田野真美。"

因为妥善解决了欧德项目，避免了重大损失，我被提拔为副总裁，自己感到很高兴，总算是坏事变好。

雷迪克获得了提拔，手下都跟着升级，王莹也都升为高级经理了，每月又能多赚3千块钱，她乐呵呵的。

傍晚聚餐，大家无意中谈起剩女，王莹不淡定了，悲催无比的坑爹经历她最有体会了。王莹叹口气，说起昨天的相亲经历。她说，这次是个兵哥哥，电话打了有一个礼拜，然后见面，结果，平底鞋跟他差不多高！脸上的坑，粉刺痤疮，木讷眼神什么的，很倒胃口。比王莹大6岁啊！代沟啊！不知道自己啥星座！后来得知是摩羯，怪不得呢！

王莹最后以年龄差太多，有代沟不了了之。冬衣好心提醒道："王莹呀，你马上奔三了。没几年了，亚历山大呀。"

梦洁也劝说道："嗨，其实好与不好的区分，是在于你的标准。"我一旁附和说："这个的确是，我完全同意。"梦洁继续："身高啊，矮点的男人就注定后代没高度吗？ 你骨子里还是有点外貌协会情结的，本身就不纯粹是居家过日子的女人，还想着浪漫，玩乐。"

王莹反驳道："首先，我不是外貌协会的人，我喜欢有本事的男人，这是根本，外貌只是锦上添花，何况我认为最帅的男人帅的是那种气质，相貌身材帅的男人帅得很肤浅。我怎么就不是居家过日子的女人了？居家过日子就不能浪漫？这又不冲突。衣食无忧，就不能有点追求？"

梦洁继续："也许你家是大富大贵，正常男人这个岁数了，不会去想着玩了，都是稳定的生活。也就是说你的状态下，只能去找22至25左右的小男生去陪你玩浪漫了。浪漫这个东西说不好的，天天浪漫就是虚假了，偶尔的一次，才会觉得挺好。"

黄伟小声问："这个频率到底是多少？1年1次太长，至少1个月1次吧。"

梦洁继续："至于世界观不同，这个也是没办法的，每个人的成长环境不一样。但是男女之间的彼此吸引，不见得就是所有的想法都一致。两个不同世界的人，磨合好了也可以生活得很好的吧，我觉得。"

这种讨论是没结果的，聚餐散了，就随之散了，日子照常过。

我在欧德项目的勤奋、敬业、负责的表现赢得了公司上下一致好评，连大凡和老傅都罕见地表态说，"这个人工作责任心强，让人比较放心。"

这点毫不夸张，当我整理我电脑里的欧德项目文件夹时，各种文件、汇报、会议纪要，总共超过了 300 份。看着密密麻麻的小图标，我想起了郭靖三师兄的话："一分耕耘，一分收获。"

汤总也开始欣赏我了，除了我原来负责的那个 10 亿级别的产业基金，又把一个规模较小的 2 个亿的文化基金交到我手里。这让我这样一个文艺青年，很是高兴。我多年来浸泡在文艺里，做这行简直是驾轻就熟。

我准备去投资影视项目了，美美知道后特别兴奋，带着她的闺蜜死党露易丝姚就来缠着我，要求帮忙去蹭点角色。

影视圈是啥？大染缸嘛，我当然不舍得把美美送去。两相权衡，推荐露易丝姚，是一个折中方案，这样大家都可以接受。

同样都是人，同样都是男人和女人，但只要和影视圈沾上了一点关系，那自然就会和潜规则扯上了，不管有还是没有，也不管是还是不是！

潜规则似乎已经是一种符号，直接代表着的就是做影视的人。初次接触影视圈，我和小牛奔腾影视公司的一个朋友去赴饭局。小牛奔腾影视公司在业内算比较知名的，虽然排不进前三，但出品的《历史的苍穹》，《石头真疯狂》都是叫好叫座的片子。

那天晚上一起吃饭，有剧组的副导演，我记着美美的托付，把露易丝姚也带着一起。

那天在饭局上，我就认识一个编剧，写了一部电视剧，在央八播出了，当时他那个拽呀！好像老子天下第一似的，没有任何人，唯有他才是真正的能够代表中国电视剧未来的独生子！……

这编剧早就大声的高叫，晚上他请客，只要有美女来就行！哈哈，当晚，来了有十几个美女，其中有一个美女演员范丽丽……

其实，谁都明白谁，在影视圈里，吹牛是最没本事的人。结局很简单，那晚，除了那个编剧花了四千多请大家吃饭，什么事也没有！

错了！还是有的，就是女孩们在吃饭前都和他去握了握手，叫了他一声"老师！"然后，似乎就没他的任何事了，大家随心所欲的喝酒吃饭闲聊，临分手时，那编剧似乎是想显示自己是请客的主人，还大言不惭的说要给女孩们上戏，要留女孩们的电话，可怜的是，女孩们从一开始就觉得这个编剧别有用心，留给这个编剧的基本都是所谓经纪人的电话。

我暗地里笑话这个编剧，摆什么谱？不就是拿了十几万的稿酬嘛，犯得着这样吗？

露易丝姚初次接触影视圈，但也不傻，出来就跟我说，这人不怎么样。旁边是小牛奔腾的员工，更损地说，估计就是没见过女人，没见过漂亮妞，或者就是从山里来的。

我也笑着说："这点我认同，不过，看人要看优点嘛，哈哈。"

在影视圈里，什么样的人都有，什么样的怪事也都会发生……

同一天晚上，同剧组另一副导演却被一个漂亮女孩给折磨了一晚上，后来这事又变成了一个笑话，说是这副导演在最急切的时刻，直向这个女孩高呼了一句至理名言："你可以侮辱我的人格，但你绝不能侮辱我的时间！"

而同一时间，我和小牛奔腾一个编剧负责人聊《抗日海天传奇》的剧本。

就在我们去享受寂寞和夜的时候，就在我们大谈艺术和未来的时候，我们的副导被漂亮的美女演员范丽丽给截住了，因为那晚上是副导最后一个把范丽丽送到了她位于郊区棕榈泉的公寓……

早就听说这个美女一直想和我们的副导搞点什么动静出来，但后来副导出去拍电视剧了，这出去一拍就是半年，范丽丽也听到了副导在剧组的一些风流韵事，照旧口吐狂言，一定要把这个副导拿下！

当然，美女演员并不是全为了要拍戏而为艺术去舍身，就算为艺术去舍身了，艺术又会为你做什么呢？撇开这些陈词滥调，直接就说女人也有需要，女人也有生理需求，这多直白！多一目了然！

美女演员很懂得用什么砖去敲什么门！用身体去敲开副导演的房门，用香唇去按摩导演的灵魂，用手指去秒杀摄影师的快门。

具备这些素质的美女演员，那自然就会是所向披靡。

那一个"爱国夜"呀！副导在温柔乡里饱经蹂躏，美女在疯狂夜中更显风骚。可怜的副导，那夜，请将他遗忘……

话说回来，悲催的当然就是编剧了！那一次，编剧花钱买了教训，这使得他彻底地明白了，他真的还就没有资格去碰那些个貌如花瓶的美女演员们。

人都是在进步的，所谓与时俱进。那些美女演员们，怎么人家都是搞艺术的，就是想潜规则，那也是需要有点浪漫情怀的！也当然，在浪漫结束后，剩下的就只有浪了！

被美女演员既调侃又忽悠的编剧，在独守空房后又突发奇想地开始了另一部电影的构思……

卧薪尝胆的故事来了。为了满足自己的欲望，编剧闭关一周，写出了电影剧本的初稿，乘着他还有几个钱在，在他的强烈要求下，我们做了一个剧本研讨会，同时也邀请到了我们这可怜又可爱的编剧所垂青的那个美女演员……

几番讨价还价后，我们同编剧签订了合同，编剧不要一分钱的稿酬，另外再加十万元的赞助给剧组，我们立刻开始进入该剧的报批立项手续和剧组的筹备，编剧唯一的愿望，在我们的共同努力下，终于被实现了！

代价就是：美女演员成为了我们这个剧的女一号。

为了能够把伟大高尚的电影艺术要得更伟大和更高尚，我们花费更多的精力和心血，把戏中的女一号变成了只有一种表情的真正的好看又耐用的花瓶！

剧组有了这样的一位编剧大人和女一号，剧组一定会是充满了各种的欢歌笑语，各种潜规则也就会层出不穷了……

不过，说实话，我们的这位编剧还是真的有几把刷子的，就在我们做这部电影的后期时，他的另一部电视剧的剧本又被买了。真是厉害！因为已经和编剧成为了一丘之貉，在以后继续同流合污的过程中就更是心有灵犀了。

拍摄这部电影的出发点是因为一次玩笑，但这样的玩笑还是有其目的性的，编剧弄的剧本正好吻合了电影频道所缺失的节目内容，我们在拍摄技术上基本没什么大问题，被潜规则的美女演员根本没觉得自己是因为被潜规则才上的戏，所以，演戏时还算听话，更主要的是，这个美女演员还想跟着我们再继续下面的影视剧……

在我们还没有彻底绝望到要在自己家里的客厅里进行首映式的

时候，经过多方的努力，我们很快就拿到了电影局的影片发行许可证，又请了几个至关人物吃饭喝酒后，我们的这部电影很快就被电影频道收购了，价格还算公道。就在三个月内，我们小赌了一把，获利几万元。当然，这个几万元是纯利！

欢庆宴会上，我从经济学的角度总结这部戏：编剧实现了自己的心愿！我们和编剧成为了战略合作伙伴！不入流的美女演员成为了女一号，这在她以后的简历中有用。所有演职人员都赚到了钱，并为国产电影增加了一个数字。

用经济学的话说，就是"共赢"。

话题回到美女演员范丽丽，熟悉了以后才知道，她是个重口味的漂亮女孩！

范丽丽美女说，她 17 岁的时候正在读书，就是因为看上了班里的一个帅哥，就在她 17 岁那年的生日晚会上，范丽丽把自己当作了礼物，送给了她所喜欢的那个男同学。

她还依然是那么天真烂漫的幻想着自己的未来，可好梦不长，在大家都要开始拥挤着走在考大学的独木桥上时，范丽丽因为成绩不好长相好，只能乐呵呵的去考艺术类院校了。

也不知道从什么时候开始的，只要学习不好，但长得好看的女孩，都可以考取艺术院校，艺术类院校似乎都不再需要学生们有什么文化知识了！

每年的艺术院校的文化考试，只要二百多分就能被录取，而真正的大学校门，考试没有个 500 分，你根本别想走进大学的门！

艺术类的学生现在是越来越多，文化水准是越来越低，也由此可见现在的影视剧为什么会那么雷人，并且绝对是雷死人对不偿命的！因为学生的素质也就那么几下子，也就别太苛求现在的影视剧了！

美女演员范丽丽长得酷似杨幂，不过，范丽丽美女绝对是原汁原味的原装品，肯定不是人造的。我把范丽丽的故事，讲给了露易丝姚听，她呵呵直乐。我一本正经告诉她，影视圈很难混，我不是内行，想出头，只能靠她自己。

露易丝姚听完，看着我，大咧咧地说："知道啦，你以为我是吃干饭长大的么？看我的。"

那晚，露易丝姚就打扮得很性感地开始行动了。

通常，剧组基本都是在宾馆组建，很少有在自己公司里组建一个剧组的，其中一个主要的原因就是——公司怕这些无业游民的"明星演员们"，也因此，公司一般都拒绝所谓的演艺人员踏进公司的大门，当然，真正的明星肯定是例外。

露易丝姚几乎是胸有成竹的敲开了这个剧组的副导演的房门。让露易丝姚没想到的是，屋子里已经有了好几位俊男美女了……

那副导演只是用眼角斜了露易丝姚一下，还是那么漫不经心的同其他几人聊着，顺便着问了露易丝姚一句："演过什么戏？"

露易丝姚笑了下道："演戏不多，是雷哥叫我来的，他说在这个戏里，定角色，你是老大……"

副导演马上说道："不是，不是，还有导演在，我只负责推荐……"剧组基本都是这样，通过熟人介绍比自己跑组要强很多。

所谓跑组就是：演员自己拿着自己的简历，到各个宾馆去找正在筹备的影视剧组，送上自己的资料，和正在剧组里人模鬼样的副导演聊上几句，好点的会留给电话，要是就让等消息的，基本也就白走一趟了。如果你是真有心的想谋取一个角色的话，那你同这位副导演再好好的聊上会，充分的展示下你的各方面魅力……那你就不会白来，除非这个副导本身就是骗子，或者这个剧组整体就不靠谱。

影视剧组不确定的因素特别多。因为，现在是个人就能成为导演，能写几个字就是编剧，就连色盲都能当摄影！

露易丝姚当然不是盏省油灯，知道该怎么去用自己的魅力对付这个副导演了……她递上自己的资料后，就一声不吭地坐在了一边，听着副导演同另外的几个同病相怜的帅哥美女聊剧情，聊角色……

就在听着副导演的叙述，露易丝姚在心里已经定下了自己要什么了。她感觉着这个副导演还不算是一个色狼副导，她记得雷哥常说，导演分两种，一种是被艺术搞的人，一种是搞艺术的人了。

露易丝姚很快的就把自己的位置放好了，就在副导演说话间刚拿出烟点烟的时候，露易丝姚对着副导哥们说："导演，你这边人多，挺忙的，我先走了，刚才雷哥发短信来，晚上一起吃饭……"

在副导似乎还没完全明白的时候，露易丝姚已经起身走到了屋门外。离开宾馆的露易丝姚哪都没去，直接就到了宾馆附近的一家餐馆，她只要再等一个多小时，就能把这个剧组的副导给约出来了，只要把这个副导约出来，那上个角色，基本就是小菜一碟了。

露易丝姚都已经想好了自己要在这个剧组里出演哪个角色了。女一女二号那就别想了，还是考虑着女三号以后的角色吧！另外还要考虑的就是戏份的多少了，这和演员的稿酬是直接连在一起的。露易丝姚也在盘算着该怎么开口谈劳务费的问题。

为了万无一失的把这个副导安全请到，露易丝姚还是给我打了个电话……

看着自己的手表还差两分钟就到约定的时间时，露易丝姚抬起头看着从玻璃窗外陆续走进酒店的食客们，她的眼神很快就捕捉到了那个副导演的身影。

就在他走进酒店的时候，露易丝姚在心里赞了这个副导演一声："还是个男人！"

在影视圈里混的人，几乎都是没有时间概念的人，而往往越是没有时间概念的人，也就更会显现出男人的猥琐。许多没有时间概念的人，会在解释自己的迟到过程中，轻描淡写的说上一句："堵了！"谁都明白是怎么回事了！

露易丝姚笑着把副导演迎到了座位上，又点好了菜，随即再问副导演："你看看，还需要什么吗？"

副导演客气了一下道："够了，吃不了那么多，就这些……"

露易丝姚说："那导演你喝白的还是喝啤的？"

副导演这时候才看到桌上放着一瓶白酒和一瓶啤酒。副导演问露易丝姚："你喝什么酒？"

露易丝姚拧开白酒盖子，对着副导演道："我一般都是喝白酒，有时基本上就是对撅。"

副导演惊叹道："你那么能喝？"

露易丝姚笑道："一般不喝酒，有时喝着玩……"

副导演马上说道："呵呵，我还是喝啤酒吧，女人厉害起来，男人一定会被灌死的……"

露易丝姚一笑道："呵呵，导演，你的心思我明白，咱们直接说话，我露易丝姚钱不多，但我倒是不计较什么潜规则，实话实说，导演，你不是我的菜，但是，你如果想，我可以奉陪，只是，最好呢还是我帮你找一个女人，你看如何？"

对露易丝姚的话，副导演根本没当回事，只一笑，没说话。

露易丝姚给副导演先倒上了一杯啤酒，然后自己喝了一大口白酒，喝完后，又用手来回扇着嘴，连声说着："不错！真爽！"

副导演似乎是被露易丝姚的的情绪所感染了，他一边给自己倒着酒，一边说着："露易丝姚……我记住你了，我一定给你上角色！就凭你的酒量，这个角色一定就是你的！"露易丝姚也举杯，一饮而尽。

不过，露易丝姚心里还是非常明白，作为演员，在没有签合同之前，什么空话酒话大话，还都是虚的。副导的功能就是推荐给导演，认识副导，这只是刚开始了进剧组的第一步，说不准在哪个环节就会被卡在门外。

就在露易丝姚与副导再一次举杯一饮而尽的时候，副导的电话响了，提示音非常好玩，是一段"文革"期间耳熟能详、非常流行的歌曲：大海航行靠舵手，万物生长靠太阳，雨露滋润禾苗壮，干革命靠的是毛泽东思想……

露易丝姚愣愣的听着副导的手机声响，用怪异的眼神瞅着副导，直到这个她根本就没听过的歌曲放送完毕，她才问了声："大哥，这什么歌呀？"

副导说："这不是大哥，这是老歌！"

副导把露易丝姚送进在宾馆的剧组后，便急忙的去见导演和制片人了，留下露易丝姚独自在房间里看剧本。

这时候的露易丝姚哪有心思看剧本呀！她给雷哥打了个电话，想让雷哥帮忙帮到底，争取把女三号的角色给搞定。雷哥在电话里告诉她，这个剧组又不是他的，没办法搞定这个事情！露易丝姚听了有一丝不高兴。

雷哥最后妥协道："我只能试试，绝不能保证。"有了这句话，露易丝姚心里多少有点安慰了，不过她还是非常明白，更多的事情还是需要她自己去面对的。

过了一会儿，雷哥给她打来电话，说是转了一圈，没找到和导演关系特别好的人，递不上话……实话说，雷哥不习惯忽悠，免得给自己兜麻烦。

露易丝姚没好气地说了声："知道了！"就把电话给挂了。但她心里明白，雷哥肯定是真不认识这个导演，要不然，雷哥肯定早就发话了。

另外就是，这个剧组里，就连刚一起喝酒的这个副导也不是很清楚剧组里的人际关系，都是刚进剧组，都没有太深的交往，谁也不敢多妄言一句。

老混剧组的人都明白，刚进剧组的人，不管你是谁，都是夹着尾巴在做人的！如果你连这个规矩都不懂，那绝对没人会和你再第二次合作。如果你得罪了实权人物，那你会死得更惨！这就是真实的剧组……

当然，剧组也不是黑社会，剧组只是一个小社会，五花八门什么样的人都会有。按照剧组的规矩，统筹，还有场记，通常都是导演自己带的人，也有制片主任安排的，这就看剧组内各方的关系怎么样了。

就在露易丝姚刚刚进入剧本的规定情节里还没半小时的时间，副导来敲门了，以喜悦的声调轻声道："好好表现，有女二号的可能，我强力推荐的……"

导演套房的门没关，就敞开着。刚到门前的露易丝姚就听到导演的大嗓门在说着话："我是一个很二的人，我在这条很二的道路上，一直是勇往直前的，从来就没有跑偏过！"

露易丝姚被导演的话吓住了，她僵硬地站在门前，直到副导演把她介绍给导演的时候，她还没有回过神来……

懵懂中，露易丝姚先伸出左手和导演握了下，据说按照礼节，应该是女人先向男人伸出左手，露易丝姚这是从书本上看来的，这次，她用上了。

还是副导演在一边帮着介绍着露易丝姚以前演过什么戏，还说着挺符合剧中人物的形象和性格。导演让露易丝姚在对面的沙发上坐下，又问道："要是让你演个小角色，你演吗？"

露易丝姚直接道："演呀！没有小角色，只有小演员。我现在正在积累、学习，一切听导演的。"导演闻言又看了眼制片人说了句："哥们，你说说。"

制片人摆出看都没看露易丝姚一眼的样，道："演员的事，你定，我就管钱！艺术的那些事儿，我都是外行。"

露易丝姚立刻就揣摩出了一点端倪，假装清纯的问副导："这位大哥肯定是老板！"于是，副导接过话茬又大肆地把制片人好好吹嘘了一把。

大家继续喝酒。话说中国是一个有着非常悠久历史的国家，中国的酒文化，也伴随着中国悠久的历史，一脉相承的继续到了今天，并且，与时俱进的得到了科学发展。

酒桌上，导演非常自然地成为了话题中心，而制片人则悠哉悠哉地喝着小酒，不仅给足了导演的面子，还给自己确定下了一条谁都不敢逾越的横线，那就是，这部电视剧只有他可以说了算。

局势就是这样的，不难弄明白。露易丝姚察言观色一会儿，她在心里却担心着自己是否可以完全的进入到这几个主创人员的视线里。

尽管制片人说了，尽管导演说了，但在还没签订合同，在还没有拿到酬金之前，所有的这些话，也许都会是一场闹剧。

副导叫来的几个女孩，也都不甘示弱的同制片人、导演、副导演不停的杯影换盏。露易丝姚也意思意思的象征性举起了酒杯，借口就是吃得太撑了，并把副导给出卖了，副导也只好承认有这回事。

制片人对露易丝姚道："来！妹子，咱喝酒，来来，大家都举杯。"露易丝姚赶紧的和制片人碰杯，又把杯中酒一饮而尽。

露易丝姚懵懵懂懂听着制片人和导演说的话，但心里却提防着他们的话中话。像露易丝姚这类女人，可能读书未必多好，但绝对是绝顶聪明的那种。她有时候装萌，有时候装纯，有时候又特别的傻傻的样。导演让露易丝姚坐在他的对面，那是有潜台词的！很全面，很直接的看到了露易丝姚在几个瞬间的表现。

导演对她说道："你，露易丝姚，是吧？我看了，你丫是挺二的，行，我剧中就需要你这样二的人，这样，制片人也在这，今晚，让制片人和你签合同，付钱就按老规矩办。"

副导马上问导演道："是女三还是女二？"

导演马上呛了副导一句："你是真二啦！"

副导嘟囔了声："我想确定下，女二，女三，劳务费不一样。"

导演马上骂道："你丫想在演员身上吃回扣？妈的，要被我发现，你丫立刻滚蛋！"又对露易丝姚道："你听着，这丫的要是问你要回扣，你立马告诉我，我立刻让他滚蛋。"

露易丝姚忙打圆场道："没有！没有！副导大哥是真心帮我，他是真心帮我！"

制片人在一边不冷不热地说道："你们影视圈的潜规则，谁不知道？副导演吃演员的回扣，再吃吃女演员的豆腐，搞得好了，再和女演员上个床，滚个床单，这都是小意思的啦！有个成语怎么说？蔚然成风了。"

这天晚上的结果是，露易丝姚高兴地走出宾馆房间门，双手作揖，连声道："谢谢导演！谢谢制片老大！谢谢副导哥哥！谢谢各位美女！"

人都吃五谷杂粮，哪有人不想着人间正道的那些沧桑事呢？导演是吃饱了，管钱的制片人要去付账。露易丝姚怀着一种莫名其妙的忐忑，跟在制片人的身后，焉焉地回到了宾馆里。

露易丝姚胡乱地想着，最后打定了一个主意，大不了就献身呗！可为谁献身呢？露易丝姚马上就想到这个问题，她飞快地转动着自己的脑子，把导演和制片人的全部身影，都在自己的脑子里过了一遍，还不停地给这两人打分，隐约中，她还是觉得给制片人打的分要略微的高过了导演。

露易丝姚只是单一的从长相上给这两个人打分。导演的五大三粗，远没有制片人的精悍显得精神，只是制片人说话时透出来的阴阳怪气，让人感觉着有些阴森森的汗毛竖立。

唉！小演员真是被动，就连潜个规则，还是被动的，想自己去潜规则都不行，真是太被动了！露易丝姚自己嘲笑了自己一把，又想着要是导演的话，如果真能上了这个女二号，要是这个电视剧能够发行得好，要是这个电视剧能够上星播出，那她露易丝姚最起码也能混个脸熟了，想到这些，露易丝姚觉得自己就是付出一些，只要自己的付出能够获得一些回报，那付出也就没什么了，就当自己和这个电视剧轰轰烈烈地恋爱了一次，就当是为艺术真正的献身了……

都是成年人了，都应该为自己的行为负责任了！

露易丝姚一下躺到床上，纠结了……

一边是角色、金钱、名利，一边是道德、良知、人格，在这样的一个天平下，露易丝姚到底想把自己的砝码投向哪一边？露易丝姚不得不做出一个选择，并且是只有唯一的选择。

角色，这是职业的选择。

金钱，这是生活的无奈。

名利，这是未来的基础。

不以失败论英雄，但论财富看英雄。笑贫不笑娼，已经成为了这个时代与这个社会衡量你存在的价值了。

名利，这是人的追求，这是人的价值的体现，这也是人的成功所能带来的最直接与直白的东西。理想的人，高尚的人，那是一伙社会精英，而大多数人，就是为了名利而在奋不顾身。社会已经形成了三六九等，人就是在这个等级中，夹缝里求生存。

道德、良知、人格，那是吃饱撑着没事干的人在隔靴搔痒，当饿你几天，当你穷困潦倒的时候，你最想干的是什么？你最想要的是什么？

孔大圣人在做道德经的时候，也必须要让众多的信徒们给他提供膳食住宿，如果没有这些信徒散养着大圣人，这个大圣人早就成为丧家犬被冻死饿死了。

潜规则是一种现象，但如果你真的相信了潜规则，那你的道德底线，也就洞穿了，一个没有道德底线的人，又怎么可能会创作出脍炙人口的作品呢？

天平之衡，如有一蚁，都会失衡。

当露易丝姚把自己变得可以赴汤蹈火而在所不惜的时候，她一下就没了任何心态，大有兵来将挡水来土掩之大气。

她有些叫板的把在吃饭前就买来的避孕套直接放到了最显眼的床头柜上，又刻意的在避孕套边放上了还没看完的剧本，上下左右的看了几眼，觉得似乎还缺少一些火候，她又把避孕套放到了剧本的上面，这样再上下左右的看了几眼，慢慢的，她觉得过瘾了，也有火候了。

看着剧本上的避孕套，再看避孕套下的剧本，露易丝姚突然觉得自己的这个创意，真的是无以伦比了！就看进这个房间的男人们怎么把控自己吧！

演员，在什么时候都可以是演戏；一个好的演员，在什么时候，都能演好自己的角色！现在这个时候，对于她露易丝姚来说，她就是在演戏，就是在演人生中的一段过场戏！

第二天，当她再次看到镜子里自己那张讨人喜爱的脸，让男人难耐的胸，让女人都嫉妒的身材时，她自己都忍不住的对自己说道："露易丝姚，你真的就是一个妖孽！"

"我想要怒放的生命，就像穿越在璀璨的星河，拥有突破一切的力量。"

那些在影视圈混的日子，彷如在每个城市的每个角落，演绎着不同的故事。

我开始相信生命是一场尘世的烟花，时而璀璨，时而荒凉。

半年后，我们和小牛奔腾制作的电视剧《抗日海天传奇》，在南方各大电台播出了。该片奇葩无比，剧中创作的"抗日大侠徒手撕开鬼子"的壮举，至今无人能破。

然而，艺术归艺术，收视率是高的，经济效益是不错的。当初，小牛奔腾投资了1200万，我们的文化基金跟投了600万，共计1800万制作费用，再加上各种发行宣传费用200万多点。

最后，各大电台，上星卫视总的版权播出收入高达5400万，并迎来了接下来几年持续不断的抗日神剧播出高潮，完全是始料未及。

然而，影视投资是一件风险特别大的行业，偶尔赚钱，并不意味着什么。接下来，我又跟投了小牛奔腾的2部作品，一部《荒无人烟》没有通过广电局的审查，也不知啥原因，结果血本无归。

大约是这部片子让我们亏了不少钱，小牛奔腾的阎总觉得有些过意不去。她把一个出国的机会让给了我，这是他们小牛旗下的一部影片，送去参加开罗国际影展了。

开罗国际电影节是国际A类电影节之一，由埃及电影作家和评论家协会主办，创建于1976年，每年一届。原为非竞赛电影节，是世

界上三大非竞赛电影节之一，

从 1991 年起增加了竞赛单元。它规定参赛片必须不带政治色彩，不得在其他电影节上放映过。电影节设大奖"娜妃蒂之金像奖"授予最佳故事片，"娜妃蒂之银像奖"授予最佳导演。

阎总让助理和我一起去开罗参加电影节，多少算是弥补下我失落的心情。阎总还补充了一句话："尽量住好点，不要考虑费用"，这话让我有些感动。细节决定成败，能做成事的人，确实有值得学习的地方。

于是，我们入住了那个开罗吉萨的五星级阿什大酒店，这给我留下的印象深刻。

"在酒店金碧辉煌的大厅里，极尽奢华的房间里，优雅华贵的走廊里，到处悬挂着历史老照片，

每一张照片里都记录着那些曾在这里下榻过的里程碑似的人物：历任英国首相、美国总统、中东各国君主、电影明星……在酒店经理拿出的一份酒店介绍里，足足有两页列满了这样的名字。

与我们最为相关的，就是第二次世界大战著名的开罗会议，丘吉尔、罗斯福和蒋介石在这里共同商讨远东战局，并发表了《开罗宣言》。

吉萨阿什酒店是距离金字塔最近的酒店。大约只有 700~800 米。礼宾部可以安排马匹和骆驼供客人骑往金字塔。步行过去，也很方便。

酒店很漂亮，透过房间的窗户，可以看见金字塔，那是我小时候做梦常去的地方，充满着未知，神秘，深邃，诱惑。

站在阳台上，可以看见前方酒店的游泳池，傍边是十来株棕榈树状的植物。一些古埃及建筑风格的房屋。远处就是那个古老的神秘三角建筑。

点映着太阳的光辉，照耀这尼罗河的流年。

我朝金字塔望了好一会儿，拍了张照留念，算作了却儿时的心愿。我们最终捧到了一个最佳剧本奖，呵呵，总算是没有空手而归。阎总很高兴，也算记入成绩账簿了。

我跟投的另一部片子叫《剑雨江南》，拍得还不错，也顺利过审查了，是一部武侠夺宝题材，片花刚出来的时候，我居然看出了古龙的风格，进而充满幻想。

然而，无情的市场给了我们一记响亮的耳光。该片上映时候，碰到了华特兄弟的大片《惊世狄仁杰》，面对当红大冰冰的强大号召力，我们那片里一个过气的女一号，虽然以前曾经还算红，注定难以抵抗。最终该片大亏 2000 万收场。我们按三分之一的跟投权益算，亏掉 700 万。

经过这 2 次败局，我也把前面赚到的钱亏了回去。真是"出道江湖混，终是要还的！"

回到露易丝姚这里，话说当年，露易丝姚出生在一个叫余姚的小县城，民风淳朴，思想保守。

该城地处宁波市西部姚江流域，南依四明山脉，北濒杭州湾。历史上硕儒辈出，有"文献名邦"之称。

境内河姆渡古文化遗址证明，早在 7000 年前就有人类定居，繁衍生息。余姚山清水秀，作为当年会稽—四明山—天台这条"唐诗之路"的重要一站，有千里四明的七十二峰，道教第九洞天丹山。

大约是沾了点当地灵气，露易丝姚从小身材傲人，显得与众不同。露易丝姚的父母都是普通的职工，家里只有露易丝姚一个孩子。虽不是大富大贵但也还是丰衣足食。

刚上初中的时候露易丝姚非常自卑。因为身高比别的女孩子高，露易丝姚只能坐在教室的后面，而且露易丝姚发育得非常好，两个乳房非常尖挺，长得也非常漂亮，别的女生也很嫉妒露易丝姚，因此露易丝姚只能和后排的男生一起玩。

其实露易丝姚多么想和她们三三两两的聚在一起说悄悄话，想一起挽着手去逛大街。可这些根本就是不可能的。日子一天一天过去，和后排的男生也越混越熟，大家一起称兄道弟，课间一起吃吃小零食之类。

女生们看露易丝姚和男生走得很近于是更加孤立露易丝姚，对这一切露易丝姚也没有办法，有时候回家会偷偷地哭泣，也许是青春期特有的嫉妒心理，她们越是孤立露易丝姚，露易丝姚就越是和男生大声打闹嬉戏。

露易丝姚本以为初中的时光就这么过去了，可自己却不断收到情书。

那时候谁和谁谈恋爱一旦被发现就会成为众多女生的谈资，言语中充满鄙视同时也会有稍稍的嫉妒。给露易丝姚情书的那个男生，高高壮壮的，并不像其他的那些男生一样流里流气，看起来就是可靠老实的人。

露易丝姚还记得那时初一下学期的语文课，那天露易丝姚翻开书，看到一个叠好的小方块，打开一看，开头就把露易丝姚吓了一跳，上面写着，亲爱的姚……露易丝姚连忙合上了书。

就在那样的早熟环境里，从中学到大学，露易丝姚一路过关斩将，早就将男人看得清清楚楚，看得体无完肤。以至于混到娱乐圈里后，露易丝姚也并没觉得有多大不同。

她常说："男人嘛，就那么回事，认真你就输了。"

随着《抗日海天传奇》的热播，露易丝姚风光了一把。跟随剧组去全国各地宣传，接受媒体的采访，她兴奋地找到了点小明星的感觉。

那之后，她开始对我刮目相看，平日里时不时传递一下小殷情。不想，这让美美有些吃醋。

哈哈，我很高兴。

老实说，露易丝姚虽然也是一只狐狸，但"野"气太大，不是我的菜，我还是喜欢"家"味比较重的那类狐狸。

不过，用露易丝姚来刺激一下美美还是可以的。美美年少家境单，父母早早离异，一直孤单长大的她，养成了孤独的心境，这状况多年来一直伴随着她。

因此，当露易丝姚偶尔跟我暧昧的时候，我并未回拒。以至于有一次，露易丝姚喝多了点酒，半靠在我怀里，我并没有推开她，这情形刚好被美美撞见了。

后果是，她和我冷战了两个月。

"终于找到一种方式分出了胜负，输赢的代价，是彼此粉身碎骨。外表坚强的你　内心伤痕无数，顽强的我　是这场战役的俘虏。"

两个月后，一天傍晚，明月渐渐升天。我偷偷跑到美美那去，想给她一个意外惊喜，缓和下紧张气氛。房间里，意外的没有人。卧室也没有，书房也没有，厨房也没有。
不知美美，去哪里了？
我有些失落，随手翻看桌上便签。有张美美写过的随笔。那几行字，我看后，竟然终生没有忘记。

那是一行潦草的行楷：

"我一生渴望被人收藏好，妥善安放，细心保存。

免我惊，免我苦，免我四下流离，免我无枝可依。

但那人

我知

我一直知

他永不会来。"

海城没有草长莺飞的传说，它永远活在现实里面，快速的鼓点，匆忙的身影，麻木的眼神，虚假的笑容，而我正在被同化。
在影视圈做项目，赚或亏，倒在其次，关键是乐趣不少。相比之下，其他制造、加工、采掘等实业实在是无比艰辛加无比枯燥。

可惜，这样的好日子没过几天。就在我混在影视圈，感觉日子平稳地进行着的时候，一个震撼的消息传了开来。天地会创投全国总舵主 CEO 爱新觉罗·罗总被双规了。

哇，平地响起一阵惊雷！这事几乎关系着天地会创投所有人的命运。大家伙都热烈议论开了。有质疑的，有谩骂的，有窃喜的疯传得厉害的是罗总和某著名女星许青青的绯闻。

许青青 1979 年生于北京，高中毕业时，接到北京外国语学院与北京电影学院的两张录取通知书时，她毫不犹豫地选择了后者，后来凭借《一边日出一边雨雾》成为炙手可热的大明星。

在影视圈，许青青是一个为数不多的长久被大众喜欢的女演员，尤其难得的是，粉丝们并不疯狂，只是静静地、长时间地喜欢。我身边就有不少这样的人，甚至有次在小牛奔腾那里，听阎总提起，他也很喜欢许青青。

都是吃五谷杂粮的，谁没点人间正道的沧桑事呢。罗总和许青青的事，我也不奇怪。罗总虽然号称爱新觉罗，其实和皇室没有一点关系，本质上，和我一样，是一个土生土长的屌丝。

当年，35 岁的罗总毅然放弃安徽财政厅处级干部的"铁饭碗"，投奔到尚无名气的天地会创投。那段经历之于罗总可谓刻骨铭心，据他回忆，九年风雨，太多的困难与艰辛，太多的汗水与泪水，太多的冷遇与屈辱。

近十年的付出，终于迎来了回报。天地会创投业务一路高歌。在集团内部，罗总先后获得"杰出经理人"和"一级勋章"，两者都代表着集团至高的奖赏与肯定。但后来，激进的工作作风却引起不断的风险暴露。个人成就不可能脱离时代变迁、社会环境、组织机制及所在平台。当业务风险曝光，外界对罗总一边倒的口诛笔伐实际上也值得深思。

在中国经济飞速发展的进程中，各种类型的急功冒进与之相伴。以国内证券业为例，其发展史中轰轰烈烈的综合治理前后，券商就经历了违法违规盛行，行政司法联手严惩，管理层严管净资本等阶段。

从这个角度而言，罗总也只是时代、环境的产物。与罗总共事稍久的老员工都习惯称他为"老罗"。

"他能记住每个下属的面貌和名字，公司投行部门招聘的每一个员工他都要亲自面试。" 我认为，他给了刚走出校园的学子全新的空间和机会。

这些人眼中，老罗对业务、管理要求极高，执着、坚韧、不达目的不罢休，不撞南墙不回头。老罗经常重复的话就是："看一个人事业上是否成功，关键要看他在八小时之外还在干什么。"北京某创投的一位老人称，老罗这人太强势，虎口都能夺食，许多客户见过他后，就非得跟他走。

罗总在天地会呆了十年，可以说开创了一个时代。既给市场带来了如金明股份、鱼飞医疗这样的牛股，但也给市场留下了如胜山科技、千福股份这样的恶劣案例，功与过令人唏嘘！

和许多来自农村的人一样，为跳龙门罗总从小特别勤奋。从开始读书起每天早上 5 点起床，晚上 12 点才睡觉，以至于养成每天只睡 5 个小时的习惯。

"上世不修，生在徽州，十三四岁，往外一丢。"或许是安徽这种特有的文化熏陶，罗总并没满足安徽省财政厅安逸的工作。

我曾目睹罗总当初的工作情景：为了拉近和一个预审员的关系，大年初二赶到上海去拜年，硬等了三天才感动了对方；为了能获得客户的认同，整整三个月"同居一室、形影不离"，有家不敢回、有司不能归；为了获得公司股东的信任与支持，在连续三天两夜赶材料没合眼的情况下陪着上黄山，以至于昏倒在上山途中；为了揽一个项目，在一个关键人物的家门口守候了 5 个多小时。

我在内心里，是佩服罗总的。至于许青青，她一直自恃有些文艺气息，在娱乐圈中，是极其少有的风雅之人。许青青本人也非常喜欢那种稳健睿智型的男人，正好罗总就是。

罗总与许青青相识后，随即展开爱情攻势，在许青青生日的这一天，罗总送给了她一辆价值三百万的轿车，许青青终于投入到罗总的怀抱。之后，许青青提出要与罗总结婚，罗总经过一番考虑，向妻子提出了离婚。

罗总在妻子的要挟下，没离成婚，为了安抚许青青，罗总斥资数百万元购买了一套别墅作为两人的爱巢。

大概是罗总的问题逐步暴露了出来，有关部门对他展开了调查，此时，曾答应过要等他一辈子的许青青借口出国度假，几个月没有消息，割断了两人之间的感情关系，罗总也因败露投案自首。

法庭最后认定罗总受贿金额为420万元。这一金额虽足以使法庭认定为"受贿数额特别巨大"，但由于收受这些贿赂的情况均出自罗总本人的主动交代，法庭于是采纳了罗总"具有自首情节"的辩护理由，"依法对其从轻处罚"。

结果是，罗总住进了秦城监狱。嗯，就这样，每餐还是四菜一酒，有他喜欢的琥珀桃仁和蟹粉豆腐。可以打网球，独立的洗卫间。我记得是判刑12年吧，那就是2018年出狱。

希望那时，桃花开。

"孔融被收，中外惶怖。时融儿大者九岁，小者八岁，二儿故琢钉戏，了无遽容。融谓使者曰："冀罪止于身，二儿可得全不?"儿徐进曰："大人岂见覆巢之下，复有完卵乎?"

马瘦被人骑，怪兽被奥特曼欺。罗总进去没多久又传来另一个晴天霹雳的消息。就是全国500强安平集团宣布要并购天地会创投公司。

不少企业就是好折腾，尤其是那些上市公司。董事会就关注业绩的增长，股价的提升是靠业绩的增长来支持的。若他们看到，业绩增长没戏了。很简单，并购嘛!

华彬也听说了并购的事情，他老婆怀孕了，自己刚放弃跳巢，没想到又起了风波。

他赶忙问我："两家公司都好好的，为啥合并?"

"1+1肯定大于2。"我答道。

"为啥?"

"这叫Synergy（合力）的力量，它能提升业绩。"

"为啥Synergy（合力）能提业绩?"

"因为两家公司合并之后，客户增加了，而许多支持性的岗位可以减少，这样成本就能降低。"

"哪些算支持性岗位？你算吗？"华彬对我刨根问底地询问道。

"我若是算支持性岗位，公司早就关门喝西北风去了。"我笑着道，嘴巴虽然硬，我忽然想起自己一个人的工资，公司可以养好几个员工了。裁员的一个重要原则就是先裁工资高的。想到这里，我一下惶恐了起来。

一般说裁员的原则是裁撤一些缺乏价值创造能力、对公司未来发展作用不大的岗位。因此，裁员风暴一来，首当其冲的就是高工资的老人，除非你不可替代。

一时间人心惶惶，气氛也诡异了很多。公司里各种重组版本的说法都有。在这期间，大凡、老傅这些老资格也学着装低调。对员工也Nice（客气）了很多，只是偶尔咆哮一下。

安平的并购在媒体前高调地开了个发布会。会议的主题就是"Synergy brings AP the future"（合力给安平美好未来)。在公司内网同步直播全国发布会的视频系统上，我也看到这个主题，一下子觉得自己已经站在董事会的全国角度看问题了。

这种感觉让人痴迷，好像经常看久了《新闻联播》，有了后遗症似的。

新公司的董事长在媒体见面会上，着重强调了合力将给新公司注入动力。下一个阶段，公司将进行全国性的资源整合，公司将重点关注 PE 等业务高增长区域，并给股东带来丰厚的回报。很快，公司新的组织架构出来了。公司原服务部门是本次合并的最大受害者，因为根据新公司的发展战略，这个功能将被外包。

天地会创投支付了 N+2 的离职 Package（离职薪酬包）。所谓 N+2，N 就是离职者的服务年数。假若一个员工在天地会公司服务了3 年，那么根据他上年的年收入平均到月收入。他的离职赔偿金就是上年月收入乘以 5（3+2）。员工在公司服务时间越长，补偿金越高。这个离职 Package 就是为了激发员工主动寻找机遇而设计的，因此几乎所有离职员工都是高高兴兴地走的。

赵晓瑛当然选择离职了,她拿了一大笔钱,回海达证券去了。走的那天,汽车马达轰鸣着,呼啸而去,开出兴国时候,正巧我走进大门,定眼一看,赵晓瑛座驾已经由帕萨特升级为一辆玫瑰色保时捷911 turbo。

赵晓英离开公司前,表现出了高度的职业素质,没有对任何人都表示异议,不指责、不否定,特别对上司;没有在电话里炫耀自己已另谋高就或炫耀自己的新工作如何优越;没有在任何人面前抱怨自己在这里得到了不公平的待遇,而是把情绪封存起来,准备把精力投入新的工作。

这些给我很深的感受,也许只有多年积累,很自然的做到这些的人,才能开上保时捷吧。而另一些人,则在预测公司前景暗淡。搞得人心惶惶,留在公司的人有谁希望听到此类评论呢?

江湖高端人士陈近南,也在这次重组中受到影响,他的实力被削弱了,但他毕竟是天地会老资格的人士,一时间还动不了他的根基。

我记得刚进天地会那会,陈近南老偷偷说:"反清复明只是个口号,关键是要抢回我们的女人。"

唉,女人在哪里呢?我又想起美美了。

美美不见了,失踪了,美美真的失踪了。

那些日子,美美的公寓是空的,美美常去的咖啡厅是空的,美美流连的"维多利亚秘密"是空的,美美最喜欢周末去的海城戏剧院也是空的。

没有美美的海城,彷佛空了一半,世人谓我恋海城,其实只恋海城某。

我有些困惑于这场名叫爱情的游戏。

每个人都会经过这个阶段,见到一座山,就想知道山后面是什么。我很想告诉他,可能翻过山后面,你会发现没什么特别。有些道理很简单，比如从小我就懂得保护自己，我知道要想不被人拒绝，最好的办法就是先拒绝别人。但爱情却不是这么简单的。

这是一场游戏，从两个不相干的地方出发，在十多亿人口中寻觅，看看在哪里才会偶遇；

这是一场游戏，用六年时间，固守"我就是这样"，看看谁会先举白旗；

这是一场游戏，记住每个喜好动作与心情，周年生日加惊喜，看看谁能让对方感动不已；

这是一场游戏，你的暗恋者不断，我的追求者不绝，看看谁最受欢迎；

这是一场游戏，我们却已经玩上了瘾，谁叫对手太顽强，顽强得胜过自己；

那些深夜，我喝着烂醉的酒，写着思念的诗，在白云下，在小桥边，在桃花深处。

《恋》

2006年2月2日雷迪克写于哈魔寺

别人不会相信我　如此长久的爱上你
在人生长途跋涉的黑夜里相遇
太阳照耀的地方
无法对眸

白野菊对谁在呢喃
你宛如夏花般璀璨
时光的守候　总是野心满满
雄鹰飞过的时候正是秋天来临

寄一封 你无法收到的情书
让它在太平洋靠近赤道的地方 沉入海底
是马累吧 或是斯里兰卡
我望着屋顶 放飞的白鸽
记不清了

当你越想忘记一个人时，其实你越会记得她。那些日子，我在迷茫中见到露易丝姚，我告诉她，如果有机会见到美美，有一些话请转告她："有些爱是真的，谁都不用害怕。"

"月有阴晴圆缺，人有悲欢离合"，企业同样有生老病死。办企业，有三五个月就关门的，也有撑了三五年才关张的，如果能活个三五十年，便足以夸耀一番，而那些屈指可数的百年老店，就可以花钱请人给自己树碑立传了。

安平国际大厦，坐落在海城最豪华的 CBD 区——陆家嘴，周围多是高耸入云的高档写字楼。

浦东陆家嘴是上海最具魅力的地方，改革开放的象征。然而很少有人知道，这一片神奇的土地是和两位古老的上海人连在一起的。这两位上海人便是明朝的大文学家陆深和他的夫人梅氏。

据上海地方志记载，迤逦而来的黄浦江在这里拐了一个近九十度的大弯，留下了一片突出的冲积滩地。这一块滩地犹如一只巨大的金角兽伸出脑袋张开嘴巴在这里饮水，由于陆深的旧居建在此，因此称之为陆家嘴。

安平董事长兼总裁，52 岁的马安平，此时正站在他 38 楼办公室的落地窗前，神游万里。

人，有时候真的很滑稽。年少时为了理想而奋斗，轻狂而不自知。等到真的功成名就，却早已忘了当年的初衷，留下的竟然是些许的失落。

一个穷苦人家的孩子，一无所有，没有资金，没有背景，甚至没有学历。靠一双手，打拼天下。从一个泥瓦匠，每天喝汤咽菜，甚至一天只吃 6 个馒头，攒了一小笔钱；然后，招募了一批年轻小伙子，不停地打拼；最后，奇迹般的把一个小公司打造成为全国 500 强企业。

每次看见马总的时候，我都有种想创业的冲动。那情景，就像《上海滩》里，丁力第一次看见冯敬尧一样。偶像的力量是无穷的，我梦想着有朝一日，也有自己的企业。

我连公司的名字都想好了，叫雷恩，取英文 Rain 的谐音！对，就让它像一场电闪雷鸣的大雨一样，冲刷一下本地的金融市场。既然泡沫了，就让泡沫来得更猛烈些吧。

梦想一定要献出毕生的精力，这样才足够艰巨。特立独行是风险巨大的，因为你要走别人没有走过的路。大多数的梦碎了，是自己说服不了自己。

梦想的特殊性，让每一个理性的人一直在思考，如果为这个全力以赴了，我以后会怎样？综合比较，大多数人的梦想都没有照进现实的那一天，原因很简单，马斯洛的人性需求理论告诉我们，生存永远是第一需求，而自我实现则是最高的追求。当梦想和我们的生存背道而驰的时候，梦想总是被摆在后面。

我叹了口气，梦想照进现实，是多么的难！

第十章　城里月光

书桌上的日历翻到 2006 年 3 月的一页，那是阳光遍洒陆家嘴的一天。陆家嘴中央绿地公园里，湖面倒映着上海最有气势的金融巨头的商务大厦。

游人看得见蓝天，阳光，鸟儿从头上掠过。绿地中央点缀着垂柳、白玉兰、银杏等植物，充满着生机和活力。

以"谁带领风骚"为主题，中国风险投资年会在海城陆家嘴凯宾斯基大酒店举行。凯宾斯基是一家品质至上的酒店，始建于 1897 年的德国柏林。它率先创立了自成体系的新理念，集写字楼、高档服务公寓、豪华饭店和国际购物商城于"同一屋檐下"。

那天，来自全球的 1000 余位私募股权投资机构以及企业汇聚一堂。行业内各大山头帮主、舵主、盟主尽数到齐，为风险投资行业发展献言献策。

我代表安平创投资本到凯宾斯基出席。

会议的议题围绕制度改革将释放更多红利与活力，低迷许久的资本市场正蓄势待发，保险资金、券商直投基金和公募基金也跃跃欲试地筹划进入 PE 行业等展开。

江湖大佬嘉宾纷纷发表主题演讲：

秉承少林武学派系，以"金钟罩、易筋经"为深厚功底的赛金基金首席合伙人阎宏畅谈了新技术与新模式如何创造新的投资逻辑，其中蕴含哪些机会与风险，未来哪些细分领域更值得深度挖掘。

师承"苍山月、洱海雪"为代表的天龙派系领袖，赛银国际行政总裁李章宏分析了天使投资人、战略投资者等市场主体日渐活跃，竞争多元化的趋势下，VC 如何构建核心竞争力。其点评颇有"点苍山十三峰巍巍而立，俯视着洱海之畔百里诸国"的气势。

"斜日半山，暝烟两岸，风过处凌波微微，掩映逍遥府"逍遥派武功集大成者，万克招银总裁曹祥双描述了 O2O、大数据等新概念层出不穷，繁芜背后如何直达商业本质，哪些投资原则需要坚守。末了，曹总谦虚地表示，逍遥派博大精深，逍遥弟子未必样样精通，望见谅。

我坐在下面听闻后，一边听，一边想，要是美美能进逍遥派学艺，就好了，可以像天山童姥那样，完成逆生长，永葆青春。

会议进行中，主办者专门开辟了当前热门投资行业分场，分别设置消费服务、医疗健康、清洁技术、跨境并购等行业专场论坛，一副车水马龙的景象。江湖人士，三教九流与众行业大佬们一同重塑行业发展格局。

会议当然一如既往的热闹，我却没有太多心思投入，自己还在挂念着美美。

以至于，晚餐后进入轻松时刻，我才恍然回过神来。

会议主办方负责人走过来，问我要不要讲讲话，发发言。我想想便婉转推辞了，都是老话题，有啥好说的呢？我走到会议大厅的东北角，那里有一处立式三角钢琴，我随身坐下，即兴演奏起来。

那情形，我仿若一个武艺纯青的高手，十指之下，充满自信。我没有刻意，本能的挥动手指，弹出来的，是那首《城里的月光》：

每颗心上某一个地方

总有个记忆挥不散
每个深夜某一个地方
总有着最深的思量。

空气中弥漫着思念的弹片，我的头脑里却是超然的平静。啊，如此动听的音乐！

我的手指划动着，那一刻，我仿佛是本世纪最伟大的钢琴家，一位伟大的音乐骑士沉浸在对恋人的思念中。

弹奏进入四拍 D 大调和声阶段了，我放声唱了起来，一半是歌声，一半是钢琴声。

城里的月光把梦照亮
请温暖她心房
看透了人间聚散
能不能多点快乐片段。

刹那间，我仿佛手握一个充满创意的罗马焰火筒，要放出世间最思念的烟花。
过往与美美交往的片段，又浮现在我脑海。
一幕一幕，那些如罂粟绽放的夜晚，那花瓣离开花朵的暗香。

恍惚中，我明白了，爱恋和音乐之间的界限是无惯例。一个人可能超越任何惯例，只要他能够先想到这样做。夺取在音色和思念之间的这块岛屿，任何理论书上没有写到，但是它就在我眼前。我要抓住它。我脑海中听到了它的声音，十分清晰，所有的都像我希望的那样。

此时，也许美美在某个地方，也许美美就站在台下，甚至就在我身边，可以心有灵犀地听到。

我的手指，时快，时慢，很有点像大师齐默尔曼年轻时的表现，但激情更甚。

那是一种热情如火、情绪激荡的感觉。

整个大厅，在我的演奏下，逐渐变得安安静静。

我的表演激情四射又神采飞扬，这样的表现，显然大大震惊了全场嘉宾。当我表演完时，大厅里爆发出了雷鸣般的掌声。效果不错，一些朋友开玩笑地起哄，称我为"风投界的郎朗"。

其实，我明白自己的水平虽然在投资界还算可以，但距离大师还差很远。大师或许要精华内敛，要通晓各种作品的本意和表现手法，在演奏上更为平和、更为庄严大气，就像武林高手中的张三丰、王重阳一样，但这些都需要时间的浸润。

那时的我，也只是青年的杨过，武功虽然高强，但非要磨练 16 年后，才能打败金轮法王。

我慢慢走出酒店的长廊，凯宾斯基不愧是一家品质至上的酒店，其设计风格，处处体现出人性化，给人很舒服的感觉。一路回房，给我印象深的，是服务员如此礼貌，见到都点头示意，一如既往的保持了大集团的品质。

回到凯宾斯基的客房，里面非常宽敞，设备一应俱全。刚才在海鲜自助餐上，想吃多少就吃多少，所以我吃了很多的牡蛎和龙虾，用一瓶冰镇夏布利酒才冲下肚。

不用说，今晚肯定是以一夜好眠作为结束。

随手看到一本杂志，封面正是郎朗，我习惯性地把它放在枕头边，想着睡前翻两眼好了，多年的习惯而已。洗浴完毕后，我躺在床上，翻阅这本画册。

杂志上介绍，郎朗还不到两岁，父母就买来了立式钢琴，父亲几乎每天都用二胡为他伴奏。这样的早期教育及早开发了孩子的智力，为他将来的成功打下了坚实的基础。

17 岁时候，郎朗有幸经人介绍认识北美拉维尼亚"世纪明星音乐会"音乐总监，原本 20 分钟的见面变成了 1 个多小时，这全因郎朗的才艺。后来，郎朗因在拉维尼亚艺术节上替补全世界著名的钢琴家安德烈瓦兹，终于红遍全球。

各方面的压力都有，而小小的郎朗接受了这份压力，并愉快地练琴，把每首曲子当作一个故事来创编。每天 6、7 个小时，从不间断。掌声也让他喜欢上了舞台和表演。练琴时脑子里有的是"赢、第一名"这样自信而坚定的信念与顽强的毅力。

这是他成功的内在原因，主观因素，而他的客观因素我想应该就是他的父母和他的老师们。

在我看来，郎朗当然有惊人的琴艺，才能对得起古典音乐听众挑剔的耳朵，但有这样水准、甚至水准更高的人，其实还有，但名气则没有郎朗大。

郎朗的名气，很大程度要归功于他的东家——DG（德意志唱片公司）。DG 是世界上最大的古典音乐厂牌之一（能与之比肩的还有 Philips、Emi 等有限的几个），历史悠久，录音水平极高。

从二十世纪开始，就备受古典音乐大师们的青睐，旗下的大师，都是名字有如炸雷般响亮的人物，比如钢琴大师就有里赫特、波利尼、肯普夫、古尔达、吉列尔斯等。

DG 公司近年来的发展道路，大约是为了更好地普及渐趋式微的古典音乐，开始对古典音乐家实行偶像化的运作，表现出的特点之一是其出版物的封面，不再像多年前那样朴实无华，更像偶像写真集。

随便举例：近年来享誉世界的女小提琴家穆特；法国的美女钢琴家埃莱娜·格里莫；连年过六旬的阿格里奇，都被 DG 包装得别样风情。

画报上那张郎朗的 cd，郎朗穿着花格裤子，爆炸发式。我认为，在多年前，这样的打扮是不可能上古典音乐封套的。

7 岁的朗朗离开家乡，离开母亲。母亲的工资全部用来支付一切开支。正是母亲那无私的爱，温柔的爱无形中给予了孩子无穷的、伟大的力量。

我感叹，什么叫风险投资呢？这才是真正的风险投资，赌上了一生的抱负、金钱和时间，以及爱。

"美美是个好赌局么？"我自问道。

一夜好眠。

次日清晨，门铃早早响了，我磨叽起身，看见门缝里塞进一张便签，便过去拿来打开看，立刻愣住了！

纸条上面是熟悉的字迹：

"很喜欢，这首《城里的月光》，它照在我心上，却不在我身旁。"

我猛地惊醒，紧忙追出门去，走廊间，一袭红衣摆动。

我追至走廊尽头，拦住了她。

我气促嘘嘘，她一身红衣罩体，修长的玉颈下，一片酥胸如凝脂白玉，半遮半掩，素腰一束，竟不盈一握，一双顾长水润匀称的秀腿裸露着，就连秀美的莲足也在无声地妖娆着，发出诱人的邀请。

我大叫一声："美——美！"

我如此激动地看着她，就像当年哥伦布发现新大陆一样！

她的装束无疑是极其艳冶的，但这艳冶与她的神态相比，似乎逊色了许多。她的大眼睛含笑含俏含妖，水遮雾绕地，媚意荡漾，小巧的嘴角微微翘起，红唇微张。

美美侧身转过来，面对着我，默默而有些幽怨地说：

"我一生渴望被人收藏好，妥善安放，细心保存。免我惊，免我苦，免我四下流离，免我无枝可依。"

我一时不知所措，慌忙解释。可美美听也不听，一撮神，一顿脚飞溜烟地跑掉。待我缓过神来，连忙追赶，到酒店走廊转弯处，向电梯方向跑去。

转角后，我愣住了。长长的走廊，一直到电梯口，如此宽敞，如此开阔。除了一个打扫卫生的女服务员，推着清洁小车，一个人也没有。

美美去哪儿了？

我有些狐疑，缓缓走到服务员身边。我礼貌地问她，有没有见到一个红衣女子，身材婀娜。

她抬头看我，摇摇头，说她一直在这里打扫卫生，根本没见任何人！

我抓住那服务员，大声说，这不可能！刚才我还和她说话，她还给我的房间塞进一张纸条！

我拿出便签，在她面前晃了晃。

她看着我，平静地说，那张纸条是她早上路过时，塞进我房间的。

她继续解释起因，是昨晚有一位女士放在大堂客房处的柜台，上面写着房间号。她早上上班看见后，转交上来的。听完服务员说的话，我傻愣在当场！

彷佛电影镜头拉远，拉远，再拉远。

我变成很小的微粒子，最后幻化掉，溶成虚无。

当天上午的会议，我一直沉浸在情绪里，根本不知道那些人在讨论些啥。

午休，一阵小寐后，我被汤胖子的电话叫醒，他诉说他的跳巢烦恼，约着下午见面。

我一琢磨，反正今天会议也没啥大事，就满口答应。

约好的地点是在静安区常德路，一个名叫"仙踪旅"休闲棋牌室。

一刻钟后，我叫了辆出租，径直而去。途中，路过了大名鼎鼎的常德路 195 号。

每次路过常德路 195 号常德公寓，我都忍不住多看几眼，那曾是上海女作家张爱玲的住所，因此成为众多"张迷"心中的"圣地"。近年来，经常有海内外"张迷"前来拜访，但由于故居内有居民居住，并不对外开放，很多人只能悻悻而归。
常德公寓原名爱丁堡公寓，楼高 7 层，1936 年建造，意大利人设计，外立面是当时风行的典型装饰艺术风格建筑，1942－1948 年间，张爱玲与姑姑居住在六楼，她的不少代表作在这里诞生。比如《沉香屑第一炉香》、《倾城之恋》、《金锁记》、《红玫瑰与白玫瑰》等，取材于上海和香港上层社会的人和事，描绘百无聊赖之人的精神状态。我看过她那个中篇小说集《传奇》，作品风格朴素，笔致秀逸，尤其擅长对人物心理的刻画。

听说常德公寓所在的上海静安区人民政府正积极着力准备方案，重新定位张爱玲故居。
唉，现在时兴这个。不过，一整就俗了，是常态。

"仙踪旅"休闲棋牌室就在常德公寓前方不远处。一会，车就到了，胖子早就坐在里面了，见我到来，咧嘴一笑。
几句寒暄过后，胖子提议对弈一盘围棋。在十一中学读书的时候，两人都是校围棋队的成员，经常在一起下棋。
我听罢，也不反对，胖子遂唤服务员摆上围棋。
下棋，是一种情感的宣泄，一思一虑，在这方小小的棋盘里展现得淋漓尽致，不作丝毫保留。下棋，是将自己的故事倾吐出去，能否得到回应，却还要看对手是否是棋者真正的知己。

胖子开始倒苦水了，说着自己的工作纠结。他现在的职业位置很被动，说是销售总监，其实手下就两个人，负责华东市场，销售任务还很重，常常完不成，不知道怎么办。有家基金公司在招聘，有熟人介绍，他很想去那，无论待遇、平台都比现在好很多。

可是他有种感觉，跳槽是一种伤神又费财的事。由一个熟悉的环境去一个不熟悉的地方一切得从头来，那是一个漫长的过程。

边说边下，比赛开始。一开局，我执黑先行，来了一个"高中流"，而胖子来了个"三连星"，做了很多大模样。我不禁惊出一身冷汗，要是胖子把这些模样变成实空，那后果可不堪设想。于是，我点了胖子左下角的"三三"。由于胖子没有防备，我轻松地活了一个角，而且抓住了胖子的许多破绽，把这个空搞得越来越大。呵呵，我很得意，胖子却有些心不在焉，继续分析自己的心情。

像所有的打工者一样。胖子认为老在一个厂里呆着并不是很好的选择，想来一次潇洒的跳槽行动。但老板也找他谈过话，挽留他，可胖子心里总是想，哪一个老板不是如此的，你还有利用的价值，他就总想办法抽干你，等你没有利用价值的时候，就一脚把你踢开。

胖子很纠结。就在这功夫，中盘战斗开始了，我又点了胖子的一个角。这个角被我守得固若金汤，不过这位老兄长了个心眼，把外围封锁了，所以我没能把这个角变成大角。

胖子也算满意了，喝了口茶，继续说，他很想拾起被欲望击碎的枝枝蔓蔓，给自己职业的未来一个挡风雨的港湾。

我知道，在此之前，胖子做过一段时间的股评。他的股市圣经就是：大盘涨了，就吹大盘，大盘跌了，就吹个股。靠这个法宝，混了几年，因此，这行基础还是有的。

在盘面努力寻找胖子的破绽。突然，我发现胖子中腹的棋眼形是"刀把五"，是个死形，遂立刻把胖子给点死了。

最终，我以二十目大胜胖子。胖子连声感叹，自己心绪不定，你胜之不武。

我笑道："棋如人生，可是却并不能说人生如棋。棋局是人定的，其中，充满了思索，有时也是博弈双方的勾心斗角。"

记得金庸是怎样评价慕容复的么？"边角尚且纠缠，如何逐鹿中原？"

"去吧，我支持你！"我支持胖子去基金公司，虽然职位只是个经理助理，但前景不错。

胖子最终采纳了建议，随了自己心愿，去这家基金公司报到了。

当时，我们两人都没料到，此后会发生一件轰动全国，震撼整个行业的大事。

话说胖子去的基金业，正赶上资本市场一个历史性的时机——股权分置改革。实际上，从 2005 年开始，股市中几乎所有的人和机构都在忙着一件事，围绕着股改运动。真的，它是一场运动。

股改的核心就是非流通股股东向流通股股东赎买流通权，俗称"补偿"。那时记得宝钢的独立董事单建伟在媒体上发文，抗议这种不合理"补偿"，企图影响中央政策。但人们很快发现，单建伟是入主深发展银行的美国私募基金新桥公司的项目负责人，他心疼自己刚投入深发展的钱贴给了流通股东。事实上，股改的补偿对象是 A 股股东，而不是 B 股和 H 股股东，这就很说明问题，非流通股不在 B 股和 H 股两个市场流通，不会因为供应量的增大影响它们的股价。

股改在某种程度上有些类似当年的土地改革，中小投资者在中国股市历史上第一次有了主人翁的感觉，当然，这也极有可能是最后一次。

过往五年的熊市，让绝大部分投资者损失了七、八成市值，?管上证指数跌了五成，证券公司被大批托管，相当数量的私募基金灰飞烟灭，庄家们也损失惨重。

只有共同基金元气尚在，主要在一些大型蓝筹股里互相抱团，取暖过冬。整个股市满目疮痍，散户尤其受害。

散户 A 的经历：熊市开始的那段日子，大盘也是天天跌，后来一天比一天跌得快，跌得急，等你反应过来，自己的钱已经亏了近三成，稳定一段后，大家都认为可能要有反弹了，可是几天内又跌了 10%，后来大家都失去了信心，人人都出货，机构出，散户出，后来几年证明，这些抄底的人基本上是得的最多的。你会发现，大家都在亏，而且亏得很多，这时你只有死扛，因为卖了剩下的钱已经没有什么意义了。

散户 B 的经历：我记得那时候有个股票一天就成交了两手。还一次看到说一支股票怕没有成交量，庄家派了两个操盘手自买自卖，如果其中一个操盘手有天感冒没上班，这支股票就没有成交量了。熊市就是原来 5000 平米的营业部变成 500 平米，无数的券商失踪。当没人愿意说自己是个股民的时候就是深度熊市了，深熊！

散户 C 的经历：我满仓 15 块的成本最后跌成了 4 块钱，可翻遍了整个屋子都找不到交易卡，电话委托的号码也变成了空号，其实就算打通了我也想不起密码来，跑到以前的交易所居然变成了卖橱柜的，原来的证券公司搬到了卖橱柜那栋楼背后的居民区的二楼小平台上，就只有两个工作人员在那里办公。

有句话怎么说的，"你若安好，便是晴天霹雳"，当时，散户对证监会就是如此愤怒。

危机应该如何面对？我想起了当初师傅在水库边钓鱼时候，讲的那句诗一样的话。

那时候，师傅指着远处的一片玫瑰花园，说："你觉得，那里是每丛刺上都有花呢，还是每丛花上都有刺？"

中国的古语"置之死地而后生"此时发挥了作用。危机就是生机，既然已经坏到不能再坏的地步，出台什么利空市场的政策对社会稳定不稳定也就那么回事了。

中国证监会主席尚福林说服了国务院，开始了股权分置改革。

中国证监会征求解决股权分置的方案据说有几千种，但最终发现面对千差万别的上市公司根本不可能找出一个能让大家都满意的方案。最后证监会把股权分置这个难题推向市场来解决。

让人感慨的是，中国证监会最后还是要表现一下自己的聪明，人们还是接到通知，要注意和控制这个利好消息发布后股价暴涨所产生的影响。而市场中人听到这个通知后却是哭笑不得，这好比最寒冷的严冬到来时，却让人们做好防暑降温工作。

笑话归笑话，我却认为黑天鹅的事情，在证券市场上往往有可能，大意不得。所谓天行健，以道胜，以奇谋！

那段时间，华夏大地上，掀起了一股创业的热潮。就在汤胖子不安分地跳槽到公募基金后，我和华彬也小小不安分了一把。

起因是公司附近有一家小店，两人常去光顾，它是连锁经营，单店面积 30 平，主卖包子，另有粥品、茶叶蛋、小菜、丸子汤。

店面干净，服务也规范，生意相当好，包子有多种馅料，店招牌是 2 元一个，也有 1 元、3 元的，卖得最多的是 2 元的，侧面问了一下，他们从早晨 6 点到晚上 10 点营业，一天能卖出 2000 个包子，粥品也有多种，最低绿豆粥 2 元一碗，也有大米红枣粥 3 元、南瓜粥 4 元。

一般一个人会点碗粥要 2—3 个包子，其他不算，就以这两样为例，大概一天就餐的在 700—1000 人左右，一天毛收入在 7000—8000 元，每月大概 20 万。

每个店面配 8 个人，两班倒，除去房租、人工、水电、杂费等，初步下来一个月利润也有 4—5 万，一年就有 50—60 万。

不单如此，餐厅对面有一个卖成都冒菜的大哥，我经常没事去和他聊天。他一天只摆两个时间段，摊位租金是 2000 元每月，工人就自己一个，一个花几千块弄成的铁车。每天好点能卖 400 碗，每碗是 6 元。也就是日销售额 2400 元。

一天毛利润是 1200，也就是一个月大体有 3 万不到的收入。一年平均下来，也不低于 20 万吧。

比起打工，收入算是不错。这个情况，让两人顿时动了开店的心思。打定主意就干，两人各出了 30 万，外加银行贷款 80 万投了一个不大不小的饭店。260 多平米，位置一般，不好也不差。

那段时间，两人除了应付工作，剩余时间和精力都扑到这上面去了。上团购，抓服务，抓菜品，做宣传……两人拿出各种看家本领，还是做不起来。顾客始终不太多。于是两人又上赶集、大众点评、58 同城等网上宣传。

当时我美好的憧憬，是以为这个餐厅能赚钱，然后拿着自己的分红再去创业，然而很多事情并不像想象的那样容易，隔行如隔山。

短短 6 个月的时间，两人没有让餐厅红火起来，而是接近 80 万没了踪影，全亏掉了。

我心痛坏了，毅然悬崖勒住马，决定关门……

当时，还有四月房租，转都转不出去，悲催啊……结果是，当初的全部投入都陪进去了，一下子，顿时感觉生活好差，心情好差。

华彬说：要不，再换个美式快餐！技术设备全转过来包含半年房租 15 万，一年 8% 递增！除去 5 个员工每月 1 万 4 的工资和其他一切成本，据说净利润每月八千，这生意能做吗？

我说："我看算了吧，其实，我觉得卖臭豆腐也行，烤个鱿鱼还行，投资不大每天收现钱。其他的还是免了，打打工保存实力在谋东山好些。"

挫折即财富，华彬和我慢慢忍耐起来。后来证明，果断止步是对的。因为再投进去，估计分文难收回来了。那段时间，附近商圈估计关了四五十家餐厅吧。

有时候想想，重要的不是你有多大能力，也不是你有多能吃苦，而是运气啊！后来听一个餐饮高人讲，餐厅的成败在于定位，不在于位置和厨师。定位不好，则必死啊！那段经济萧条期，兰州拉面馆红火。说明低价位的快餐定位应该比搞大饭店能熬。

夜幕降临，我独自走在外滩公园，心情不佳地四处张望。

穿过一条鹅卵石小道，便来到一座名为"腾飞"的标志性建筑面前，建筑物的顶上是一颗耀眼的明珠，刺得我睁不开眼似的，隔着外滩往陆家嘴方向放眼望去，夜景真是无与伦比。

这边是旧上海的万国建筑，而隔着黄浦江那边的陆家嘴，各种形状的高楼大厦鳞次栉比，错落有致。每幢大楼的楼层都装上各种霓虹灯，霓虹灯在夜晚下特别绚丽，与整排整片的整座城的灯光交相辉映。

江两边是万家灯火，江面上则不时驶过一条条游船。每当一条船驶过，江面上便泛起一层层小浪，本是倒映在江面上的灯火便随着小浪一层层地散去，像变换的万花筒。

观光游客在外滩宽广的人行道上，隔着黄浦江对着陆家嘴指指点点。

我看到江对岸震旦大厦上一副巨大的 LED 广告，广告词是"用微笑面对生活"。

我想想，有些心理暗示，不由放下心里的包袱了，欣赏起这原本没有觉察的魅力夜景来。

第十一章　华山论剑

初次创业失败，情绪滑落低谷，我的心思又回到工作上来了，继续关注股改进展。

股改关键是，非流通股股东是"索赔"对象，没有表决权，同意不同意流通，完全由流通股股东决定，按规则，必须经参加表决的流通股股东所持表决权的三分之二以上方可通过。

参加第一批试点的四家公司中，至少有两家还不适应这种流通股股东享有民主决定权方式，"三一重工"的董事长，号称"湖南首富"的梁稳根，抛出了"大猪拱食小猪别闹"即著名的"猪论"："一头大猪带着一群小猪，墙上挂着一桶猪食，如果大猪不把猪食拱下来，小猪就一点都没得吃。现在，大猪将猪食拱下来了，一群小猪就开始闹意见，要求得到更多，这怎么行？"

怎么不行，包括梁稳根自己，谁都明白非流通股股东才是这次股改的最大受益者。那段时间，由于汤胖子在基金公司，也对这个很敏感，我和他没事就讨论这个。

偶尔，胖子也会提起，他在基金公司遇到一个女神了，也是基金经理助理。甘肃人，叫黎小涧，此人甘甜无比，能让人望梅止渴。

胖子继续分析道，这个人刁蛮善变，外表却是不折不扣的淑女。正是由于她具有这种特殊的气质，所以很吸引胖子。我进一步了解呀，她是射手座。我当即劝说道："我的观点是，凡是射手座的，都要毫不犹豫放弃，为啥呢！女射手一般身材好，眼光高，有文艺天赋，爱唱爱跳。这种高端"白富美"，你手上一副烂牌，去碰她，摆明了就是国足遇到巴西，早早回家的命嘛。"

胖子不服，说："屌丝也有逆袭的时候嘛，给点希望啥。"

我说："别忘了，你是离过婚的，面对女射手，基本无望。逆袭这事，不是说没有，也要看看概率的。反正，现实生活里，我劝你放弃。"胖子听了不太高兴，就把话题转到股改上了。

当时，记得清华同方的方案是每 10 股送 3.56 股。而且，以后的股改对价支付方案也证明只要高于每 10 股送 3 股的水平，一般中小股东都能接受。但清华同方却成为四家股改公司中唯一没有通过股改的公司。

为了股改成功，上市公司使出浑身解数，通过各种手段向流通股股东拜票。上市公司的对价方案也是五花八门，各自表述。常用的是送股和派现金的方式，在第二批 42 家试点公司中，有 34 家推出了送股方案，占 80.95%，其中最高的每 10 股可以送 5 股，最少的是每 10 股送 1 股。派现一般是配合送股，也有上市公司采用缩股和送权证，但不多。

股改是一场运动，既然是运动，就是一个大箩筐，什么东西都往里装，例如管理层股权激励方案也随之出台，说得偏激些，哪怕是个傻子，也能拿到激励，只不过是多少而已。

当然最终，股改是成功完成了，我和汤胖子亲历了这一刻，就像父辈们当年经历知识青年"上山下乡"一样，历史翻过了这一页。

在资本市场打拼的人，终身都得和潜在的黑天鹅事件打交道。17 世纪之前的欧洲人认为天鹅都是白色的，但随着第一只黑天鹅在澳大利亚出现，这个不可动摇的信念崩溃了。黑天鹅的存在寓意着不可预测的重大稀有事件，它在意料之外，却又改变一切。

"黑天鹅"的逻辑是：你不知道的事比你知道的事更有意义。在人类社会发展的进程中，对我们的历史和社会产生重大影响的，通常都不是我们已知或可以预见的东西。

大约在四百年前,弗朗西斯·培根就曾经发出这样的警告:我们老是犯这种错误,老是以为过去发生过的事情很有可能再次发生,所以免不了会凭经验办事。

比如:黄金市场第一次黑天鹅降临发生在 1933～1934 年,经历过大萧条之后诞生的罗斯福新政,宣布私人持有黄金为非法,规定以每盎司 20.67 美元将私人黄金上收,然后由国会立法将黄金定价为每盎司 35 美元,美元很快贬值 69%。

黄金市场第二次黑天鹅降临发生在 1971 年 8 月 15 日,美国总统尼克松发表声明终止美元兑换黄金的义务,公然单边撕毁布雷顿森林协议。在接下来的数年直到 1980 年,黄金价格从 35 美元升至 850 美元。"历史不会爬行,它们会跳跃。它们从一个断层跃上另一个断层,之间只有很少的摇摆。而我们以及历史学家喜欢相信我们能够预测小的逐步演变。"回顾过去,极少数根本无法预料却影响巨大的黑天鹅事件,决定了我们一生的命运,甚至决定一个国家的命运。

当时间停留在 2006 年的时候,没有人会预测到中国股市在接下来的几年里,会有层出不穷的黑天鹅事件。

日子如往常一般平静,时间长河缓缓流入 2006 年中间段,沪深股市各条指数战线,都开始出现均线缠绕,横盘震荡之势。许多股票的 KDJ、MACD 等指标,频频出现金叉与死叉的互换。

最重要,整个大盘的 30 月月均线出现拐头,即使在华尔街,顶级操盘手也是要看这条线的脸色的。

敏感的我察觉到了春天到来的味道。

现在,所有指标开始向好,纵观整个资本市场,技术面相当配合,随着股改顺利完成,基本面也有了强大的理由。

我意识到,一生一战的时刻,来到了!

那一刻,我彷佛有一双洞悉全球的眼睛,像 google 卫星监视器一样，扫描世界各地。

在马略卡，在科西嘉，在所罗门，在大溪地，在马代，在凯普里，在阿拉斯加的冰雪村，在阿尔卑斯的滑雪场，那些顶级的基金经理，那些神秘的操盘手，那些传说中的大佬，他们会收起了渔网，挂起了鱼竿，整理好滑雪橇，靠泊好私家游艇，纷纷结束了漫长而慵懒的休假，返回到华尔街，返回到伦敦桥。

他们也知晓，又到了"华山论剑"的时刻了。

华山！华山！北临坦荡的渭河平原和咆哮的黄河，南依秦岭，海拔 2154.9 米，古称"西岳"，是我国著名的五岳之一。主峰有南峰"落雁"、东峰"朝阳"、西峰"莲花"，三峰鼎峙，"势飞白云外，影倒黄河里"。

凡是习武之人，都梦想可以参加"华山论剑"，站在那凌空架设的长空栈道上，在三面临空的鹞子翻身，在峭壁绝崖上凿出的千尺幢、百尺峡、老君犁沟等地方，比试身手，一较高低。

而此刻，资本市场的华山论剑，在很多人还未觉察时，已经悄然来到！

我清点了手里的库存情况。目前负责 2 只基金，一只 10 亿的产业基金，大约有 7 亿投资在长期股权项目里，没有流动性，流动类只有 3 个亿左右。

另一只文化基金，2 个亿里，有 1 个亿基本都是快速流动品种，这样，手上可以有 4 个亿资金后备。

此外，作为紧急备用的，一个铁杆同事手下控制的 6 个亿的并购基金，其中流动品种 2 个亿左右，这可以协同作战。

清点下来，一共可以动用的钱在 6 个亿规模，但这只是理论上的。实际上，一些短期私募债品种，流通票据品种，会占用掉一部分。

能灵活动用的钱，大概 2~3 亿。这也基本够用了。钱的问题，还不是最关键的，关键的是人的问题，作为主操盘手，自己是否做好了技术和心理上的充分准备?

为了更好的提升自己,备战充分,我甚至调来了当年武林轰动的"紫衣侯决战白衣剑客"的经典片段:

"东海之滨,双剑争锋!紫衣白袍,孰为剑雄?"

当世第一剑紫衣侯与连创江湖数十高手的白衣怪客比剑。

我紧闭双眼,穿透时空。
"站在渤海边,骄阳将落末落,海上万丈金波,两叶轻舟,越驶越近。

紫衣侯双手抱剑,道:"请!"白衣人单手握剑,道:"请!"

突听呛然两声龙吟,万丈金波上,已多了两道剑气。

落日、金波,与剑气相映,直似七宝莲池,大放光明!"

我的思绪随着起伏,我的心情为之紧张。

"但见紫衣侯,剑身平举,轻舟虽在不停晃动,他剑尖部始终不离一点固定的位置。白衣人一双眼神兴奋之情,也越来越是狂热。

两舟交错而过,紫衣侯平平一剑削出。这一剑剑势绝无丝毫诡奇之变化,但剑尖寒芒颤动,眨眼间已急震二十余次。

白衣人手腕转动,掌中长剑,连变数十个方位。

海上风浪如山,一紫一白,急如飞蛇闪电,一刹那,紫衣侯与白衣人已各各急攻三十余次之多。

一声龙吟,响彻海天。

吟声不绝，紫衣侯人影摇了两摇，一个跟路，跌入海中，

海天辽阔，树着孤零零，一条白衣人影，

般石像一般，乘着海浪，飘向岸边，将漫天夕阳，抛在身后。"

那一刻，我情绪激动，感觉自己成为一流高手的时刻已经到来。

古语云：高筑墙，广积粮。

一切准备充分后，我开始在沪深股市里，筛选目标品种。我想起了师傅讲的那个木匠和厨师的故事，我明白自己需要的，不是木匠品种，而是厨师品种。

我非常小心的选择，扣除掉一些大盘蓝筹和 ST 之类的，我在接近 600 只股票里仔细选择。这足足花费了我一个月时间。

最后，我找到了我的"心动女生"——Dream girl。

她就是"荣花实业"，一只农副产业股。荣花实业公司位于西部，主营玉米淀粉及其副产品胚芽、蛋白粉、玉米精炼油的生产及销售。这家公司放在沪深近 2 千家上市公司里，很不起眼，像个灰姑娘。但此刻，我笃信，这个灰姑娘属于我。

艰难的前期准备工作完结后，我调集各路资金，汇集到旗下国苏路，申浦路 2 个席位，开始横盘吸筹。那些天，我每天午睡到下午 2 点起来，沏一壶我喜欢的龙井茶，然后开始不断买进，那时，荣花实业的盘面很安静，有的散户买入，有的散户卖出。我每天吸筹也不多，十几万股上下。

如此断断续续重复 2 个月，期间，我就是静静地等待。

像是静坐在哈魔寺酒吧餐厅里，像是猎豹潜伏在东非丛林里。

这件事，从 5 月初开始进行到 6 月底，一直到我的研究生同学黄大海打来电话，我紧张的情绪才稍微缓解一下。

大海说，7 月 1 日是原来研究生同学聚会的日子，拉着我跟他一起赴约。我想，正好释放下情绪，便欣然前往。

本届的同学会在太湖边一个度假村召开。原学生会主席，现光大银行做理财部总经理的希捷同学负责张罗了各项会务。经过这么多年，大家都逐渐走上正轨，纷纷成为公司骨干、副总监、副行长、保荐人等，大头衔到处都是，一抓一大把。

随着同学网络的扩大和升级，大家相互照应的地方多了起来，我寻思着这帮哥们儿也该在关键时刻帮帮我啥的。

同学会自然是欢歌笑语，我们还去旁边的高尔夫球场玩了会儿，按惯例由最成功的同学买单，这次刚刚升级为保荐人的张文楷自告奋勇地买了单。

张文楷，安徽黄山人，平头，不修边幅，食量很大，以前每次去食堂饭都要用很大一盆，一次五两，对什么菜也不挑剔。

文楷读研的时候，是打游戏的高手，和我们一样喜欢玩游戏《帝国时代》，那时，他是帝国王子，帝国之中无人不将其奉为偶像。他还是战术之王，大车之王，海战之王。其偶像派打法令无数人为之倾倒，橙色作为他的最爱，代表了他的激情。

读研时，文楷和我是同一个宿舍的好友，还有一个是黄大海。大海毕业后去了公募基金公司，从研究员做到基金经理助理，再到基金经理。

大海和我一样，很早就将投资看作自己终身的职业，且一刻不敢怠慢。不知道是否只有自己这样，我只在犯了错误时才能在经典的书中清楚的看到自己的身影。

大海和我一致认为，股市是很难取得成功的地方之一，因为这里牵涉到许多人和许多人性。

人会分析股价的趋势和未来的方向。

其实呢，市场在大多时候是愚蠢的，因此你也不必要太聪明。

太精明的人，看透了剧本，但却错过了累积巨额财富的道路。

最好的做法就是，假装投入，但切记在假象被戳穿之前退出游戏。

如果总因为担心利润会被洗去就选择出场，那么永远不会获得可观的利润。

对于那些一掷千金满仓操作的冒险家，美国著名操盘手利弗莫尔是这么说的，这类人可能在短期内获得相当巨大的财富，但这些轻松到手的钱财长有翅膀稍不留神就会从他们的手中飞走，于是一个投机者消失了，资金的增长必须通过小笔交易获取利润财富的积累，这需要较长时间，这期间需要非常人能有的耐心，可惜在市场的诱惑面前利弗莫尔本人也没有做到这点。

实际上，在整个 2006 年，我亲眼目睹了三个投机者迅速获得惊人收益又以极快速度赔回去的事实，一个发生在我身边，两个是网络上的同行，前 4 个月初他们的收益率分别是 400%、270%、110%，到了后两个季度，两位网络同行的情况分别是-10%和-30%，我身边那位两星期前还威风八面的朋友没有盈亏比，他的帐户资金为 0，并且负债 10 万。在这场暴利体验中，他们连钱的影子也没有见到，只是看着数字增加接着减少。

我们在饭桌上边吃边聊着这些资本市场的传奇，聚餐以著名的"太湖三白"做为主菜：银鱼，白鱼，白虾。

太湖银鱼长二寸余，形如玉簪，似无骨无肠。早在春秋时期，太湖就盛产银鱼，宋代诗人"春后银鱼霜下鲈"的名句，把银鱼与鲈鱼并列为鱼中珍品。

太湖白鱼体狭长侧扁，细骨细鳞，银光闪烁。"白鱼出太湖者胜，民得采之，隋时入贡洛阳"，可见，在隋唐时白鱼已作为贡品上贡皇庭。

太湖白虾壳薄、肉嫩，也是下饭的佳肴。大家吃得很欢，聚餐会完毕后，大家聚在茶座前畅谈。复制以前读研的模式，还是当年的大红人，黄大海主讲，我、烟云、文楷都在，好不热闹，一堆人围着。

烟云是国际金融专业的才女，毕业后，又去耶鲁大学进修，取得了 MBA 学位。她智商奇高，同时具备了金庸笔下阿朱和阿紫的双重优点，如果说有啥不足的，就是太过聪明了，往往让和她接触的男人没趣，觉得自己笨。所以呢，烟云还在寻找她的 Mr right。而那些心有余而力不足的男人，只能成为 Mr right hand。

黄大海是福建莆田人，是我见过的属于腼腆的那一类型的男子，有着大海一样的性格，大约是长期在厦门生活的原故，大海有着明显的、许多男人都渴望拥有的那种浪漫气息。

大海有时很忧郁，像罗密欧看不见朱丽叶的那种忧郁，这种忧郁散布在四周的空气中，带着淡淡的男性荷尔蒙味道，会让女人痴迷。大海喜欢文学，博览群书，所以，那时聚会都是他为主讲人。

那晚，大海瞧着是格外得意。一张雕花竹椅，椅前有块小方桌，系着绣龙缀凤桌围。桌上放着惊堂木和一把茶壶以及一杯热茶。

"啪！"黄大海手持折扇，惊堂木一拍，话匣未开，全场鸦雀无声。

"今天，各位资本市场的大佬兄弟都在，其中创业成功的有，失败的也不少。小弟就给各位摆一摆《天龙八部》里的"慕容复创业失败，被高富帅段誉渔翁得了美女"的桥段。

黄大海悠悠地道来："话说慕容复同志出身在一个没落的封建地主家庭，在苏州郊区燕子坞村继承了祖上的几十亩田庄。燕子坞虽然交通不便，可是靠着风景如画的太湖，烟波浩渺，远水接天。慕容家的房产也都是顶级的豪宅，而且银行贷款都已全部还清，房产证已经满五年，显见瘦死的骆驼比马大，比普通白领的日子富裕多了。"

听到此处，我不以为然，心里想：嗯，这不过主要得益于前朝鲜卑慕容的遗产。

烟云则不以为然，插话道："慕容复坐拥太湖大宅，又是几代单传的独子，长得英俊潇洒，祖上还传下一套'以彼之道，还施彼身'的专业技能。投胎能投到这种人家，不知前世要做多少善事。更令人羡慕的是，江南第一美女王语嫣姑娘，从小就死心塌地跟定了慕容复，慕容复走到哪里，她就死乞白赖地跟到哪里。此等福分，只有三国的周郎可堪一比。可是慕容复不仅未能重现语嫣'初嫁了，雄姿英发，羽扇纶巾'的风采，反而落到在坟头受小儿膜拜的结局，其原因值得深思。"

黄大海看见大家听得津津有味，更觉来劲，分析道："以我看来，问题的根子还是出在教育上。慕容复的父亲慕容博，片面看重考试成绩，不重视全面发展，没有帮助孩子从小建立正确的世界观和价值观，是慕容复成年后走向自我毁灭道路的根本原因。

客观地讲，慕容复同志具备一定的工作能力，可是其本人的世界观就存在严重问题。慕容家祖上确实曾经发达过，鼎盛时期还做过国内的首富。如果遇到普通人，逢人便宣讲一番，平添不少自信与自得。

然而慕容复偏偏不作此想，他认为曾经做过首富，就应该永远做首富。如今风水轮流转，赵家、段家和耶律家的钱多一点，他就放下筷子骂娘。这就好比某个人的儿子碰巧考了几次第一名，就要求他永远考第一名。这个做老子的也不想想，你儿子老是考第一，给全班甚至全年级同学带来了多大的心灵伤害！"

听到这里，我插了话："金庸思想有个大毛病：凡是聪明智慧、有理想、求上进、勇拼搏的人都是坏人，都不会有好下场，如慕容复、杨康、左冷禅、金轮法王等。凡是无理想、随遇而安、不思进取、长相丑陋智力低下的人，都是好人，且都会获得人生的巨大成功、事业巨大成就、美女投其怀抱，如虚竹、郭靖、石破天、段誉、韦小宝、张无忌等……"

大海喝了口茶，环顾四周，微笑说："胡斐，杨过，萧峰，袁承志应该不算吧。这个估计和金庸后来信佛教有很大关系。"

旁观的烟云摇了摇手，插了话："屌丝变白骨精不是武侠小说，是杜拉拉升职记。没有奇遇的不是武侠，是还珠格格啊！"

我连着点头，表示同意，继续道："是这样呀，屌丝的奇遇和发达，高富帅的卑鄙和阴险及失败，多好的框架，最合屌们的口味。"

烟云瘪瘪嘴，说："金庸所有小说只有《天龙八部》没有看完，最多看四分之一就看不下去了，不喜欢段誉父子这两个人物。"

我哈哈一笑，说："女人大多不喜欢这两人。段誉就是前四分之一出现的多，正好看到段誉出现得少了，你不看了。"

大海点点头，望着大家说："对，这和股票在底部割肉一个道理。"烟云补充道："慕容复还有一个问题，是没有好的媒介，对江湖的变化没有确切的资讯。"

我回头说："媒介只是一方面，他心太大，不明白 Small is beautiful！"

烟云道："央视说的，心有多大，舞台就有多大。"

我反驳道："央视那是骗广告费的，应该是心有多大，失望的痛苦就有多大。"哈哈哈，四周一片笑声！

"啪！"惊堂木声音一响，大伙立刻结束讨论，安静下来。

黄大海话锋一转，继续分析道："当然慕容复有此远大志向，我们也不能过分责备。毕竟"Nothing is impossible"，要想多赚些钱，思维方式总得积极一点。但是慕容复经营企业的战略战术却实在令人不敢恭维。逐鹿中原，靠的无非才财二字，首当招揽人才，次当积聚钱财。我们来看看慕容复都做了些什么。

慕容复手下有四大金刚：邓百川、公冶乾、包不同、风波恶，都是祖上传下来的家将。慕容复搞了一辈子企业，居然没有招聘几个新员工。除了邓百川几位，公司里就只剩下阿朱和阿碧两个前台秘书，搞得偌大的燕子坞，办公室里空荡荡，像个鬼城一般，什么云州秦家寨啊、四川青城山啊，金算盘崔百泉啊，是个人就能跑到门上来撒野，哪里有一点做大企业的样子？

再说说他手下最得意的四位副总裁。邓百川虽然老成持重，可是才能平平。公冶乾号称掌法江南第二，可是除了和萧峰对过一掌，算有一次亮点，以后就再没怎么在台上露过面。邓百川和公冶乾勉强算个庸才，包不同和风波恶则是不折不扣的蠢材。风波恶同志的竞争意识很强，企业里无疑非常需要这样的干部。可是他不知道竞争也要分对象，不管是供应商还是客户，他一上来就要比高低，这就很难管理了。

如果说慕容复手下全是庸才，未免有点冤枉了他，慕容公司里也有两个万里挑一的人物，就是阿朱和阿碧两位姑娘。

阿朱和阿碧虽然才貌双全，可是一个任秘书，一个做前台，对公司的贡献非常有限，无法改变企业经营的大局。

好比慕容复成立了一支私募基金，要夺拿年度排名第一的大奖，手上持有六只股票的组合，一个贵州茅台，一个片仔癀，都是世纪大牛，慕容复独到的选股眼光令人敬佩。可惜这两只股票加起来只有不到一成仓位。另外四只重仓股，按仓位排下来依次是农业银行 、中国联通 、中国石油和海普瑞。不难想象，慕容复先生的投资业绩将会怎样。"

"哈哈哈…"大伙又一阵开心。说道阿朱，我一直对阿朱印象很好，虽然金庸对她着墨并不多，但我觉得她在金庸世界里却是个很高大的形象。

阿朱，典型的江南美女，巧笑倩兮，也许相貌不如其他美女那样光彩艳目，却也自有一番风韵。

论智谋，她机智灵敏不在黄蓉之下，比如在西湖琴韵和听雨居，把号称天下智者的鸠摩智耍得团团转；论胆量，阿朱敢单身闯少林寺盗《易筋经》，可见其勇。

当然，阿朱最让人感叹的是她和萧峰那一段刻骨铭心的凄美爱情，她的死，也充满了佛祖割肉喂鹰的救赎精神，虽然温瑞安对此是持批评态度，认为是她自作聪明才让萧峰更痛苦，但置身当时，从阿朱的性格而言，她别无选择。

正因为如此，我一直觉得，金庸选择她作为自己文学世界里最高大的英雄——萧峰的伴侣，不无深意！

这时，黄大海抚了抚脑门上的头发，总结说："屌丝们其实没有大追求，只希望能够安稳过日子，但是品质也是及其坚韧的，都有自己的原则，不会为外界影响而动摇。高帅富们则因为起点很高，追求就更高了，基本上要一统天下当皇上，差一点也要一统武林做盟主，追求太高，要达成必然不择手段，当然，不能比虚竹，他属于买彩票中了亿万大奖的！"

话音刚落，"哈哈哈哈…"，大伙一团哄笑。黄大海抬头一看，时间已晚，便见好就收，惊堂木一拍，说："欲知后事，留着下次聚会再说！"

大伙随即发出"呜呜"的起哄声，各自散去。聚会离别时，大海、文楷和我约定好，在接下来的资本大战中，相互支持，鼎力协助！

这让我信心倍增。

第十二章　雷雨雷雨

同学会结束后，我便像西门吹雪一样，斋戒三日，沐浴更衣，准备大干一战。

黄大海讲的慕容复桥段，让我印象深刻，我不断在操作中提醒自己，要注意避免犯慕容复眼高手低的失误，战略战术要恰当，而这，毕竟不像想象的那样简单。我深知，这是一场大战，事关生死存亡。

老同学交情，到底不是盖的，接下来，我从黄大海和文楷那边，又调集了一些协同作战的资金额度。

补充弹药后，我开始集中精力，专注于荣花实业的操作了。我逐渐吸筹，等手中的筹码逐渐多起来时，我开始反复洗盘。

那是 2006 年 9—10 月间，就这么反复纠缠，直到 2006 年 10 月，荣花实业一直横盘，在不断地假突破，追入的技术派股民，屡次被套。

股价涨一天，跌一天，像是在走迷踪步，搞得股民晕头转向。走出来以后回头看，实际是横盘。

我开始施展出《九阴真经》里的功夫。首先，在一个大的压力位上顶着，接了所有的解套盘，然后在那位置上不断地假突破，而不断的假突破，就让所有技术派的人把筹码交出来了。

当我觉得技术层面已经筹备充分后，我打了"紫禁之巅之战"。

　　我是如此投入，彷佛我自己就在紫禁之颠，在那滑不留足的琉璃瓦上坐了下来。此刻，明月就挂在我身后，挂在我头上，看来就像是神佛脑后的那圈光轮。

　　"这时候，星光月色暗淡下来，西门吹雪和叶孤城面对着，天地间所有的光辉，都已集中在两柄剑上。两柄不朽的剑。剑已刺出。刺出的剑，剑势并不快，西门吹雪和叶孤城两人之间的距离还有很远。

　　他们的剑锋并未接触，就已开始不停的变动，人的移动很慢，剑锋的变动却很快，因为他们招末使出，就已随心而变。

　　这种剑术的变化，竟已到了随心所欲的境界，正是武功中至高无上的境界。

　　叶孤城掌中剑每一个变化击出，都是必杀必胜之剑。

　　他们的剑与人合一，这已是心剑。"

　　我手上忽然也沁出了汗。

　　"叶孤城的剑，就像是白云外的一阵风。

　　两个人的距离已近在咫尺。

　　两柄剑都已全力刺出。

　　这已是最后的一剑，已是决定胜负的一剑。

　　明月已消失，星光已消失，消失在东方刚露出的曙色之后。

　　西门吹雪轻轻吹落，仰面四望，天地悠悠，他忽然有种说不出的寂寞。"

对！我就是西门吹雪，我知道，我的技术和心态都已经达到最佳临战的状态。

2006 年，海城十月天，秋风送爽。

陆家嘴震旦大厦上银莫根基金公司，例行晨会。

一次例行晨会，引发了胖子对煤矿的敏锐感觉，预感到煤炭行业爆发快来，他在会后与基金经理唐华健沟通了一下，唐华健似乎兴趣不大。

唐华健原是山西人，南京工程学院硕士，毕业后加入基金管理公司，任投资经理，负责食品饮料、钢铁、有色及银行等行业研究工作，最近三年因工作出色，被提拔为成长先锋基金经理。

第二天早上，胖子家里电视放着早间经济新闻。胖子晨跑回来，无意中看到财经新闻报道煤炭行业话题，节目围绕煤炭行业进行了深度分析，胖子感触颇深。节目中对煤炭行业的分析和前瞻，引起了胖子的共鸣。

胖子觉得自己对煤矿的敏锐感觉很有把握，非常有信心看好，便在早间进一步与基金经理唐华健沟通，唐华健不以为然，胖子几番纠缠，最终，唐华健同意胖子去实地调研。

于是胖子便收拾行李，兴冲冲地到内蒙去实地调研了。临走时，胖子给我通了个电话，有些得意。

话说我这边，此时，团队已经有 5 位得力干将了，3 男 2 女，分别是德福、冬衣、黄伟、王莹和梦洁。

虽然他们都号称安平集团的白领，月收入也都在 1 万以上，但其实各有各的难处。在海城，如果没有房子，依旧是很痛苦。这收入说很高，那太二；说很低，又觉得太装逼。

简单聊聊这几个年轻人的浮生百态。

梦洁，女，30 多，已婚无小孩。收入：2 万每月。她开 30 万左右的车，家里有房产价值 400 万。看起来梦洁是不是很有钱的样子？30 万车的概念，宝马最低档的也能买到了。比如在马路上看到一个开好一点车的人，你可能会觉得这个人多少过得还不错。但是实际上，根据我这几年的观察，真未必啊。

梦洁以前的收入没有 2 万，大概 1 万多，这两年涨到了 2 万。以前挣 1 万多的时候，攒了几十万，都买车了。家里有老人，常生病，这一块开销不低于 3000。老公科研单位，清水部门，工资很低，一个家庭，还有各方面人情关系要打点，等等。

简单推导一下：1. 家庭现金流，不超过 5~10 万。2. 房产都在梦洁老公名下。3. 车是消费品，不保值。4. 老人看病是花费黑洞。所以：梦洁压力挺大。说到梦洁，我就想起了新婚姻法。

我曾和老妈说起过新婚姻法。老妈说："凡是骂新婚姻法的女人，都是没本事的女人；凡是赞新婚姻法的男人，都是想离婚的男人。"我听了，只能说是笑了。

王莹是危机感比较强的人，始终觉得人还是要靠自己比较好一点。所以梦洁这种家庭结构，王莹觉得不太稳定。梦洁的名言是，男人喜欢你就给你，不喜欢你，什么都不会给你的，最好还是自己有钱。梦洁给大家的感受就是："女人要独立，要有房子，或者说一半房子。感情是变量，并不是不相信感情，只是觉得这世界变化太快，老公虽有，还隔双手呢。"

第二个是黄伟，嘉兴人。男，30 多，已婚，有孩子。收入：平均每月 1.5 万左右。车：20 万左右。房产：父母一套，自己一套，老婆家两套。看着是不是也过得很好哦？

实际上呢：1. 黄伟每周的零花钱，不超过 100 元。经常为了省钱不吃饭！一周荷包里就 100 块钱，所有工资都上交。平时，他买瓶营养快线都要肉疼。可他居然愿意开车上班，真是奇迹，油费停车费多贵啊！2. 新婚姻法极大的保护了有房子的人，所以他老婆的房子和他一分钱关系都没有。3. 他父母还很健壮，估计再活几十年不成问题，所以父母的房子暂时指望不上。4. 他每个月收入有 5000 要用来还自己房子的贷款，有 5000 用来养家及养车，还得很节俭，能存个几千，但这钱都在老婆手上。5. 老婆工资很低。

第三个是冬衣，30 多，已婚，有孩子。收入：1~2 万。车：15 万左右。房子：租的。经常使用各种时尚手机，例如 iphone，HTC。冬衣呢看起来长得挺帅的！开了一个十几万的车，拿个 iphone，感觉还挺不错的吧。

实际上呢：1. 房子是租的，房东一而再再而三的涨房租，也没办法，海城涨房租都是常态。一个月需要三千多。2. 车子是用来撑门面的。3. 孩子的衣服都是别人淘汰的，穿旧衣服本身是很环保的，可是也不用穿大了好几岁孩子的衣服吧，搞得他家孩子总是一种流浪气质。4. 经常为了柴米油盐吵架，钱不肯交给老婆。5. 收入时多时少，总的来说，只是略有盈余，一年不超过 5 万的净收入存款。

王莹常说："我以前觉得租房子也可以过得很好，就是裸婚也没什么，包括现在我对男人的经济要求也几乎没有硬性规定。虽然很多朋友劝我，如果找个挣 2 万的，俩人加起来就很好啦，可是 2 万男也不是这么好找的呀。租房的事情，后来看了身边一些事例，太多了。房东想涨钱就涨钱，想毁约就毁约，你能带着孩子马上就搬家啊，太心酸。我能吃这个苦，但是绝对不想要我的孩子吃这个苦。所以，我想努力挣钱，未来的老公还不知道在哪里呢，我也不要偷懒。"

我手下这几个，其实和当下社会比起来，都算不错的了，比很多人都强。唉，生活就是这样，不如意十之八九。汤胖子就常把这句话挂嘴边，用来安慰自己。又过了一周，汤胖子从内蒙调研回来了，我去看望他。两人讨论："做股票，啥最重要？"

胖子说："在股市中赢家的特质并不在学识、智商、或技术，而在于性格。"

我反问道："性格？"

胖子点点头说:"对,这个做基础,然后强调交易纪律。"

我继续问:"纪律?"

胖子说:"'交易纪律'就像汽车的刹车、飞行员的降落伞、海轮的救生艇,关键时刻能够使你控制风险并保住性命。"

胖子头头是道继续分析,为什么"交易纪律"最难以真正做到?

"交易纪律"常常是和人性相矛盾的:追求个人主观意愿、依个人情感行事而不愿意有所束缚是人性使然。

胖子说:"股票投机跟艺术创作一样,是有天赋的。它没有什么太多比较固定的规律,经常是飘忽不定的,买入卖出有时就是靠感觉或突然的灵感,当然这需要长期专注看盘积累的。没有天赋,有的一辈子努力也悟不透其中的窍窍。

股票其实也并非由那些经典教科书所讲述的要素构成,而是由时间构成。你在正确的时间进入,比你进入哪只股票,其实更为重要。

巴菲特的价值投资被权威化了,无非是恰恰在过去的几十年,价值投资符合了趋势。而在之前,以及在未来某个时候之后,有无数个巴菲特被时间埋葬了。"

胖子说这些话的时候,非常有底气,其原因部分在于他实地考察北蒙矿业后,感觉自己有研究的天分,坚定了信心,并发掘了潜在品种。

二天后,闯过海城拥挤的交通,胖子匆匆赶到公司,那天是每周例行的晨会。胖子在门口照例打完卡,径直穿过了休闲区,那里巧妙地栽植着不少热带植被,有许多都是胖子叫不出名字的奇珍异草。胖子无暇顾及,快步穿过摆设考究的一张张小桌,来到了会议区。

一位年长的领导正在介绍会议背景:昨日,市场反弹了56个点,涨幅2.87%,收于2032点,单日成交额850亿元。今日晨会讨论议题:"如何看待昨日反弹?操作建议?"参与讨论的人员:曹飞(策略研究员):"前期看空,最近调整策略,翻多。"彭刚(策略研究员):"坚持看空。"唐华健(基金经理):"仓位低,几乎没有周期品。"胖子(基金经理助理):"前期有少部分水泥股,有随时加仓的可能。"

讨论过程非常热烈。曹飞（策略研究员）："从过去两天，特别是昨天的情况看，中线资金在进场，主导领涨的行业银行、证券。我们在上次的策略里提到，短期看1900点，上周收于1949点。现在调整策略观点，市场很可能展开比较大的中线行情。从现在开始，1949很可能是一个中期的底部，可能有为期3个月的反弹行情。前期看1900点的原因在于银行和地产这两个权重板块会有一个补跌的动作，现在看，银行拒绝补跌，个别银行也创了新高，说明市场的资金流向非常清晰，并且有资金持续流入。"

唐华健（基金经理）："增仓的方向是什么？"曹飞（策略研究员）："目前仓位低是最大的风险，建议增仓银行20个点，这两天市场可能有所震荡是绝佳的增仓时机。现在已经从看谁跑得快，变成了看谁增仓的速度快。首推银行。其次积极的领域：目前还没有太明显涨幅的水泥和有色金属。"

唐华健（基金经理）："你翻多的判断依据是什么？"

曹飞（策略研究员）："市场资金的明显流入。"

胖子（基金经理助理）："增量资金的问题如何解决？"

曹飞（策略研究员）："最近在报出，QFII不断有资金在增仓；另一方面，整个公募基金的仓位偏低；第三方面，国内的流动性实际是比较宽松的，但是股市的流动性并不宽松。如果想向股市注水，只要有一定的赚钱效应，注水的速度会非常快。也就是那句话，股市并不缺资金，缺的是信心，如果有信心，股市的资金会源源不断的注进来。"

唐华健（基金经理）（不耐烦，不高兴）："你过去看空，这次突然转向，你转变的根本原因是什么？"

曹飞（策略研究员）："其实今年以来有几次暴涨都不具备中期反弹的机会，主要是各方面条件不具备，经济基本面、领导层、估值。其中最主要的原因是下跌的时间周期不具备，和市场的悲观情绪不充分。"

彭刚（策略研究员）："我们认为超跌之后的资金流入会起到托底作用，后续资金对股市的作用会不断弱化。如果没有增量资金来配合，行情的上涨很难持续。"

曹飞（策略研究员）："观测市场的资金流向，我觉得如果资金是稳步流入的话，成交量将会在千亿以上。上这个成交量的点位有可能不是 2000 点附近，而是在 2100 附近，一般市场强烈上涨之后会有一个缩量盘整，甚至缩量下跌，然后在再放量的时候再上一个台阶。"

唐华健（基金经理）皱眉道："如何论证下跌的时间周期不够长？"

曹飞（策略研究员）："历史上，上半年上涨的概率远大于下半年，年底和年初很容易产生低点，这是自中国有股市以来的规律，也是大部分策略分析师认同的规律。"

彭刚（策略研究员）："我们观点刚好相反，我们认为年内还有更低的一个低点出现。主要因为，昨天的大涨主要是两个预期：第一个是对改革的预期，另一个是某有影响力的券商的金牌策略分析师的观点发生了变化，他觉得明年投资会放松，看好周期品不看好消费品。我们的判断是，改革究竟是不是还要依靠投资来拉动，明年投资究竟会不会放松。这两个问题弄清楚才可以进行投资。"

会议继续进行着。先是在存疑声中争论，进而发展成为几方的争吵，最后不欢而散。下午是基金公司内部讨论会，在会上，胖子有理有据地公布自己的研究成果，把自己研究的数据都展示出来，最后强烈推荐了北蒙矿业。会议结束后，胖子给我打了个电话，约着晚上见面。

晚间，半岛咖啡厅里弥漫着朦胧的霓虹灯光。一壶清茶，冒着香气。我和胖子聊老鼠仓。

我说："据说有人用公有资金拉升股价之前，先用自己个人及其亲属的资金在低位建仓，待用公有资金拉升到高位后个人仓位率先卖出获利。"

胖子笑笑道："也有的提前将消息透露给亲朋好友，使他们在第二天早上集合竞价时，于极低的价格或跌停板处填买单，然后在竞价时或盘中瞬间把股价打下去，使预埋的买单得以成交。"

胖子继续分析，"这个过程持续时间很短，为了避免被其他人低价成交，很快把股价恢复到正常的交易通道里。表现在 k 线形态上是留下一根长长的下影线。"

我说："证监会不查这些么？"胖子说："以前很松的，最近一段时间，由于民愤比较大，所以查得也紧张起来。"

我愤愤不平，骂道："奶奶的，这些老鼠仓，早晚会被抓住的。

对了，我们集团要开年会了，我们有节目指标，到时欢迎你来观赏！"
胖子抿了口茶，点点头。

我告诉胖子，自己最近都在为准备节目发愁。实际上，那段时间安平集团正筹备新年联欢欢晚会，大家都在积极做着节目彩排。文艺青年的我写了个剧本——《雷雨》(财经版)。

于是，每天下午快下班时候，黄伟、冬衣、德福、梦洁，王莹就在排练。梦洁演繁漪，王莹演四凤，冬衣演周萍。

（鲁妈坐，周萍和四凤左右半蹲。）

四凤（散户）：（拉着鲁妈的右手，恳求）妈，你让我们走吧！

鲁妈（中石油散户）：现在大盘一片绿油油的，跟菜地没啥两样，你跟着游资这是要往哪里走？！他靠得住吗？

周萍（游资）：（拉着鲁妈的左手，恳求）鲁奶奶，我会对四凤好的！

鲁妈（中石油散户）：（一手执一人，起立，突然慷慨激昂地对四凤）

女儿呀！男人靠得住，母猪能上树；股票靠得住，沙漠里喷水柱；游资靠得住，卡扎菲能挺住。我含泪劝告你呀：我们散户不能跟着游资跑呀。

四凤（散户）：妈！自从你买了中石油，你的冤气比天大！什么都不信。

周萍（游资）：鲁奶奶！现在是游资配散户，三年成大户，你放心吧！我们走。

走廊上，看见梦洁远远走过来，样子很憔悴，我问吴冬衣发生啥事情了。吴冬衣说，她好像快离婚了，梦洁和老公今年都 30 岁，相恋八年多，2 年前登记，春节补办的婚礼。

半年前分手过一次，他后来回来找梦洁，又在一起了。算起来在一起生活大概两年零八个月吧。

由于总是吵架，梦洁脾气不好，他也是，互不包容，吵架原因都是小事，上月初，他提出离婚了，很坚决，他说和梦洁性格不合，梦洁不做家务等。他说梦洁忽略他，从不考虑他的感受，说不喜欢梦洁爱他的方式，梦洁抱怨他不够关心自己。他累了，倦了，现在和梦洁分开睡，其他生活正常，梦洁保证他没有外遇。梦洁也反思了，自己有很多缺点，任性，随心所欲，梦洁想清楚了，要是和好了，自己会包容他。

冬衣补充一点，她老公目前和一个女网友聊得火热，那个女人21岁，已婚，有个两岁的孩子，呵呵，梦洁始终不相信老公会因为这个女人而离婚，但老公已承认他向这个女人倾诉，这个女人安慰他，喜欢他，并鼓励他离婚。这个女人在梦洁的离婚中起到了催化作用。唉，梦洁想挽回，但梦洁又能做什么？

冬衣说："我上午给她建议了，尝试改变自己，把他当成一个即将离你远去的人，一辈子不会再见到，你做个温柔的女人，无论他说什么，你都不要急，也不要哭。做好一个妻子该做的，也体会一下老公以前为你做的，多么不容易……好好体会。拿出你全部的热情，不要以为这是为了留住他，他如果质问你，你就心平气和的说我只想体验一下，你以前为我做的。以后如果可以我们家务来个 AA 制。即使不会做饭也要给他做，并表示你可以学做菜。如果这些你都做了，还是会离，说明他的心被伤透了，如果你做不到说明你是个典型的爱无能加自私加任性，只适合单身了！"

我则叹口气，说："婚姻走到尽头，双方都有责任，梦洁脾气不好，又没有孩子，而且已经在一起十年了，正是婚姻疲惫期，不好办啊。"

黄伟冷冷一哼："不要侵犯爱你男人的尊严，现在可能晚了，这些自大的女人，早晚才明白这道理。"

第十三章　第一乐章

时光大门迈入 2007 年中间段，我开始准备爆发出致命一击。正当我在专注操盘的时候，这时我发现账上所有的钱基本都打光了……

当时，有一种透支是需要当天平仓的，我用剩下的钱，借了该种透支。然后那天疯狂地买，早上就把所有的钱加透支全买完了。下午，需要平仓了，我不断交涉是否可以不平，结果是不可以。

我很痛苦状地开始平仓行动，瀑布一样，价格下来了，早上买的，亏损着全砸了出去，结束一天悲惨的交易。价格也砸穿前面一直坚持的平台，收盘后，有人被套被人追债的传闻马上到处流传。

这意外的滑铁卢，使我像一个霜打的树叶子，霎时无精打采地蔫了下来。我想起了黄大海讲诉的慕容复的悲剧，想起他坐在坟头接受小孩跪拜的悲惨结局，我浑身惊出一阵冷汗！

难不成，自己就是下一个慕容复？

我的脸一下子拉落，像刷了层浆糊般地紧绷着，面孔十分严肃，简直像生铁铸成的，绝望得像掉进了没底儿的深潭一样万念俱灰。那天夜里，我望着床头的那本《百年孤独》，一宿没合眼！

第二天，所有的老鼠仓，所有知道消息的都蜂拥而出，然后第三天，也是这样。

这是荣花实业那段时间惨烈状况。一周后，市场突然传闻荣花实业的操盘手因透支过度，被强行平仓。当日股价跌了 5%，第二天跌

8%，第三天跌停。

极度惨烈的放量暴跌，让所有人都相信传闻是真的，操盘手真的因资金链断裂被强行平仓。几乎所有的股民都后悔没有跑，但是股价封住跌停板，不给逃跑的机会。只要看盘，无人幸免，都想夺路出逃。

那时，我静静坐在办公室，一股绝望的情绪像狂潮一般涌上我的心头，使我感到浑身冰凉。我像被谁用榔头击昏了似的，倚在办公桌前的椅子上。

我想得脑袋快要炸了，想安静一会儿，但无论如何平静不下来。心里像有七八十个辘轳在旋转。

这时，手机响了，我接到了郭靖的电话，我有些意外，很久没有三师兄的消息了。他冷静的问我，是不是有麻烦。我支支吾吾，他说，别瞒了，那操盘手法，一看就是我的，我只好据实相告。他说，他和二师姐，可以帮我一把，但 10 天内，务必全额归还。

我一听，心里暗暗盘算，10 天，刚好有笔 3 年前的 PE 股权投资资金并购退出，可以回笼。于是我满口答应。

这样第四天早间开盘前，我的账上躺着巨额资金，足够完成洗盘，振仓，拉升了。

那一刻，我像当年沽空英镑的索罗斯一样镇定。

第四天荣花实业依然大幅低开，但是打开跌停，大家争相出逃。如此巨大的抛盘，股价居然不跌了，这被大家理解成庄家为了出货在护盘。

只有我一人明白，"这时候，在八个别处的遥远的地方，所有的抛盘都被吸到一个统一的匿名口袋里，你可以称它为李小波，或是曹大飞，都可以。所有出逃的人都在庆幸，因为第四天依然大幅度低开。突然，随着我一声指令，旗下几个账户同时买进。

强力的买盘如同地底喷薄的熔岩，任何挂出的筹码都被一扫而光。任何人都没反应时，他们已经没有任何买入的机会了。

"雷氏飞刀，例无虚发，惊天动地，人刀合一。"

只见，我脚踏"凌波微步"，身形轻盈，在偌大的沪深股市里，施展出"六脉神剑"，把所有空头，震动得胆战心寒。

但见我，双手平胸，手心向胸，打开左手，使右手与左手成拉弓姿势。

"赵客漫胡缨，吴钩霜雪明。"

我右手大拇指一招"少商剑"，剑路雄劲，颇有石破天惊，风雨大至之势。

股票连连破位下跌，被市场人士普遍理解成庄家出货末期的手法。

"十步杀一人，千里不留行。"

我右手食指一招"商阳剑"，巧妙灵活，难以捉摸。我反其道而行之，利用传闻和破位走势制造恐慌，大举吃货。

"三杯吐然喏，五岳倒为轻。"

我右手中指一招"中冲剑"，大开大阖，气势雄迈。大约下午一点半，我拿出 3 千万资金，一举把荣花实业拉到涨停，死死封住。

"谁能书阁下，白首太玄经。"接下来的几天，荣花实业连续走出了四个涨停！

那一战，我一夜成名！

那些操盘的日子，如此紧张，如此投入。以至于，到那天晚上，我愣愣地看着荣花实业的屏幕，那斗大的几个代码，我才恍然明白过来。"6—*—*—3—1—1"

我想笑，可是又笑不出来，那是一种淡淡的安静，我不停转着那串佛珠。

就这样！

就这样!

当所有传奇写下第一篇章,原来所谓英雄也和我一样!

《狼来了》的故事讲多了,等到荣花实业真突破的时候反而没人敢追。荣花实业就这样一涨不回头,沿着 45 度角向上稳健攀升,并且往往以盘中高点收市。

其后 2 月,荣花实业股价翻了 3 倍。

到最高点附近,居然传来令人想不到的好事,荣花实业董事会宣布 10 送 10 股。

意外的惊喜,让我们不知所措!难道是上帝的恩赐?那时侯,市场一片质疑,知名财经评论员斑马,还发文指出:"荣花实业,穷家富过。"

唉,谁没有中国梦呢,都是天下粮仓嘛。

那期间,我主持大局并主要负责筹资,对大的买卖行为决策指挥,具体策划和操作则由手下三员大将负责。后来,他们都收获应该得的一部分股票和金钱。

"事成拂衣去,深藏功与名。"

无论曾经多么耀眼的人,又或是曾经多么轰轰烈烈的爱情,当时间的河流冲刷而去,最终都湮没在岁月里,成为平淡的一颗沙砾。

成功的那天晚上,账上躺着一笔钱,我躺在它的旁边。然而,我不曾流连它的璀璨!

不曾,我只是安静地躺着,

想起了那些在四合院的日子，

我，还有郭靖，每日习武学艺，常去哈魔寺酒吧，我们喝酒，聊天，聊着女人，聊着人生。醉醺醺，相互搀扶着，走在回去的路上。

梧桐树下散落斑驳的夜灯光，有一只小狗望着我们，偶尔发出两声"旺旺"的叫响。

未曾料想，经年之后，这两位少年，一个惊艳了时光，一个温柔了岁月。

在同一人事上，第二次的凑巧是不会有的，成功操盘荣花实业的那天晚上。我喝得很醉了，烈酒烧灼着我的胸腔，烈酒朦胧了我的双眼。

我的眼里，出现了美美的身影，"在那四月的春天，美美放飞的风筝断了线，飘落到我心里那片蔚蓝的天，我拾起风筝，看到美美那涂了唐诗的笺糊，片片玲珑。"

我一步一步拖着沉重的脚步，又去到美美的公寓，楼里异常安静，弄道里黑蒙蒙的。房间里依旧没有人，却放着：
一幅四四方方 2 米左右令我动容的山水泼墨风格的油画。

画中只有一个人，那人是我。
我浑身一震，凝视着这幅画出神，仿佛泥塑的雕像，好久一动不动。
那是美美画的：
画面中，乌云大作，狂风贴着地面席卷而来，风沙在天空打着旋，呈螺旋状地飞向天空，
四周像泼墨山水画一样，东一块白，西一块黑。
一个戴着墨镜的黑衣人凝固在风中，似乎在左右躲闪，身形保持着一定的潇洒风姿，仿佛《黑客帝国》里精彩的慢镜头。

我完全愣住了，那是当年我们在哈魔寺酒吧第一次相遇的场景。一个不经意的时刻，过去了这么多年，美美依然记得。记得如此清晰，整个画面，和那晚发生的一幕，丝丝入扣。画面中的我，是如此拉风，

以至于从那以后我难以忘怀。

　　此刻的屋子比外头更安静，既没一声咳嗽，也没一丝杂声，哪怕掉一根头发，也能听到坠落的窸窣。我的眼盯着画幕，似乎沉浸在那晚的时光里，沉浸在那年的青春里。

　　过了一会，我掏出了衣兜里的一个便签，放在美美书桌上。那上面，是一段情话：

　　"记得你在哭墙下的虔诚，还会陪伴你衰老了的脸上痛苦的皱纹。"

　　那夜过后的一段时间，我有些懒散，心思不在工作上，事情尽量交给副手黄伟去做。

　　当我心绪不在工作上的那些夜晚，我反复弹奏钢琴。思念美美的时候，寂寞会变成风铃。风吹过，铃声飘响十里。全情投入时，我有点像年轻时候的肖邦。

　　"可以把肖邦弹得好像弹错了一样，
　　可以只弹旋律中空心的和弦。
　　……
　　可以
　　……
　　把肖邦弹奏得好像没有肖邦，
　　可以让一夜肖邦融化在撒旦的阳光下。

　　如果有人在听肖邦就转身离去。
　　这已经不是肖邦的时代，
　　那个思乡的、怀旧的、英雄城堡的时代。"

　　因为特别思念一个人，所以我的钢琴声，起伏在每一个怒海波涛的丛林。

　　因为特别思念一个人，所以我的思绪彷佛成为了自由的王国，飞越远洋冷山。

　　但我万没想到，我再见到这个人的时候，是在几个月之后的乞力马扎罗的山顶。

　　那时，灿烂的阳光刺破乌云洒落下来，照耀着乞力马扎罗山峰。四周白雪皑皑的雪顶反射出红日的光芒。

关于过往的所有回忆一瞬间全部收齐，我的思绪又回到了现场。

霞光升到云层后，散印在地平线的红光，清晰地洒落在美美的脸上。她眼眸里闪动的睫毛，脸上一片霞红。

我逐渐从过往岁月里，从往事的秋风秋雨中，苏醒过来。
我望着美美，她也望着我。

我叹了口气，淡淡地说："树在，山在，大地在，岁月在，我在。你还要怎样更好的世界？"
美美低了低头，又侧眼望着不远处。碎银般光华的眼眸，不时转动，默默地，说出了一句日语："私の爱は、永劫だった、と。"

生活里，我们似乎总会在某一刻，爆发性地长大，爆发性地觉悟，爆发性地知道某个真相，让原本没什么意义的时间刻度，成了一道分界线。
站在乞力马扎罗山顶的那一刻，当我再次看见美美的那一刻，就是如此。
那句日语，当时我没有明白，许久后，我才知道，它的意思是："我的爱，是永劫。"

我望着美美那熟悉的，婆娑着碎银般光华的眼眸。就在那一瞬间，我意识到，也许那双眼，就是我今生无法跨越的远洋。

下山的时候，简直就是噩梦，从油葫芦峰一直下到了好伦营地，我的腿简直是任由地球引力控制，不知道摔了多少跤。
露宿在一个营地旁，夜晚，在最黑暗的时刻，我躺在海拔 5000 米的地方，眼中是一片绚烂的星空。
我一生中从未看到过如此壮观的星空，少了部分大气层的阻隔，天上的星星是如此明亮，这样繁多。在家乡看到的星星都是会眨眼的，可是这里的星星却不眨眼，而像一只只明亮的眼睛，一眨不眨地凝视着这片大地和我们这些登山者。

银河系绚丽多彩，可以清楚地看到一条泛着浪花的星河在天际缓缓淌过，在浪花翻起的地方，甚至可以隐约看到七彩的星云。离地球最近的金星和火星也已经不再是星星的形状，而是变成了小米大小的圆球，静静地反射着太阳的光辉。

在这辉煌的星空下，我的身体仿佛已经脱离了地球，置身于一块漂浮在宇宙中的流星上。周围是灿烂的星河和五彩斑斓的星云，我突然感到自己是多么的渺小。

我看了看美美，她也看了看我，相视一笑。于万千人中，遇到你想要遇到的人，就是那一刻的想法。

住过两个小木屋营地后，给我的感觉是，外国旅游者的素质也好不到哪里去。几乎所有小木屋的墙板上和床板上都刻满了文字，英语、法语、西班牙语、日语等等，而且有的内容十分搞笑，例如：I'm too fat to climb Kili, back to U.S!（我太胖了，登不动乞力马扎罗了，回美国了！），还有：Two irish girls feel like shit, back!（两个爱尔兰女孩感觉糟透了，回家！）还有：7 heures pour atteindre le sommet, et le prochain?（法语：我用7小时登顶，下一个是谁呢？）

既然这样，我也不客气了。我拿出小刀，在上面刻下："我与美美，far and away。"

美美不明白，问我啥意思。我白了她一眼，说："叫你要好好学习嘛，现在老大徒伤悲了。"美美不高兴也瞪了我一眼："不说就不说，谁稀罕！"

我们从东非回到海城时，飞机在迪拜中转。一到浦东国际机场，胖子的电话就来了，他在电话里兴奋地说，公司采纳了他的研究成果，准备大干一场！接下来，事情果如胖子所说的那样，唐华建采纳了大海的建议，决定建仓北蒙矿业。这也是那晚他在电话里异常兴奋的原因。

上海是一座不夜城，每当太阳下山，夜幕笼罩，街上的普通游客散去，东方维加斯才显露出它真正有血有肉、活色生香的魅力，你所有不可告人的欲望，都可以在这座城市里得到满足，它是一些人的天堂，也是一些人的不归地狱。

午夜11点30分。我和美美走到BBF酒吧的金陵路门口时，里面的重低音已经从门缝中挤出来，让人蠢蠢欲动。

门口，一个穿着得无肩带裙子的女孩子在一边哭一边打电话，一个男人在角落的花坛里吐得上气不接下气，三四个穿着入时的年轻人围在一起不知道商量着什么，一个壮男光着上身从里面跑出来大声骂着娘。

每天晚上，在这块小小的地方，都上演着令人百看不厌的人间悲喜剧。胖子喜欢混这种夜场，每次开销都在两三千，到他弹尽粮绝的时候，他就会安静一段时间。说到这里，正见胖子从门里醉醺醺出来，估计喝掉了一打罐装啤酒，期间胖子把他那顶帽子脱下又戴上，戴上又脱下，看得小进恨不得把他脑袋拧下来。

胖子看见我，第一句话就是："哟！你找到美美了嘛，来！今晚我请客，随便喝酒，唐华建采纳了我的建议，决定建仓。"

上海夜场一般分酒吧和 K 房，酒吧里又分大酒吧和占地 200~400 平米的小酒吧。酒吧最需要什么？美女！因为酒吧的消费主力是男人，所以像 BBF、RICHY、MUSE 这三家之所以人气够旺，就是因为美女多，让进来的客人觉得人气够旺、异性够多，他们才会坐下来消费以及一次又一次的光顾。这也正常，如果 10 点钟左右你走入一家酒吧，发现里面空空荡荡或者都是男人，即使这里装潢再豪华，DJ 再牛，你也会头也不回地走掉的。

充场的女孩子，圈子里美其名曰"吧丽"，上班时间一般是晚上九点到凌晨一两点，她们的任务就是化个漂亮的妆、穿着性感的衣服，三三两两坐在酒吧的各个卡座或者散台上，让客人们感觉到这个酒吧颇有人气。有些吧丽是接受客人点台的，也就是客人看中她们的话，她们可以陪客人喝酒玩耍，让客人吃吃豆腐，并以此赚取小费。如果不接受点台的吧丽，一般一天就是 100~200 元的死工资。这就是胖子喜欢混在这里的原因，话说一个男人在外打拼，这样也可以理解。

那晚，胖子给我讲了自己的伟大抱负，临别，我开玩笑说："那就预祝你早日成为中国的巴菲特"。说完，我挽着美美的手，消失在夜色里。

回到公寓门口，我掏钥匙开门、拧亮灯。我进了门，累趴了，往沙发上一坐，包一搁，不笑也不说。美美看到我的样子，倒给逗乐了，冲我挤下眼。我到厨房看有什么吃的，找出两袋方便面和几个鸡蛋。我把方便面撒开一锅煮了，支上平底锅准备煎鸡蛋。

"美美。"我喊她。美美悄没声息地进来站在我身边，看锅里渐渐化开的猪油。

"会煎鸡蛋吗？"

"会。"我把位置让给她，她默默地、麻利地磕了个鸡蛋放进油里，蛋清在热油里鼓起泡，变得雪白。

"煎老点。""嗯。"吃完夜宵，美美去睡觉，我收拾碗盘。

"搁这儿吧，明天再洗。"美美叫道。我上了床，打开台灯，正巧这时露易丝姚打电话来。

我接完电话，美美又不高兴了，她不说话也不动地方。

"赌什么气，你要在那儿坐一晚上？"

我下床走过去，一把将她抱上床，她紧抱着我，"流氓，坏人。""又吃醋了嘛，就是些杂事……"我胡乱解释着。

美美的头被我紧紧的搂在我的胸前，美美感觉到了，我宽阔的胸怀那跳跃的心脏停顿了好几秒，身体的轻颤如美美眼里的电流一样，将美美的心神连带着停滞了好几秒，跟着我沉默了。

片刻之后，美美的下巴被轻轻抬起，男人厚实而温润的嘴唇，那么轻柔、那么怜惜地覆盖上美美柔软的嘴唇，连同一声轻烟般的叹息，在空气中微微荡漾。美美心满意足地紧闭着眼睛，感受着来自我那热烈又疼爱的亲吻。

唇瓣的粘合，唇齿的轻咬，进而舌头的交缠……

我亲吻着她，解着她的衣扣。

我厚实的手掌滚烫地滑下美美玉洁的脖颈，我悄悄地咽了咽口水。美美感觉着恋人略带电流的手指来到了她的胸前，阵阵轻颤顿时像电熨斗般落下，陡然竖立起来的根根寒毛亦被我抚摸得温顺服贴。

受着美美那娇惹而无声的邀约，突兀地，火星被瞬间点燃，借助春风的吹拂，星星之火，呈燎原之势，立刻，火花布遍我微闭的双眼，进而遍布我的全身。

感受到了火热的力量，美美再低头，已是羞得满面通红，心神俱醉了。

我在床上躺了很久，似乎睡了一觉，看看表还不到三点，美美一点动静也没有，可能睡了。

我凑过去看看她，吃了一惊，她在黑暗中大睁眼睛。

"大流氓。"

美美一字一板地说。

第二天早上，天快亮了。

美美发起了无名高烧，粗重的呼吸像呻吟一样痛苦。我背美美去了附近的医院，打针化验折腾了整整一宿。

早上回到公寓美美才睡，睡了一天不吃不喝。我从外面买回了饭菜，说你不想吃也得吃点啊，你恶心就是药把胃烧的。到晚上美美说：有什么汤吗？我想喝点汤。

于是我又上街买回了一个什锦砂锅，里边形形色色什么都有，晚饭早饭美美吃的都是这个。我坐在铺沿，几句安慰的话语说得笨嘴拙舌："有点肺炎症状，放心，好治，你别着急，反正我这两天除了上班，就来照顾你。"

美美说："你工作不是很忙么，你还是回去吧？"

我说："先给你治病，我那边还能应付。"

美美说："要不然，你还是以工作为重吧。"

我看看美美，说："也行。"

美美哭起来了，连哭带咳，委屈万分："我早知道你巴不得回去，巴不得留下我早点走……"

我连哄带劝："没有啊，我不想丢下你的，先得治好你的病呀！"

美美紧紧抱住我的脖颈，在我耳边哭出笑声："我不想你离开，你别想丢下我，谁走谁小狗……"

我们互相拥抱着对方，抱了很久很久，直到我试图亲吻美美的嘴唇，美美才躲开了面孔，她沙哑地说了一声："肺炎，小心传染。"

三天之后，美美基本痊愈了，我才上班。

一周后的一天早上，街道边，唐华建正在用公用电话，打电话给老婆："喂，冬梅，你身边有人吗？"

"嗯，没人。""好，你赶紧，用我父亲的证券账号买入北蒙矿业。"

"记着了，不要买错，对，30 万股，OK！"

那时候，市场环境持续走好，大牛股市继续纵深发展。巴菲特有句话，大意是这样的：如果你是池塘里的一只鸭子，由于暴雨的缘故水面上升，你开始在水的世界之中上浮。但此时你却以为上浮的是你自己，而不是池塘。这话非常适合 2006 年、2007 年的大牛市，那情况热闹得把卖菜的老大妈都拉进了股市。

一日，某商业银行。

我在银行柜台排队存款，前面一个年轻小伙子正在办理业务，柜台小姐给旁边同事炫耀，随口问这个小伙子："你炒股么？"小伙子："不怎么炒。"柜台小姐笑着说："你 OUT 啦，再不炒，女朋友都找不到！"

（某户外 停车场）保安指挥汤胖子停车，手机响，保安："什么？你还没买呢？别犹豫啦，听我的，就是它，买沪东重机。"

（某户外 菜场）路人来到一个菜摊前，对卖菜的大妈说："张大妈，你真厉害，你的 ST 梅雁又涨停啦！" 张大妈："什么，我看看。"她拿出手机，看看，然后激动地，不可抑制地狂呼（声音由小到大）："我是股神，我是股神……"

然后，我收到了郭靖的短信，他告诉我，他小宇宙爆发了。结束了连续 5 年低迷的状态，获得了暴涨几倍的市值。

接着，郭师兄说了一段话，令我印象深刻，大意是："那些赚了大钱，不晓得收手的人，最后都遭了。当你从市场赚了钱，你必须深刻明白其前因后果，否则，这些钱，只是市场先生借给你的，终于有一天，它会连本带息拿回去。"

由于我那时的阅历尚浅，我无法深刻明白，或者即使明白了，也无法接受。因为郭师兄说到的原则就是："不要因为一时的暴富就以为自己是投资天才，我们每个人，如果投资有了大收获，都不妨仔细想想，这究竟主要靠你的才能，还是主要靠你恰好抓住了某个大的机会，如果是后者，你最好学会及时收手。"

郭师兄毕竟大我 8~9 岁，阅历和人生体会都在我之上，我把这些话，刻在脑海深处。胖子那段时间，自然过得非常潇洒。基金业绩好，奖金啥的都不少，他只是抱怨，这行生活很枯燥，他举了他最寻常一天的日程做例子，诉苦说，这行是外表看起来风光。

胖子的一天，通常是 8 点开始，胖子走进位于陆家嘴金融中心的某幢大厦，公司在第 17 层。

一进办公室，胖子就开始快速浏览大量财经类报纸，这些信息将成为晨会时需要和投资团队交流和沟通的信息。

大约三刻钟之后，公司晨会时间，胖子例行发言。上午晨会后的两个小时是基金经理们交易的时间。这也是决定基民的钱是否能获得收益的时刻。

但是在此之前，胖子需要上交手机，在公司设置的一个屏蔽的黑色柜子中有数十个小抽屉，每个小抽屉外面写着基金经理的姓名，里面则放着该基金经理的手机，有手机的抽屉上了锁。

这些小抽屉由保安看守，交易时间基金经理不能拿走手机。同时，基金经理办公固定在另一个专门的区域。

上午交易结束后，是午餐时间，尽管只有一个半小时，胖子还是会去正大广场吃饭，顺便和同行吐吐苦水。

毕竟，在工作期间，电话都是处于被录音状态的，办公室里还有摄像头，胖子太需要呼吸一下新鲜空气了。

吃完午餐，胖子在下午重复自己上午的日程，从 1 点到 3 点是交易时间，过程当中还有几个工作并行不悖，如继续接待各类不同的券商和上市公司等，很多毛遂自荐的券商和上市公司会到基金公司里来推荐产品和策略。

晚上 8 点，终于结束了"办公室囚徒"的一天，胖子驱车离开陆家嘴。听完胖子的诉苦，我拿其与郭师兄相比较。胖子在公募，郭靖在私募，总体感觉，公募更正规些，私募自由度更大些。适合与否，关键看自己的性格。

第十四章　城里城外

　　那些日子，市场情形好，安平集团的投资节奏自然加快，评审会一个接一个。某日，关于重金股份的评审会结束后，我到走廊散步透气。走廊上，黄伟与冬衣几个人在激烈的争论。啥问题呢？　关于"北上广"的围城。

　　黄伟认为几句话就可以说清楚：退一步海阔天空！人的一生并非直线进行，有时要迂回前进，如同打仗一样，一味的猛攻硬打必然是无谓的牺牲，只会输光了本钱。回顾共产党历史，当年首先搞城市暴动，妄图控制城市直接获得成功。但是如同我们所知道的，这条路走得头破血流。如果不是毛泽东开创了农村包围城市的新道路，党早已进入历史的垃圾桶了。

　　年青人如果孤身进入北上广，去硬拼，买个房子被人狠狠的压榨一把，投掷未来多年的现金收入，真是不值得。黄伟当然是有感而发，他哥曾是一名985高校毕业的大学生，在北京工作多年，后回家经商创业。

　　这个世界上的人干什么的都有，各行各业，哪行都有。在有钱人看来，天下没有不赚钱的行业，只有不赚钱的人。真实的世界永远是10%的人赚钱，90%的人赔钱。所以，富人永远是少数，穷人永远是多数！

　　有人说："现在市场不景气，竞争激烈，哪一行都不好做。"

　　那为什么还是有人做得有声有色呢？其实，只要你去干，肯吃苦，肯动脑子，都能干出来，哪一个行业里都有赔钱的，在饱和的市场里也有人赚钱，同样在一个正红火的行业里，也有人不赚钱。

一位身家过亿的浙江商人说："做生意，观念非常重要，观念正确，比较容易贯彻，事情就比较好办；观念错误，脑筋转不过来，做什么事情都是不行的。"事实正是如此，观念、思维方式的革命，远比技术、软件和速度的革命更重要。

黄伟常说，太多的人都好面子，就觉得读了大学，就一定要坐在办公室，朝九晚五吹着空调，玩着电脑，这才叫不枉读了一回大学，面子害死人啊，岂不知现在社会多元化，评价一个人有没有能力，成不成功，并不是看你混入的公司多大，如果你是表面风光，实际内心沧桑，不如好好地想一下未来的路该怎么走。

当然个体户是很累的，比如他哥，每天七点半就到门市部，每天晚上将近八点才关门回家，一年 365 天，天天没假期，甚至女朋友周末也只能来门市部陪他守门脸。

梦洁同意说，人不能太盲从，自己挺喜欢看 CCTV7 频道，每天下午都讲一个平民老百姓的创业故事，有养鱼的，养鸡的，种人参的，还有开饭店的，各种各样平民传奇。上次看到一期故事，就是一个博士带着她的未婚妻从大城市辞职回家乡养鸡，人家回到山区承包了三千多亩山地，立体养殖，最后在农村实现了千万财富，而这位博士原来的工资，年薪仅二十多万元而已。

这才叫梦想，平民的梦想，就要这么实现。

黄伟哈哈笑，说："CCTV7 的创业故事也能信啊？不管你们信不信，反正我是不信。"

德福说："哪一行都赚钱，只要你用心去做。我有 10 万元，绝不会像其他人只用 5 万元，留 5 万元备急，而是不仅把 10 万元全投进去而且还借款，以便在市场上尽力获得竞争优势，当然，做生意不是这么简单的，得应付政府部门的纠缠，比如工商。"

王莹不同意，摇头说："不要再诬蔑工商了，工商除了年检时卡一下，平时什么时候卡过人。基本上是没人举报就不会去管你。三四线城市市工商局偌大的宿舍区院子，几百号人，私车加公车连院子都没填满，可以想象待遇有多差，听说年终奖只发几百块钱。"

冬衣对这话很有感触，抬抬头说："很多人把一些事情想复杂了，中国不是黑社会，不去经历，他们根本就不懂的，收管理费、清洁费的人来了，给他们一支烟，端一杯茶，客气一点，他们都挺高兴的，其实他们也是最底层的公务员，因为你对他们客气，他们自己就觉得他们还是挺受人尊重的。

但是做大生意就不一样了，出一点安全事故，比如废水排放不达标，如果人家要告你，可以把你厂子告垮，天天让你停工整顿，所以做大生意，政府关系就一定要搞好。"

我表示同意，分析道："创业的精髓就是，选择了一个机会，就等于放弃了其他所有的可能，你就要一心一意去把它经营好。我一个朋友养石斑鱼的，一年纯收入六十万上下，长得高大帅气就是稍微黑点（养鱼辛苦），他家里一定要找个工作稳定的，相亲时稍微漂亮点的女的都瞧不上他，最后只能找了个相貌中下的事业单位胖女人结婚了。"

黄伟说："雷总说的非常正确，因为很多的 70 后、80 后，甚至现在 90 后，脑子里面还有一种根深蒂固的思想，就是万般皆下品，唯有读书高，读了书考了大学，就是要坐办公室的，就是要当官的，我只能说，这些人的书真是白读书，读死书的一类人。

你读了书，思想应该更开阔，更有想法，而不是因为考了一个大学，就把自己的人生禁固在'我只能坐办公室拿薪水'这种观念上，岂不知现在好多读农业大学的研究生、博士生，人家毕业之后都回家乡创业搞养殖，人家都资产千万。另外再说一个人，其实袁隆平也是种田的，也是农民，你们也可以不理他。"

冬衣很同意这观点，做任何事情都不要盲目，不要盲目往北上广跑！如果时光倒流 10 年，往沿海跑那当然是正确的，毕竟那时候北上广在迅猛扩张，有大把的机会，各种要素尤其是房价在低位。就如同一只股票，不可能永远都是好股票，到了一定的价位和时段就必需要清仓处理。这个世界没有绝对的事情。

德福有些幸灾乐祸，不正经地说："现在普通出身的孩子往北上广跑，说得不好听点就是去做人肉干电池，去填满那里的廉价蓄水池和支撑房价泡沫。想象每个月月供万余，按照中国的社保和个人所得税，那么家庭月收入必须达到 1.5 万以上，注意是净收入。每个月拿那么多钱去交给银行，太不值了！当然我们不能悲观，现在北上广的问题，恰恰是内地城市的机会。如果北上广的房价不高，那么内地就永远没有机会的。"

我想了想，呵呵乐道："其实我跟你的想法一模一样，我们经常可以看到很多回家乡创业的成功例子，在北上广过人下人的日子，回家乡致富后过人上人的生活，可惜这些人不去想，不去看，他们眼里就认准了北上广，只有北上广的房子才叫房子，只有在北上广挣人民币才叫钱，看到的全是北上广一夜暴富的例子，请问：在北京这个城市，一夜暴富的可能性有多大？这种暴发户他所具备的资源你知道人家积蓄了多少年？仅凭你一个外地北漂，带着一包衣服闯北京，你就想步入他那个境界？就算有这种北漂，你知道这种人能有几个？不是万里挑一，也是千里挑一了吧？毕竟大多数人的智识、能力都是很一般的吧？"

几个人你一言，我一语，激烈争辩，像这8月天气一样炙热，也像汤胖子那时沸腾的心情。话说就在胖子推荐成功的几天后，唐华建下令操作员大量买进，重仓北蒙矿业。唐华健建仓不久，情况果然如胖子研究的那样，煤炭行业业绩爆发，煤矿板块大涨，北蒙矿业股价率先翻番，公司获利巨大。

唐华健用基金公司公有资金把股价拉升到高位后，便指令老婆冬梅把个人仓位率先卖出，获利达到惊人的300万。而这一切，在唐华健自以为瞒天过海地秘密进行着。

牛市的"千里之堤"，正在遭受"蚁穴"的损毁。这个"蚁穴"，就是日益引起市场各方高度关注的基金经理"老鼠仓"。

北蒙矿业一战，胖子和唐华建获得公司嘉奖，胖子作为后备的基金经理培养，开始了辅助操盘。基金的投资决策程序大致是先由研究员在行业股票分析后构建股票池，基金经理根据股票池下单给交易员。原则上，基金经理和前后端的研究员、交易员隔离，但在实际操作中，很多基金公司采取简易程序，基金经理可以添加股票池，和交易员之间也缺乏严格的隔离措施。

随着研究深入，阅历的提高，胖子对这行越来越有体会。炒股的成绩，似乎和学历、学识，都不见得成正比。它本质上，是个交易行为，需要有交易的悟性。

股市是不公平的，因为总有人事先知道内幕讯息，并依靠那些内幕获得收益。胖子认为，世界从来就是不公平的，只要是人类社会，就必然将信息以地位高低进行分隔，即使没有股市，信息同样被按等级隔离，内幕无处不在。

反而恰恰是股市，我们普通平民，还能通过 K 线的变化，以较快的时间猜测到某些内幕讯息，而在股市之外的浩瀚世界，许许多多的讯息，永远以绝密的姿态存在，远在寻常百姓想象力之外。

从这个角度讲，股市其实反而比别处公平。不过，很多股票，其实不值这个高价，只不过是在高位横盘久了，散户就产生错觉，觉得似乎值这个价格，其实，根本不是。

炒作的思路，就是尽量选择特殊板块的，盘子小的标的大幅拉升！好比当初欧德项目里，那个普洱茶的操作思路一样！炒作万变不离其宗，我非常同意胖子这番话。

我突然回忆起，在四合院的时候，有次我和郭靖正在大厅里喝茶聊天。我们看着墙上的一副梵高的作品《阿尔勒的桥》。

我俩正在讨论着梵高，聊着画面里那夕阳下盛开的植物，这时候，师傅走了进来。

"你们知道，为什么梵高的画，死后价值连城，生前却一文不值么？"师傅用那苍老而沉稳的声音问道。

"不知道呀，师傅！"我回答，郭靖也很好奇。

"这里面有一个秘密，这个秘密表面上和艺术界有关，其实，根子在私募投资界。"

"哦，师傅，那这个秘密是什么呢？"郭靖问道。

"正真透彻地领悟了这个问题，才能成为一名顶级的私募投资者，仿若一个习武之人，花费数十年心血，打通'任、督'二脉。"我和郭靖静静地听着。

师傅继续说："梵高绝不是什么天才，顶多就是绘画高手，真正的天才是运作梵高的那帮家伙。"

师傅坐在太师椅上，喝口茶，继续分析："我们可以想象，这帮人手里收集一批廉价的作品，比如叫印象派，或者别的玩意。然后他们选了一个合适的家伙做代表，比如莫奈，又比如梵高，有一定的代表性就行。死人的作品是高度锁筹的，这也是为什么绝大多数艺术家只能在死后，才会出现其作品价值连城的现象。想象一下，谁会在解禁股流通之前，大幅拉升股票呢。

梵高属于特殊人格。疯子，能满足群众的口味。通过不断的对倒炒高梵高的价格，其手中的作品自然跟风。这个跟股票炒作手法是一样的。炒高一个龙头股票，一群同板块股票跟风。

还有更妙的一种炒法，就是先炒高一个公司的产品，只要这个产品是有垄断性和稀缺性的，其价格就可以在高位维持很长一段时间，可以想象，公司的赢利是几何级数的，股价自然翻好几倍，这才是真正四两拨千斤的玩法。

同样道理，炒作一个大师，只要把其作品的价格炒高就行了。

群众根本不识货，但是他们认识价格。"

我把当时的情形，一五一十讲给胖子，他认真地听着，若有所思。

牛市业绩好，自然事务多。胖子所在基金公司引进一批实习助理员，其中有个叫丁佩佩。用胖子的话说，这个丁佩佩，长得比他的女神黎小涧，还要漂亮，还要风骚！

那日早晨 8 点 25 分，唐华健走进电梯的时候，已经有满满一电梯的人了，都是群赶着八点半打卡的人。电梯即将关闭的时候，一个香汗淋漓的美女又挤了进来，同时挤入眼眶的，是那对深深的乳沟。

恩，"poison"的味道。唐华健一边嗅着免费的香水，一边看了眼前的美女，有点料。

意外的是，美女居然和他一起在 23 楼下了电梯，然后款款地走向前台。唐华健想也许是客户，没再理会，刷卡进了办公室。

进入办公室，听见同事门都在聊，新进来几个实习生，学文学的，学外语的，都有。交易员小朱跑过来："老大，看见没，那边那个，听说上外毕业的，长相很赞啊。要是能分配到我们部门就好了。"

唐华健顺着他的手指看过去，居然是那个"毒药"。拍了下小朱的脑袋，唐华健不置可否地走开了。结果很神奇，"毒药"真的分到了投资部，另外还有两个男孩。

基金公司最近业绩不错，有两只基金排名前 10。总裁孟总说要犒劳下全体员工，组织一次 team building，地点是位于威海海边的福隆度假村。经费充足，连新来的几个实习生也会带上。

　　白天安排了 outing，所有人员分成若干组，每组 3 到 4 人。规则是按照分配的图纸在山上找到属于他们小组的灯笼，灯笼中有道逻辑题。最先到达终点并且回答出题目的小组获胜。第一名的小组每人可以得到一个 ipad 作为奖励。第二名的可以得到一个眼护宝。

　　"哥，丁佩佩居然和我俩在一组。"看过分配名单的小朱冲过来，如中彩票一般兴奋的大声嚷嚷。"谁是丁佩佩？"唐华健不以为然。"就是那个上外来实习的妞。"

　　这时候唐华健才知道"毒药"的名字叫丁佩佩。小朱殷勤地去买了矿泉水和凉帽，裁判一声令下后他们就出发了。丁佩佩今天一身运动短装，却仍掩不住曲线玲珑。小朱如打了鸡血般，在一旁上窜下跳。丁佩佩不怎么回应小朱，却也适时地给小朱一个妩媚的微笑。

　　唐华健觉得有些好笑，却没有注意到有目光时时从他身上扫过。他们很快便根据路线找到了那个灯笼。灯笼里是著名的逻辑推理题。小朱为了卖弄，拿着题目抓耳挠腮。丁佩佩说"走，别在这里想。边走边想，先到终点再说。"

　　唐华健想，这个小姑娘，脑子很清楚，先走到终点，至少知道其他组的情况，不能拿第一，说不定也可以第二。结果是唐队第一个到终点，但是题目做出来晚了点，拿了个第二。

　　谁说胸大无脑，丁佩佩看起来就是特例。晚上七点晚宴在度假村的兰厅举行，唐华健最近是人逢喜事，来者不拒。几杯下肚后，感觉有些飘飘然。一旁的胖子拉他去别桌敬酒，他让胖子先去，想休息下再去转。

　　这时，丁佩佩举着杯子走过来，坐在他旁边的座位上。此时的丁佩佩一改白天盘发的干练形象，应该是刚洗了个澡，长发飘垂，还有些湿漉漉的；穿了件藕色吊带连衣裙，更衬得肌肤如雪。好一个清新香甜的感觉！

　　唐华健不自觉的咽了下口水。"唐总"丁佩佩甜美的声音响在耳畔，"我一直很钦佩您啊，网上基民们都说您是股神啊，没想到有机会跟您这么近距离接触。"

　　唐华健"哪里，哪里，我们这里牛人很多啊。"丁佩佩"我本来以为会是个其貌不扬的人，说不定因为用脑过度而秃顶，没想到您还这么年轻，而且这么帅！"

　　说完，她的脸上似乎泛起红潮。被一个年轻美女赞扬样貌，唐华健忽然觉得小腹一阵热流："你今天晚上也很，怎么说，动人，和白天不一样。"

　　"你喜欢吗？唐总，你要是喜欢的话，明天我还这样。"丁佩佩无比妩媚的靠近说："唐总，和您干一杯"。唐华健举杯一饮而尽。

　　"哟，擦擦吧，唐总，你都出汗了。"突兀地，唐华健又感觉着了那股熟悉的香风和柔滑肌肤紧贴于自己的脸庞，丁佩佩那丰满圆润的酥胸抵住了他的胸前。

　　风光太旖旎了，唐华健试图睁开眼睛，这次，居然看到了她那美丽的脸庞与自己的眼睛只有 0.5 厘米的距离，丁佩佩黑白分明的翦翦双瞳，正带着调笑、讥讽、惋惜与怜悯的种种复杂的情愫深深地看着唐华健。

　　丁佩佩拍拍唐华健的脸颊，嬉笑着起身，而唐华健的手里，又多了一条细腻柔滑的带着女儿体香的丝织手绢。

　　唐华健仿如被孙猴子的定身法定住了一般，眼睛只是直直地盯着小美人儿，神却失了魂魄。

　　丁佩佩回眸笑过之后，缓步离开。随着她的香味儿缓缓消失，最后终不可闻，唐华健才从失神状态中恢复过神来，将她放到自己手里的手绢拿到眼前，看了看。

　　于是，唐华健将手绢纳入怀里，这方小小丝织手帕，纯白的苏杭蚕丝，正散发着丁佩佩淡淡的女儿体香味儿，缠绕在唐华健的眉目之间。

　　唐华健定睛而瞧，丝帕的最中间绣着古代四大美人之一的王昭君，她骑身马上，丹蔻纤指正轻挑慢捻着一把琵琶琴弦，烟笼寒纱，淡淡愁容，想必，人在关山塞外，心却在家乡山水间，流连……

　　唐华健将带着美人儿体香的柔柔手绢放到鼻端，淡淡的薰衣草香味儿，令自己的神情俱醉，他的心忽然很安静。

　　可是，但是，好像，似乎……也只一会儿的功夫。

　　等等……怎么见到丁佩佩之后，自己的那些个爱情观、价值观、世界观发生了翻天覆地的巨变呢？

谁能说说，为什么？

威海回来不久，唐华健和丁佩佩的关系进展得一日千里。唐华健暗自在汤臣购置一套豪华别墅，自己偷偷开上一辆宝马 X5 越野车。

几周后。傍晚，夜光闪烁着霓虹，好似人那颗不安分的心。

汤臣某别墅室内，唐华健急促地脱完衣服，他猴急说："佩佩，今晚我们来洗个鸳鸯浴。"

丁佩佩娇哆："华健，什么时候我们结束这样偷偷摸摸的生活？"

唐华健脱鞋，斩钉截铁道："那天不会远了，我对你的爱你还不知道吗？"两个人急促地进入了一个洗澡间。

别墅大门口外，沈冬梅捧着一把火红的玫瑰，立在门口，她深深地在玫瑰上吸了一口气，推门进去。屋内没有人，浴室传来哗哗的声响。

沈冬梅捧着玫瑰进屋："华健，你咋这么迟了才洗？你知道今天是什么日子吗？我就知道你会忘了。"

里面没有声响。沈冬梅把花插在花瓶里，放在了中间的桌子上。

沈冬梅："亲爱的，今天是我们结婚七年纪念日，人家都说婚姻有七年之痒，可我和你七年了，我对你的感情还像初婚时候一样！"

洗浴间内，丁佩佩和唐华健露出惊慌的神色。唐华建皱眉，小声地："她怎么回来了？说是回娘家四五天的。"

丁佩佩急促的找地方躲，却没地方，只好把身子钻到了水里，只露出了头。唐华建："唔——，冬梅，你先出去买点过节的鲜菜，我忘买了。"

客厅内，沈冬梅笑笑说："我就知道你会忘，我提前买下了，还有你最爱吃的鳕鱼，我也买好了放在冰箱里。"

浴室里传来奇异的声音："唔——"。沈冬梅心中生疑，走到浴室门口。沈冬梅猛地推开门，正看到唐华健用诧异的眼睛瞪着自己。

唐华健："你——你要干什么？"沈冬梅："亲爱的，我来帮你搓背，你忘了，每次洗都是我帮你搓背的！"唐华健："不用了，不用了。"浴池的水面上，有几缕黑色的长发飘在上面。沈冬梅诧异地："啊？里面有人？华健，谁还在水里？"丁佩佩从水里猛地钻了出来，嘘了一口长气，只用一条浴巾遮住了胸前。丁佩佩："我真受够了，华健，你就都说了吧！"唐华建尴尬地："其实——其实，冬梅，我以为你今晚不会来的，你不是回娘家去了吗？"沈冬梅瞪着唐华健："华健，你是什么时候和她一起的？"丁佩佩："别瞒着了，华健。"

唐华健："其实——其实——，我也不愿意这样！"

沈冬梅愤怒地吼道："华健，你为什么这样对我？"

丁佩佩从浴池里迈出腿来，重新裹了裹身子上的浴巾。丁佩佩并不尴尬，盛气凌人地说："我和华健有爱情，就这么简单，你们已经七年之痒到头了。没有爱情的结合是犯罪，这场关系中，你早就应该退出了。"

沈冬梅呼喊道："不！不可以这样！"

唐华健嗔怪地看了一眼丁佩佩："佩佩，你不应该这样伤害冬梅。"

沈冬梅捂着脸痛哭，走出浴室，随手把桌上的玫瑰翻在地。

唐华健裹着浴巾，走出来说："佩佩，我觉得我们说得过早了。"

丁佩佩理了理头发："早什么呀，实话告诉你，唐华建，我们的事早就该做了结了。不是她走就是我走。"

唐华健踱步："可是——可是，我还是觉得，有点不妥当。"

丁佩佩："说什么呢你，难道你不知道我等这一天等了多久了？我还要告诉你唐华建，今晚的电话是我给沈冬梅打的，我告诉她今天集团会议会提前结束，她还谢谢我呢，说好几晚不和你一起了！"

唐华健："啊，你怎么能这样？"丁佩佩："我怎样了？你是不是嫌我老了？是不是嫌我年纪比她大？这两年我付出了这么多，我可不想当什么贞烈的痴心女，我要的就是婚姻和幸福，是正大光明的爱。"

唐华健："佩佩，我不是这个意思，其实，我对你还是有感情的，我就是觉得，我们暴露得太早了，这事可以慢慢来嘛！况且，冬梅和我生活了这么多年——"

丁佩佩："什么？她和你生活了这么多年，你心疼啦？心疼为什么找我？你还护着你名存实亡的妻子！你是不是还爱着她啊！"

唐华建："哎！现在说什么也晚了。"丁佩佩气愤地望着墙上沈冬梅和唐华健的结婚照，手里拿着一个橘子，狠狠地砸了过去，相框当啷碎在地上。

街上，夜未央。沈冬梅踉跄地奔跑着，一边跑一边喊着："唐华健，你不该这么对我！"一道闪电划过黑夜的长空，电闪雷鸣，雨点噼里啪啦地落下来。

一月后，浦东一个普通的小区，唐华健与前妻沈冬梅以个性不合离婚，所生的小女虽然判给唐华健抚养，但由于年幼，仍由前妻沈冬梅照看。

唐华健和丁佩佩那边进行得火热，我和美美这边也没闲着。

恰逢周末，美美和我去看电影《世界中心呼唤爱》，美美被剧情感动了。回来途中，美美反复纠缠问我一个问题，她是不是我心目中从小就想要的那个人？

"你以为呢？"我狡猾地反问。

"不知道呵。"她欠身用胳膊支着头说，"所以才问。"

"那反过来呢？"我说，"我是不是你心目中的那个人？"

"当然是。"她斩钉截铁地回答。

"你也是。"

"是什么？"她不容许我含糊其辞。

"我心目中的……那位。"

"那你喜欢不喜欢我。"

"喜欢的。"

"你是真的真的喜欢我么？"

我略微一犹豫，说："是。"

美美不乐意我的犹豫，说："你看，你也停顿了，不过是这种程度的喜欢。"

"不，我很确定的。"

"你是不是一直在等着我？"

"是的，我会照顾你一辈子，少一年，一个月，一个时辰都不行。"

这话很打动美美，以至于那晚快入睡前，美美仍小声问："你觉得咱们这是真爱么？"

"应该算吧？我觉得算。"

说完这话，我自己也很满意。当晚，美美用两只手抱着一只小熊放在胸前，孩子似得心满意足地睡了。

夜，阑珊，无绪伫，花月朦胧，桃竹夹小道，怆望花径深处，唯几许疏枝婆娑，心思切切暗自相问，何事迟迟不见那人来，冷月寒纤赏立尽梧桐影。

那几周，一部热播穿越爱情剧，引发了冬衣、黄伟、王莹、梦洁的大讨论。关于"若曦究竟爱不爱老八？"我很有兴趣，想听听他们的看法，这问题可以引申为"女人的爱，究竟是什么？"

王莹认为，她爱的。没有一个女孩会对这样一位翩翩佳公子不动心的，入宫后那天长日久的思念，每次看到他时的心跳与激动，这些都是骗不了人的。

每个新年的第一天早上，他总会派心腹小厮为她送去一封信，那温柔而深情的句子，无一不在呼唤着若曦。若曦对他虽然没有承诺，但心底的那份渴盼，新年时收不到信时的失落与惆怅，听到他不利消息时那种惊心与牵挂。这一切说明，若曦心里是有他的。

黄伟说："很明显，若曦不能、不敢、不甘投入他的怀抱：他是她名义上的姐夫，她不能忍受多女共侍一夫，尤其是自己的姐姐，他的最终结局很悲惨，她不甘心明知那个结局还要飞蛾扑火，她曾经说过，如果明天他就去死，她会毫不犹豫的扑上去，但却不能忍受嫁他后在妻妾们的勾心斗角和日后的悲惨经历中将彼此的美好感情消磨殆尽……

梦洁说，有一处情节特别打动他，看到这里时，眼泪竟不知不觉流了下来。这种感动远远胜过若曦和老八草原之恋后雪地中的分手，还有结尾处他二人的生死离别。若曦的十八岁生日，因为感叹韶华易逝，思念远在几百年后的双亲，心中充满了凄苦，不知不觉间竟走到了太和殿外，也许是牵挂他才刚在朝堂上经历了一场政治风暴，也许是心疼他这样风姿的人物居然被康熙责令"锁系"，也许是因为那天是个特殊的日子牵动了若曦的愁绪，也许什么都不因为，她只是想看看他，那样强烈的想要看看他。

等候多时，百官散朝，那个熟悉的身影走出大殿，她就那样定定地看着他，大脑中一片空白，看着那个似乎更加"单薄瘦削"的熟悉的身影走下了台阶，"又看着他走过殿前的广场，"周围虽还有其他人相伴，却只是觉得他是那么孤单寂寞，正午的阳光虽然照在了他身上，却照不进他的心。

我叹了口气，这情形正如那苏格兰荒野上的欧石楠，表面极尽的绚烂，却无法掩盖那寂寥的灵魂。

这种爱，属于美美么？

第十五章　六眼飞鱼

在海城就业压力大，充电是常有的事。那几月，我和胖子在文化宫报了个跆拳道，此外，我报了个影视班，打发时间，正巧露易丝姚也在。

她倒是一本正经的想努力。当然，我对文化宫的影视课是三天打鱼两天晒网。我本来就没想学什么影视！我和胖子通常是利用一起学跆拳道的时机，交流泡妞心得。

胖子說："唉，没戏，我一接触黎小涧就知道是从小让父母关家里和男孩儿握个手都觉着你占她便宜的那种小地方人。"

我说："这要能把她泡开了得费多大工夫呀，等于是替社会进行基础教育呢，等泡开了估计也腻了。"

胖子说："我估计这女人有点性冷淡，对男人从根儿上就没兴趣。我这么有形的男人这么泡她，放一般女孩儿早降了，她一点反应都没有。"

我同意道："恭喜你！你中奖了！"

在那枯燥乏味的影视课上课期间，我经常旷课。本来美美对我心血来潮去学什么影视就有意见。她平时虽然总是忙着公司里的事不缠着我，可一旦有空来情绪了就要求我随叫随到，听说我和露易丝姚一块儿上影视课，她就关了手机，也不搭理我的呼叫。

她为这个冲我发了好几次脾气。她发脾气我就不说话，做出一副不解释不反击也不妥协的样子，这策略看上去还挺有效。

最后，影视课中断下来，但对跆拳道，我却渐渐有了些兴趣。我的身体基础不错，进步也是最快的。

教练总在全班面前表扬我：攻防会用脑子，动作标准，膝夹得紧，送髋到位，落地控制好，等等之类的。

不到两个月的时间，我已经大体掌握了前踢、横踢、下劈、侧踢、后踢等动作的技术要领，跆拳道中最好看的后摆腿也做得很像那么回事了，就是侧摆还有些生，摆不好总要自己摔着自己。

胖子的脚法不灵，但拳法那一块却练得还行。教练说得对，拳法主要是靠判断，靠脑子。还有就是步法，步法靠的是经验，是体力，那不是一天两天的道行。

于是每周五次去跆拳道馆的训练我还是坚持下来了。照例还能看到露易丝姚在角落里背背台词，练习表演，目光相遇时，她眼神有些暧昧，充满诱惑，我则没什么表情。其实我还是挺喜欢她的个性，当然谈不上爱，但我不表露出来。

我看见露易丝姚这么火辣，就走过去，慢悠悠说："从前，有一个靠海的村子，村民靠捕鱼为生。这样过了很多很多年……"

露易丝姚不知道我葫芦里卖什么药，就注意地听着。我继续讲："突然有一天，海里面来了一只怪鱼，专门吃出海捕鱼的村民们，已经吃了好几个人了。这只怪鱼长了六只眼睛，还会飞，于是村民们管它叫'六眼飞鱼'
眼看'六眼飞鱼'肆无忌惮地杀人，又没人能治它，村民们头都急大了，这样下去如何是好呀？"

露易丝姚似乎被我的情节吸引了，很专注。我继续说："这时，村里来了一个小伙子，很年轻，他的名字很特别，叫'爱'，爱说他能把六眼飞鱼杀死。村民们很不屑但是第二天，爱果然提着那怪鱼的尸体回来了。

村民们大感震惊，都问爱"你是怎么做到的呢？"

爱说："爱真的需要勇气，来面对六眼飞鱼。"

我讲完，露易丝哈哈大笑，合不拢嘴。我看着他，平静地说："这不是冷笑话哟，当心六眼飞鱼！"

2008年，1月，临近年会表演，梦洁却生病了。

繁漪一角空缺了，露易丝姚自告奋勇，要把她在影视课里学到的表演技巧施展出来，给大家耳目一新的感觉。我担心这样一来，美美醋意更大了。

思考再三，最后决定干脆请来美美，代替梦洁表演繁漪。美美当然很开心，我表示她是这个角色的不二人选，群众都很期待，这么一说，美美特别得意。美美为表演好这个角色，特意制作了一套漂亮的旗袍。

那是一种颇有水墨绘画感风格的旗袍，把艺术气质和生活元素融合到一起，白底水墨上色，让人联想起古老的水墨画和青花瓷，美美穿起这套旗袍的时候，原地转了一圈，四周几人都看呆了。

我定了定神，告诉美美："雷雨中，繁漪是性格悲剧，她富有个性，桀骜不驯，敢爱敢恨，她的生命里交织着最残忍的爱和最不忍的恨，她是罪人，亦是受害者，你要把这复杂的层面表演出来。"

美美笑着说："看不出来，你还懂戏剧？"

我自负地嘿嘿一笑，说："好歹我也在影视圈混过呀，这个财经版的剧本，就是我写的，你要演砸了，要追责。"
"那我不管，谁叫你请我来呢？"美美撅嘴说。
我说："要做就做好，要把繁漪敢爱敢恨的一面表现得淋漓尽致，你有这个条件呀，身材老好，别浪费了。繁漪是一个太太，也有暴戾的一面，在周朴园面前苍白无力，在周萍面前犹如抓住一棵救命稻草，在周冲面前是一位母亲，而在四凤面前是一位太太。"

话说认真的男人最有魅力，我讲戏的时候，美美很痴迷地望着我。

大家很认真地排练，经过一阵挥汗如雨的投入演绎，剧组训练排完了最后一个小节。音乐停了下来，大家疲惫地席地而坐。美美走到一边喝水，我拍拍手把她叫了回来。

"哎哎，先别光顾休息，咱们先把小结做了。今天你们排练认真！很多动作都做到位了，但有几个细节搭配不好！你们不要以为训练和表演是一样的。参加表演的，都是公司各部门选拔出来的，像舞蹈组合，都是由半专业选手组成的，在市里已经有点名气了，平时演出也特别多。人家的舞蹈修养和心理素质，还有参赛经验，都比你们要强。所以，表演好的难度是你们在训练当中不能想象的，你们如果不重视，马上就会被淘汰下来！大家加油，我有信心……"

结束后，我打出租送美美回公寓。车子驶离街边，黄昏的清风透过车窗扑在脸上，让人惬意非常。

我看着美美，想了想，说："舞台戏剧是一门艺术……它需要丰富的知识，需要广阔的眼界。表演演员要建立和养成良好的个人素养和文化品位，而且，这门专业的发展变化永无止境……"

美美微笑着看他，附和道："这我承认。"

我得到了承认，情绪被激发起来："舞台是一个很特殊的地方，世界上很多伟大的作品，都诞生在舞台戏剧上，包括《雷雨》……"

突然，我停了下来，看着窗外，对司机说道："哎，对不起师傅，我们到了，你把我们放这儿就行。""你不是住在石板街里面吗，没事，拐进去吧，送君送到家门口吧。""不用了，太麻烦你了……""没事。"

出租车由新城的大道拐入了旧城的老街。

美美和我继续聊天："你学戏剧多久呀。"

我摇摇头，说："没学过，但影视和戏剧是相通的，这也是实现我的理想，已经是一个很好的选择了。"

美美点头，说："你的选择不错。"她的目光摇向车窗外古旧的街巷，喃喃自语："海城，确实是个优美的城市。"停顿了一下，美美转移话题："海城有好多风景区呢，你都去过了吗？"

我摇摇头："这几年都在忙工作，基本没去过。你都去过哪儿？"

讲到玩，美美显得轻松愉快："我去过佘山，去过新天寨，去过香纸沟，去过周庄，静安寺肯定去过啦，哎，至少静安寺你应该去看看。"

出租车慢下来，司机回头问："是这里吗？""对。"美美转脸与我告别："我该下车了，再见。"

我笑道："再见。"

美美下车，朝我挥手表示了谢意，然后走进小院。出租车缓缓开动，我透过车窗，端详着院内那座老态龙钟的小楼……

晚霞夕照，小院里静静的。

几天后，在凯宾斯基大酒店，安平集团年会盛大上演，节目一个比一个热闹，最后迎来了高潮——《雷雨》财经版的演出。

舞台上，冬衣、黄伟几人卖力的穿梭，演绎着。尤其美美，身穿旗袍出场，烫发、丝袜、项链、耳环、手表、皮包、高跟鞋，都是当时的时尚装扮。尤其那丝袜，充满诱惑味道，真是一朵女人花，摇曳在舞台中央：

繁漪：你看哪！（向四凤）四凤，你预备上哪儿去？

四凤（散户）：（嗫嚅）我……我……

周萍（游资）：不要说一句瞎话。告诉他们，挺起胸来告诉他们，说我们预备一块儿走，逃离这个家，逃离你大盘股，我们要去开拓创业板。

周冲（私募）：（明白）什么，四凤，你预备跟他一块儿走？他可是个游资，虽然留学归来，可是个没有公司、没有股份、没有学位的"三无伪海龟"呀！

四凤（散户）：嗯，二少爷，可我爸做老鼠仓被老爷下岗了，我哥造假被老爷停牌了，我被老爷顺带裁员了，我现在就是一小散户，已经不嫁不行了。

台下面，我一边为美美鼓掌，一边对胖子说："最近老鼠仓传得厉害呀。"

胖子："可不是，那行都有潜规则呀！"

　　台上继续表演着，美美完全投入角色了，她猫一样的灵性和气质表现得淋漓尽致。

　　繁漪（大盘蓝筹）：这下子我 hold 不住了，冲儿，你太让我失望了。（指着周冲<私募>，高声）每次让你托盘，你就空仓！
　　（转向周萍<游资>）还有你，我对你一往情深，你却赚了一票就跑，你走了留下我怎么办？
　　世界上最远的距离，是彼此相爱但却不能够在一起；世上我最内疚的事，是你 48 元买了我，我却跌到了谷底。"

　　舞台下，我悄悄对大海说："最近老鼠仓的事还得看监管层怎么办吧？"
　　大海说："无论怎样职业操守不能丢。怎么说来着，经常审视自己，上帝随时会降临在你身旁"。
　　大海说完，开始为台上的表演喝彩。舞台上，美美穿着 20 世纪 40 年代的旗袍，随着两边开衩升高，腰身紧绷，女性的曲线美显露无遗，美美尽情挥洒着自己的纤细、婉约、柔媚、敏感。伴随着旗袍装的展示，美美用迷离的眼神，表演出成熟妩媚，有着超乎寻常的美感。台下的一众观众，竟然看得痴迷了！我深感自己有发觉潜在表演人才的导演天赋，颇为得意，眼光紧紧盯着舞台上。

　　周萍和四凤二人拉着手欲走下。
　　繁漪（大盘蓝筹）：不能走，到了这个地步，叫你父亲下来，（喊）朴园，朴园……
　　周朴园（监管层）：（在台后高声喝道：你叫什么？）（鲁妈搀着周朴园迈着方步走向舞台中间）
　　繁漪（大盘蓝筹）：老爷，您来了就好，您看看现在家里都乱成啥样了！
　　周朴园（监管层）：（周朴园环顾四周，作深沉状。）你们吵什么吵！股市是正常的，下跌与经济走势是无关的，机构是要信任的，散户是要保护的，如果你都相信脑子是锈掉的，如果你都不相信，钱是赚不到的。（众人：是的，是的）
　　周朴园（监管层）：（对鲁妈）这十几年来，你不离不弃，是做出牺牲的，我不会对不起你们的，我会对你负责的。

鲁妈（中石油散户）：谢谢老爷，你要为我们做主啊，我们全靠你了。

周朴园（监管层）：（对繁漪）可是你呢，我这么信任你，把你当家庭稳定器，你却跟游资勾勾搭搭，眉来眼去。你把我看成什么了？还顾不顾这个家？再这么下去，总有一天我把你摘了牌，休了你。

繁漪（大盘蓝筹）：朴园，难道我这大盘蓝筹，为这家，为你作出的牺牲还不够大么？你可要说句公道话呀！

周朴园（监管层）：（对周萍）还有你，你个不孝子，太胡闹！暗仓操作是要被查的，你一游资是炒不动大盘蓝筹股的！

周萍（游资）：父亲，我错了，我再也不碰太太了，以后专炒ST。

周朴园（监管层）：（对周冲）冲儿，金融危机还没过，欧债危机又要出来了！你要讲政治啊！维稳是第一啊！

周冲（私募）：DADDY，我以前不了解家里情况，以后就听您的了，您让我干嘛，我就干嘛。

周朴园（监管层）：（沉痛地）埃及在晃当，希腊顶不住了，金正日已经躺下了！你们还有心思闹？！还有那啥老鼠仓，我告诉你们，零容忍！懂么？零容忍！

剧目表演完毕后，作为女一号的美美，优雅谢幕！下面掌声一片，集团CEO高度评价这台戏，认为是公司成立以来，最好的节目！

晚会散场。听到路人甲说："这小品不错，有点深刻的主题。"路人乙说："嗯，避免了聒噪的说教与俗套。"路人丙说："那个演繁漪的，身材太棒了，有女神范儿。"

正好，我挽着美美的手走出来，听闻后，美美不自觉挺了挺胸，得意起来。美美微笑着对我说："看不出来嘛，你写的剧本真不错，有两把刷子！"我有点得意地说："当然，做了多年的文艺青年，又混过影视圈，没点功底怎么能行，哈哈！"

美美说："要不你写个故事送给我？"

"这个要看你表现了，有时间，我把咱俩的故事写成小说，怎么样？"

"你说话要算数哟！"

"当然，我还要把它拍成电影。"
"真的呀"
"嗯……"
"你记得一定要把在乞力马扎罗山顶看日出的情景，写进小说里，因为它实在太美了。"

"当然。"
"啥主题呢？"
"纯情、唯美、正能量！"

"哈哈！我喜欢！"

《雷雨》演出如此成功，我自然要掏腰包请大家海吃一顿。我主动给露易丝姚打电话，让她也一起来。露易丝姚正好在徐家汇的嘉华大厦有个应酬，就约在了旁边街口的翠华酒楼。徐家汇街口有个古老的教堂，夜晚的感觉非常怀旧。

美美站在那条承前启后的街口，这城市的来龙去脉似乎一目了然。看着川流不息的汽车和来来往往的过客，美美仿佛觉得，自己也是一个地道的上海人了。但是，美美既学不出上海本地人的腔调来，也没有她们那种与生俱来的优越感，更不用说上海人的那副精明劲，让美美明白自己差得远。

此刻，美美的目光盲目地滞涩在那座老教堂的立面上，那栋古堡似的老房子，被灯光装饰得很动人，既像一具明暗有致的现代雕塑，又有强烈的历史感。难怪美美那么喜欢它，难怪她把自己也想象成一个上海人！好像上海的一切，都是她的经历，都和她有关。因为上海，确实很好看。

我当然不能从美美沉默的脸上解读她心中的上海情结和关于上海的那些咏叹。街上突然刮起了风，我就拉着美美的手，走近酒楼。一会儿，大伙都来了，露易丝姚也优雅地拎着个 LV 的小包，婀娜地走过来。美女到了，大家兴致就高了，啤酒、白酒一瓶瓶开着。

无论庆功酒还是送行酒，露易丝姚都不是第一次。她的酒量很大，酒风酒胆已经练得炉火纯青，三杯五杯都是一口进，喝完之后还给人家亮杯底，她好像越来越喜欢表演出一种男人的豪气。

于是乎，她成为了那晚的女神。冬衣、德福、黄伟，都不是她对手！王莹、梦洁也不是！

露易丝姚在酒桌上话说得很有技巧，说得左右逢源上下不沾，什么都说了又什么都没说，没讲明啥意思但意思全有了。自然，大家都很佩服。

露易丝姚喝到最后一杯酒，脑袋也有些昏沉沉。我见状，觉得差不多了。便若有若无地点了一下头，催着餐厅快上菜，菜一上完这顿饭就基本结束了。众人纷纷离了座，我陪美美走在最后面，一行人走在前面。

在酒楼门口分手时，我招呼美美和露易丝姚坐一辆车，等她们走了，自己才离开。那晚饭差不多吃光了我钱包里的钱。

第二天我醒得特别早，醒来发现自己睡觉的姿势一夜都没变，始终蜷缩在床的一角，睡了半宿连身子都不曾翻。然后，就听到露易丝姚打电话来说，美美在医院，刚打了针，还输液开方抓了药，打的吃的一大堆。

我急忙赶到医院，到中午时候，医生说美美没事了，可以带她回家。美美脸色沉沉的，想抽烟可烟没了。幸好，美美这场莫名其妙的病，很快就好了。所以，当时谁也没在意。

第十六章　罗马假日

2008 年，2 月。

我和美美的恋情进展到新阶段，两人开始了盼望已久的罗马假日！这是美美提出的，她小时候就特别迷恋这片子，迷恋奥黛丽.赫本的优雅。

我们乘坐汉莎航空，从海城经转伊斯坦布尔飞向罗马。到达罗马市郊的时候，是次日的清晨。

第一站自然是罗马的标志性建筑——古罗马竞技场，又叫斗兽场，意大利人称之为高乐赛奥（COLSEUM），意思是"巨大"。

斗兽场建于公元 72 年，是由 4 万名奴隶在 8 年内建成的。美美从小就听说过关于斗兽场的传说，可真正身临其境，美美还是不免感叹其工程的浩大。

我指着那些斗兽场的建筑材料说，原来的大理石早在几个世纪前就已经被搬去建造圣彼得大教堂了，这里只留下一片断壁残垣，可单是想象昔日舞台上血淋淋的决斗场面，就足以让每个人热血沸腾了。

我们站在浸透了奴隶们鲜血的竞技场中，多少世纪前奴隶与野兽之间搏杀的场面仿佛就在眼前，兵器的交戈与垂死的哀鸣好像就在耳边回响。

罗马，以它那厚重的历史打动着我和美美的心。

从斗兽场出来后，我和美美手挽手漫步穿过了斗兽场和威尼斯宫之间的古罗马市场。这里原本是罗马古城所在地方，多少世纪以前，随着罗马势力和城市的不断扩张，这里一度成为古罗马政治、经济、文化的中心。

在这里，曾是凯撒大帝的安眠之处；
在这里，那些台阶上，马克·安东尼做过演讲；
在这里，曾屹立过，爱米利宫、元老院、罗莫洛墓和恺撒庙。

然而如今，昔日浮华的市集只存一片废墟，如果不看导游图，是分辩不出爱米利宫、元老院、罗莫洛墓和恺撒庙的。

我告诉美美，爱米利宫曾是世界上最美丽的三大建筑之一，据说它建在几家肉铺店的地基上。罗慕洛和他的孪生兄弟是罗马城的建立者，传说一只母狼用乳汁喂养了他们，后来他杀死了弟弟，用自己的名字命名了罗马。而威风八面的恺撒则是在政敌庞培的塑像前被元老院雇佣的杀手捅了 32 刀后死去的，

美美也笑着说，她记起来了，好像莎士比亚的名剧《裘力斯·恺撒》相当精彩地描绘了这一场面：恺撒庙原先只是一个土堆，后来他的养子屋大维做了罗马帝国的第一任皇帝，才建起一座宏伟的庙宇。美美居然知道这个，这让我很惊讶！

中国人对西班牙广场的认识大多来自电影《罗马假日》，影片中的英国公主正是坐在这个广场上大吃冰淇淋，并邂逅格里高利·派克饰演的美国记者的。

这当然是美美和我的重头戏。我们到的时候，广场上已是人山人海。美美高兴地大呼小叫，也叫了个黑色冰淇淋，也学着优雅地坐在石台阶上，好像自己就是当年的奥黛丽·赫本。

可惜的是，五十年后奥黛丽·赫本或格里高利·派克都已经离开人世。我们徘徊良久，希望找到《罗马假日》在这里留下的点点滴滴。

因电影闻名于世的另一处著名景点是特拉维泉。且不谈由贝里尼设计的庞大的"海神波赛冬"雕塑群，我们更感兴趣的是它关于许愿的美丽传说，据说只要你背对着泉水将手中的硬币往后一抛，如果硬

币落入泉中，那就表明你将来还会再来罗马。

我好不容易在众多游人中抢占了一个有利位置，郑重地将硬币从左肩向后扔进了泉中，并诚心许了个愿"愿美美此生不再孤单，可以幸福满满"——但愿这个传说是真的！

挤出人群，美美笑着问我"刚才许啥愿望了？"

"没啥，和你无关的愿望。"
"真的，我猜，是愿上帝保佑你发大财。"
"切，我才不会这么俗呢。"
"哈哈，那到底是啥？"
"听好了，我许的这个愿望就是，衷心祝愿我们美丽的祖国早日繁荣富强！"

"哈，去你的……"

美美小时候看《罗马假日》，印象最深的景点之一是"真理口"。这可难坏我了，因为它在一个很偏的地方，在远离市中心的一个小教堂外侧的墙边。我们费了很大力气才找到，像发现了新大陆似的兴奋不已，美美急切地想把自己手伸进去。

我大叫一声："不可呀"
"为啥？"

"你想想，像你这样不诚实的坏女人，将手伸进去，据说撒谎的人难过"真理之口"，你必然是有去无回。"

"我不怕。"
"我怕呀，将来讨个老婆，没有手，吓人，怕，怕！"

"哈，哈，OK，我真心怕了，可以了吧。"

下午，我们来到天使城堡附近，当年公主和记者翩然起舞的那游艇已经斑驳破旧了。我突然涌起一股难言的悲伤，这种感觉很不好，好像要发生啥似的，我怀疑是自己疑神疑鬼。

《罗马假日》结尾是奥黛丽恢复了她公主的王室风度，从天使城堡旁边坐马车回到属于她的世界去了，派克则回到他那个阶级注定的琐碎生活里。

在我小时侯，我是非常讨厌这个结局的。后来长大了，也就慢慢习惯，每个人都有属于自己的一份责任，承担属于份内的职责，才有命运对你的眷顾。

我把自己的看法，告诉了美美，她强烈反对。我问"为什么？"
"不知道，反正我就是讨厌这个结局，我希望他们在一起，在一起，懂么？"

我一时间哑口无言，叹息一声。

那片年轻时落下的叶，落到地面，已是昨天……

离开罗马，去往西西里岛的船上，蓝天、大海、小岛，美景不断，美美兴奋地大呼小叫。

我给美美讲起那个美丽的爱情故事，美美在我低沉的磁性嗓音里，追溯时光：
"他叫格里高里·派克。他是一个绅士，有着雕塑一般坚毅的轮廓和刚直不阿的个性。
他是全球数以千万计的女人们的梦中情人，他的生命里有无数俏颜佳丽走过，却没有出现过一次绯闻。在过去长达半个多世纪的时光里，他一直被全世界的影迷们作为偶像与道德榜样崇拜着。

她叫奥黛丽·赫本。她是个天使，出身名门，会讲 5 国语言，举止优雅得体。她有着如花般的笑靥，长长的睫毛像秋日里飞舞的蝴蝶。
纤尘不染的豆蔻年华里，天使遇到了绅士，在浪漫之都罗马的那个假日里，一段尘世爱情悄然萌生。"

美美瞪大眼睛望着我，彷佛是在听着自己的故事。海风有点凉了，我拉开手提袋，找了件套头衫给她穿上。我走出舱室来到甲板，脸上、身上立刻感受到了强劲的风，这是轮船疾驶带来的风。

海面上浪并不大，无数小浪头在跳跃着，弧长的天际线很清晰。我在伏满人的舷旁找到了空位，也为美美挤了个地方。

天边的云已经红了很大很长一抹，海水天空的颜色都在不断变化，海水变得葱绿，天空变得蛋青色，又过了会儿，嫣红的云透明了，飞絮般一片片飘开，霞光发射出来无数道又粗又大的七彩光柱通贯青天，幻现出一个硕大无朋、斑斓无比的扇形。

这景象持续了很长时间，接着太阳出来了。海天之际乱云飞渡，太阳是从云间出来的。

"好看吗，你说？"屏息凝望半天的美美惘然问。

"都说好看。"我懒懒地说，美美看我："你一点不激动。"

"激动什么啦？你说，每天都是同一个太阳嘛。"

"呵呵，继续你的故事。"

"那个时候的他，已是全世界尽人皆知的明星。而当时的她还是个名不见经传的女孩儿。她是他的影迷，对他有着近乎痴狂的崇拜，当她第一次见到他时，她甚至激动得说不出话来。

他亦如此。看到她的第一眼，他的心忽然就动了一下，一股异样的情愫从心底悄然涌起，感情像海潮刚刚退去的沙滩，柔软而温润。

那个时候，他的婚姻已经走到了尽头，他多么渴望得到她的爱情啊，可是，他不是个善于表达的男人，看尽了世事沧桑的他已经习惯了将所有的喜怒哀乐都掩藏在波澜不惊的表情之下。

她爱他，可是，她不敢说。那个夏日，她的爱，在他的笑容里，一次又一次热烈而绝望地盛开。"

美美听到这里，不由得连声感叹："许多时候，一朵矜持的花，总是注定无法开上一杆沉默的枝桠上。"

我点点头，自言自语说："还好，我不是沉默的枝桠。"于是，一段故事在那个夏日戛然而止，再也没有后来。

《罗马假日》的公映，让她一夜之间从一朵山野间羞涩的雏菊变成了镁光灯下耀眼的玫瑰。很快，她有了爱情，梅厄·菲热，好莱坞著名的导演，她和梅厄走进了婚姻的殿堂。

他参加了她的婚礼，作为礼物，他送给了他一枚蝴蝶胸针。

我望着美美说："那个时候的她，天真的以为自己一转身，便可以躲过千万次的伤心，可是她却不知道，如此也错过了一生的风景。"

她结婚后不久，他便离了婚。

美美感叹道："想来，男女之间的交往确实是很玄妙的，从友情到爱情仅一步之遥，但从爱情回到友情，却仿佛要经历千山万水。"
我笑笑。美美着急问"后来呢？快快讲。"
"梅厄的移情别恋，给了渴望一份爱情至终老的赫本一个致命的打击。40 年的光阴里，一成不变地陪在她身边的，只有那枚蝴蝶胸针。

1993 年 1 月，天使飞回了天堂。他来了，来送别她，看她最后一眼。彼时，他已是 77 岁高龄，拄着拐杖，步履蹒跚。

花丛中的她，微阖着双眼，像一株夏日雨后的睡莲，纯洁而安静。岁月蹉跎了她的容颜，那是美人迟暮的悲凉。而在他眼里，她依旧是那个娇小迷人的女孩儿。

10 年后，著名的苏富尔拍卖行举行了她生前衣物首饰的义卖活动。又一次地，他来了，颤颤巍巍。87岁的他此行的目的，只为那枚蝴蝶胸针。最终，他如愿地拿回了它。

美美认真的听着，彷佛自己就捧着那枚蝴蝶胸针，在时光的隧道里，迅速地流转，又仿佛看到了《罗马假日》里那个不谙世事的小女孩，正一路快乐轻盈地走来……

我盯着美美说："你知道么，那件结婚礼物，不是一枚普通的胸针，而是派克祖母的家传。49天后，他微笑着闭上了眼睛，手里捧着那枚蝴蝶胸针，就像握着那段无法回头的岁月。"

美美听完后，默默祈祷着，好像在祈祷一个绅士在另一个世界里，找到天使，还给她一个在尘世间曾经错过的天堂。

我望着船外，碧蓝宽阔的西西里海，感叹道：
"在错误的时间，遇到正确的人，这就是生活。
在正确的时间，遇到对的人，那只是童话。
于千万人之中，遇见你要遇见的人。于千万年之中，时间无涯的荒野里，没有早一步，也没有迟一步，遇上了也只能轻轻地说一句："哦，原来你也在这里。"

我看着她，看着这个从小目睹父母不和谐的女子。在内心深处，她一直对人世的真爱，如饥似渴。美美也看着我，问"你会像派克那样，爱我么？"

每次，我最烦美美问这个问题——"你爱我吗？"

因为我回答了之后，她会接着问，"有多爱？"

这次，我想了又想，终于有了对策。

我看着她，重复了一句英文作为标准答案："More than yesterday, but less than tomorrow。"

美美愣了一会儿，然后笑了。

为了满足她的兴致，我把此行推入了高潮，我当即定下了去瑞士摩尔日（Morges）的机票。

我和美美"说走就走"飞往那个位于洛桑和日内瓦之间的小镇。

大概是前一天下过雨，摩尔日的空气中夹杂着一丝雨后的清新，温暖宜人的阳光，万里无云的蓝天，碧蓝的湖面，美丽的花儿，还有热情好客的摩尔日人，是我和美美对这个城市的最初印象。

如果只是作为游客，在国外见到这样的小镇，或许见多了，也就习以为常了。可是因为这里是赫本的最终归宿，在我们心中的地位也就变得不一样了……

后来美美说，这一路的经历在她心中成为弥足珍贵的一段美好回忆。

从 Morges 的 tourist information 出来，我们坐上了前往奥黛丽·赫本故居的 Line 2 巴士，information 的小姐告诉我们，赫本故居所在地叫做"Tolochenaz"，是倒数第二站。一路上，巴士沿着羊肠小道前行，依旧是田园景色，美美祥和。

这里和赫本一样，纯真，不张扬，一路从下火车到 tourist information，再沿途驰往赫本故居，我没有见到一张贴有赫本画像的宣传画，甚至连她的名字都没有在任何一个地方见到。可见这里并没有把赫本曾在这里居住过，甚至最后葬在这里，作为一个噱头，广肆宣扬。

这和 ARLES 恰恰相反嘛，我心里想。

下了巴士，我们迷失了方向，小镇没有什么人，让我想问都不知道问谁，好不容易等了一会，见到一位女士经过，我忐忑的向她询问，大概我们的发音不那么准，她听了半天才恍然大悟，我是要找赫本故居和墓地，她立即很热情的给我指路。

她把东西放下，然后开车送我们去。这让我们惊喜万分，我想，大概这里的人和赫本一样，也是那么的善良，那么乐于助人，我开始明白为什么这样一个小地方会吸引赫本留下……那位女士，驱车带我认路，先是经过了赫本的故居，那里离开始我问路的地方其实步行也不到 5 分钟，匆匆地看了一眼，是一栋很旧的房子，从外面看，并没什么特别。我询问是否可以进去参观？那位女士告诉我们：现在这里已经是 private house，还有人居住在里面，没有办法进去。

当车停在墓地前，我吓了一跳，因为没有想到会是一个这么小的墓地，里面葬了大概不足 50 个人吧？如果没有人带路，我根本不会认为这么小的一个墓地，会葬了一个如此有名的好莱坞巨星。

那位女士在墓地前，把我们放下，临走前，还告诉我这里返回摩尔日火车站的汽车是每 20 分钟一趟，不得不再次感叹这里人的细心。

进入墓地，美美开始寻找哪个才是赫本的香冢，美美对我说："至少墓碑上应该有赫本的相片吧？"

可后来，我发现美美错了，我们一个一个扫过来，没有看到赫本的相片，每一个都差不多。

墓地里有一对相互扶持的老夫妻在扫墓，美美决定向他们询问，语言不通，在美美比划了半天后，那位老奶奶终于知道我们要找什么，她指了指葬在第一排的一个墓碑。美美跑过去一看，墓碑上果真写着"Audrey Hepburn"，美美感叹道，遍寻半天的香冢，原来是如此不起眼，而且上面也只是写着她的名字，并没有贴相片，简单的一个十字架，一抔黄土，几束鲜花，还有一个天使的小饰物摆在墓上。

这就是一个绝世佳人最终的归宿，朴素得和别人没有任何区别，大抵赫本自己本身就是这样一个淡然处之的人，"无可奈何花落去，似曾相识燕归来"。

美美说，她想起《葬花词》："天尽头，何处有香丘？未若锦囊收艳骨，一捧净土掩风流。质本洁来还洁去，强于污掉陷渠沟。"

此刻用来形容赫本再恰当不过……

我点点头。

在赫本的墓前，美美深情地唱了首歌《女人花》，"女人花，摇曳在风尘中，女人花，随风轻轻摆动"表示对她的敬意。我在旁边，着迷地听着，感觉此刻的美美，分明就是一朵女人花！

离开墓地，我步行到她的故居，那真是一栋不起眼的房子，门前有一棵大树，应该有一些年岁了，门里有一条狼狗在疯狂地叫唤着，白色的木栅栏把我们锁在了外面。只能从外面看里面，想象曾经那位佳人年老时在这里度过的光阴，她也许在这个小庭院晒过太阳，她也许给门前的苹果树浇过水，她也许在房后的小葡萄园散过步……

现在，奥黛丽静静地安眠在托罗什那兹村的墓地中，她毋须为买不起鲜花而辩解自己"从不带钱"，人们从世界各地来到这里，仅仅是为了给她献上一束鲜花。

一切仿佛在向人们证明：曾经沧海的人只需一块最终的栖身地足矣。

美美在一旁长久地叹息，神情忧郁。和美美相处的快乐时光越多，我就越能感觉到，美美在爱情中是拒绝的姿态，她的反复无常、忧愁彷徨是因为没有安全感，往深里追究，这或许与她幼小时候家庭不幸相关。没有父亲这个参照系，一方面她没有一个可以避风的港湾，可以寻求抚慰，另一方面，她也没有一个可供参考的标准来选择恋人，故而在爱情世界里踌躇不前。

那天晚上，我们走出村庄，去郊外。在美丽的阿尔卑斯雪山下，我们散着步，抬头看着天，夜晚的星空如此震撼，如此清晰，美美按耐不住不停地念叨："太好看了！太好看了！"

美美还说，亲眼看到这么璀璨的星空，她可以一夜都不睡觉。我说会看到的，还有更好的，在我们的未来！

美美听到这话后，就开始不停地快步往前走，然后，再快，再快些！我不知道她干啥，就在后面紧跟着！

渐渐地，美美小跑起来，然后奔跑，我则在后面紧追，大喊："美美，你干啥，等等我。"

那天晚上发生的奔跑，按我很久以后的回忆，并不在于它惊心动魄的过程，而在于它意想不到的结局。

它的结局与我原先的梦境，天意地连在一起，有点像一个缘份的游戏。

美美沿着阿尔卑斯的雪山小路，跑了超过 3 公里，我快疯掉了。

这里是霞慕尼小镇，它前面就是著名的勃朗峰，是位于勃朗峰山谷狭长平原里的一个小镇，这大概是最美的雪山区，沿途都是湖泊、花海、绿树、青草、牛羊、冰川……

星光点点下，雪山映衬的高原草甸上，各色鲜花盛开，清澈的高山湖水，倒影着皑皑雪山……特别是奔跑在巴克普这一段，沿路大片大片的鲜花，色彩之丰富超乎想象。

偶尔看到山间的木屋，听到草甸间潺潺的溪流声……在这条山路快要终结的时候，美美终于跑不动了，因为体力的耗费到了极点，胸口疼痛很快就寸步难行了。她的脚步变得踉踉跄跄，在我一把抓住她的同时，她两腿一软就坐在了冰凉的草地上。

我用力踢了她一脚，骂了句："我看你跑到哪去！" 美美不说话，她已经说不出话来，只剩下大口的喘息。

我又踢她一脚："起来！" 美美突然不悦，流着眼泪，她的眼泪不能控制地自己流出。

我又吓着了，也在大口喘气，不知道啥情况！

美美索性往草地上躺去，目光望着星空！

缓缓说："我喜欢你拼命追我的样子，那种狼狈，让我有一种恋爱的幸福感。"

她看着我，慢慢说："我被人爱着，我感到。"

然后美美倒卧在花丛中，慢慢睡去…

我也卧躺下来，守在美美身边，一阵带着花香的山风吹过来，熏得人心旷神怡。我彷佛漂流在阿尔卑斯山下静静的湖面，任凭水的沉浮主宰我的沉浮。

然后，我紧紧搂住了美美，再然后，我把她剥离得浑身一丝不挂，静静的月光里，她硕大的白色臀部如同明月般皎洁。

我将她搂抱在草丛中，忘情地拥抱着，亲吻着她。

我们撞击着彼此，彷佛小船撞击着河岸，彷佛海浪拍打着沙滩，彷佛印度洋暖流冲击着喜马拉雅山脉，彷佛彗星在撞击着地球，彷佛一个人的命运在撞击着另一个人的命运……

她的呻吟越来越高亢，我的情欲在时间里迸发出绚丽烟花。

那一刻，冰川覆盖了大地，冰雪融化了南极。

恍惚间，我想起在去美国培训的时候，曾在黄石公园路边的一块不起眼的石头上，看到的一句印第安人格言。

"生与死的界限，并非身体存在与否"。

第十七章　囚徒城堡

从罗马回来后，我们开始谈婚论嫁了。那段时间，不巧的是，领导决定在新能源领域加大投资，对潜在目标的单笔投资，预计超过了三个亿。这非同小可，领导把这个金额巨大的项目交给了我，并委派了一个监事会委员协助我，这让我顿时"亚力山大"。

其后，我因为工作繁忙，有些疏远美美。

我没有留意到她的变化。期间，她去了几次医院，是露易丝姚陪她去的，我也缺乏问候。这事，还是露易丝姚后来告诉我的。

回到唐华健，话说唐华健去湖南长沙出差一月，考察调研上市公司完毕归来，回到别墅里，洗漱完毕后，半躺在床头，随手去抽屉里拿香烟，眼角余光一扫，发现一盒安全套，少了3个，顿觉蹊跷。

唐华健找丁佩佩理论，她自然支支吾吾，唐华健顿时火冒三丈，双方大吵一顿，不欢而散。

那之后，唐华健拒绝给其生活费，这下也激怒了丁佩佩，但她还是委屈求全，多次与其沟通。

现在这社会，小三可不是吃素的。没有看见那么多历经大风大浪的高官，最后倒在小三脚下嘛。丁佩佩见唐华健并不理睬自己，便把事情越闹越大。

两周后，丁佩佩大闹唐华健所在的基金公司，当众公布唐华健拥有别墅，宝马，公司众人大惊，纷纷跌掉了眼镜。

直到此刻，沈冬梅才知道唐华健的财产比当初自己预计的要多很多，立即气愤地找唐华健理论，不料想，唐华健破口大骂，拒绝给予补偿，也不多给小孩补偿费。

唐华健的这种表现大大伤了沈冬梅的心，她彻底绝望了。沈冬梅毅然向相关部门举报了唐华健的违法行为，这起有史以来影响最大最坏的老鼠仓，终于后院起火。

唐华健也走上了不归路。老鼠仓案发后，唐华健被依法查处，在公司督察部两位办公室人员的监督下，唐华健被勒令收拾包裹，立即走人。

胖子说，一贯高调张扬的唐华健，缓缓步出位于黄浦江边的震旦大厦，走时凄凉黯淡。

随后，胖子获提拔为基金经理，正式开始了他通向巴菲特之路。

胖子说，公平而言，北蒙矿业，后来大涨并不全是上银莫根的功劳，我们买的并不是非常多。较其他重仓基金相差甚远。

生命无法让你同时选择两条路，以做比较。就如你走到一个人生的十字路口，有好几条路出现在你面前，你只能选择其中的一条走下去，不管你走了哪条，都意味着你无法看到其他道路上的风景，也意味着你永远无法确定你在另外的那条路上，可能会遇到什么人，什么事！

唐华健事件在业内激起的风波远不止300万如此简单。"唐华健事件后，业内处于一种惶恐的状态，部分基金经理开始选择退出，北京一家大型基金公司的投资总监便向公司提交辞呈，老鼠仓事件打开了潘多拉盒子。

话说很久以前，天神普罗米修斯从天上盗火种送给人类，人类学会了使用火，主神宙斯十分恼火，宙斯决定要让灾难也降临人间。

他命令他的儿子火神赫淮斯托斯用泥土制作一个女人，名叫潘多拉(Pandora)，意为"被授予一切优点的人"。

每个神都对她有所赋予以使她完美。阿佛洛狄忒(Aphrodite)送给她美貌，赫耳墨斯(Hermes)送给她利嘴灵舌，阿波罗(Apollo)送给她音乐的天赋。

宙斯给潘多拉一个密封的盒子，里面装满了祸害、灾难和瘟疫，让她送给娶她的男人。宙斯将这位丽人遣送到人间，众神和凡人正在大地上休闲游荡，其乐融融，大家见了这无与伦比的漂亮女子，都称羡不已，因为人类从未有过这样的女人。

潘多拉立即去找"后觉者"厄庇墨透斯，他是普罗米修斯的弟弟，为人老实厚道。普罗米修斯深信宙斯对人类不怀好意，告诫他的弟弟厄庇透斯不要接受宙斯的赠礼。可他不听劝告，娶了美丽的潘多拉。潘多拉双手捧着她的礼物，这是一只密封的大礼盒。她刚走到厄庇墨透斯近前时，突然打开了盒盖。

厄庇墨透斯还未来得及看清盒内装的是什么礼物，一股祸害人间的黑色烟雾从盒中迅疾飞出，犹如乌云一般弥漫了天空，黑色烟雾中尽是疾病、疯癫、灾难、罪恶、嫉妒、奸淫、偷窃、贪婪等各种各样的祸害，这些祸害飞速地散落到地上。

而雅典娜为了挽救人类命运而悄悄放在盒子底层的美好东西"希望"还没来得及飞出盒子，奸猾的潘多拉就把盒子关上了。

人性不就是这样吗？束缚得太紧，人就会萎缩，失去生命力；毫无束缚，肆意张扬，人的动物性的一面又会恶性膨胀。这不正如潘多拉手中的那个魔盒吗？打开就放出了邪恶，关闭又封住了希望。

唐华健事件后，市场安静了一段时间，这期间，我老妈来海城看望我。老妈来海城一趟不容易，下午，我把美美也叫上一起逛街。为了给老妈好印象，我拉着美美去买好看衣服。刚买完一条时尚的白纱裙，我又把美美拉到西服柜台，点了一套最高级的礼服。

"我不要。"美美对我说，"犯不上，我从来不穿礼服。"

"我要。"我说，"我要你穿。"

"那就买套一般的吧。"

"不，就买最好的。"我坚持。

一天之内，美美逛遍了全城的商店。在一家高级美容店，我把剩下的钱全部用去作美美的"化妆"。

当她美容完毕从楼上笑吟吟地走下时，真是仪态万方，光彩照人。店内所有等候的顾客都把目光投向她。

美美和我并肩走在街上时，吸引了无数行人注意力。

我很得意，但却忘记了一位诗人所说：人生就像一场舞会，教会你最初舞步的人却未必能陪你走到散场。

"你是不是喜欢露易丝姚？"
"没有的事。"
"或者这么说，你把我当成白玫瑰，她是你的红玫瑰？"
"放屁！"
"哼，每个男人不都是这样想的么，吃着碗里，馋着锅里的？"
"放屁！"
"无言以对，说到你心里去了吧。"
"……"
"臭男人，都一个德行。"
"我不同意你放的每一个屁，但是，我誓死捍卫你放屁的权利！"

美美听罢，怒气冲冲地朝我吼："你脑袋里装的就是一坨屎！"

我想都没想直接挑衅道："那你就是说，你是一坨屎啰？！"

争吵的后果是冷战，这持续了一段时间。

那时候由于全球能源危机，人们对新能源的渴求变得更加迫切。安平集团也传达了新投资策略，要求众投资总监关注新能源领域的投资机会。

2008 国际风力发电论坛 6 月在丹麦哥本哈根市国际会议中心登场。风力发电世界级领导厂商共聚一堂，包括（全球第一）丹麦 Vestas、（全球第五）印度 Suzlon 及（中国第一）金枫科技到场热烈交流。

我被安平集团派去现场参加会议，并寻找潜在的投资机会。风机龙头 Vestas 总部位于丹麦，该国风力发电历史最为悠久，为全球使用风电比例最高的国家，逾 20%以上的电力供应来自风力发电。

另两位主讲者印度 Suzlon 及中国金枫科技分别为亚洲风力发电两大主要市场。会议间隙，我认识了金枫科技的副总裁，交换名片后，双方对潜在的投资合作机会比较有认同感。

这样，本次的旅程，有了个阶段性成果。过了前 2 天的精彩，第三天的会议是设备供应商的展示，我兴趣不大，便打定主意要在狂烈的冷风中欣赏着这个北欧明珠。

一走出酒店，漫步这个陌生的城市，虽然风很大，但是心依然热情澎湃，因为又可以体验对新事物的探求！

一路跟着感觉走，很快就发现自己走入一个很大的花园中，稀少的市民们带着狗在锻炼，跑步，早晨的阳光懒洋洋地从角落里洒向这片树林，春天在被动的、慵懒的揉着眼睛！原来这是一个很著名的公园，我仿佛被眼前的景色迷住了，特别是阳光洒在罗森堡宫的时候，甚至忘记了此刻手脚都冻得冰凉。

在我看来，哥本哈根实在是有点无趣的城市，精致但无特点。打个比方来说，哥本哈根就是那种好学生，家境好，成绩也好，长得好看，爱干净又讲礼貌，可就是有点无聊。

说到底，我还是喜欢那些略微有点出格的城市。哥本哈根本身跟巴塞罗那有点类似，但后者因为诞生了高迪这样不世天才，立刻焕然新生。哥本哈根并非没有天才，但安徒生并没有拯救这座城市本身的气质。

精致但缺乏新意的建筑，礼貌但保守自持的市民，平淡的色彩，昂贵的物价，吹得人站不稳的风，感觉都有些拒人于千里之外。

从火车站走出来，趣伏里乐园 （Tivoli）近在眼前。没有迪士尼乐园的北欧人只能去这里解闷。每年冬天，听着当地人大喊着"去趣伏里咯"那个兴奋劲儿，我都替他们觉得委屈。就娱乐来说，北欧可是地道的第三世界，除了喝酒撒疯，玩什么都外行。

顺道去到了赫尔辛格，这个位于哥本哈根北面44公里的港口城市，城市西北部的克隆格堡作为莎士比亚笔下的哈姆雷特的舞台而闻名于世。传说中的故事就发生在这里，当年那个名叫哈姆雷特的王子就是在这里发出了"生存还是死亡"的呼喊。

沙翁笔下那些经典的台词，几百年来震撼人的心扉。

"哈姆雷特在克隆格堡的偏厅大喊：这是个问题。究竟哪样更高贵，去忍受那狂暴的命运无情的摧残还是挺身去反抗那无边的烦恼，把它扫一个干净。去死，去睡就结束了，如果睡眠能结束我们心灵的创伤和肉体所承受的千百种痛苦，那真是求之不得的天大的好事。去死，去睡。

哈姆雷特在克隆格堡的楼梯上抱怨：顾虑就使我们都变成了懦夫，使得那果断的本色蒙上了一层思虑的惨白的容颜，本来可以做出伟大的事业，由于思虑就化为乌有了，乌有了，丧失了行动的能力。

克隆格堡外，御前大臣布鲁内斯对他儿子雷阿提斯的一番话：你还在，雷阿提斯，上船上船，真是的你船上的帆都鼓满了风，人家在等你，得，我为你祝福。有几句教训对你来说务必要记在心里。不要想到就说，也不要随便想到什么就做。待人要和气，但是不要轻佻。首要的是对待自己要忠实，犹如先有白昼才有黑夜，要这样才能对人也忠实。再见，祝你实现这番话。"

带着"to be or not to be"，带着好奇，我进入迷宫，亲眼看见了她。像很多欧洲的古建筑一样，红砖构造，时光在墙壁上留下暗黑的痕迹。哥特式的尖塔指向天空，屋顶和塔楼的尖顶由于氧化作用呈现出绿色。墙壁上往往有一些人物和动物的浮雕，完整或者不完整。高高的塔楼，而只在建筑的中间屋顶有个小小的钟楼，它阴暗的走廊，仿佛回到中世纪宗教至上的年代。漫步其间，感受到的全是阴郁和沉闷，不知是莎士比亚受到这城堡氛围的影响，还是悲剧情节先入为主了。城堡高高耸立在距离市中心几百米的厄勒海峡入湾处，向蔚蓝的海洋中伸出的一个小小半岛上，是一座巨大的四方形的文艺复兴风格的城堡。周围有护城河围绕，像很多城堡一样，只有一处桥可以进入城堡。远在十五世纪的时候，外国船只通过这条狭窄的海湾时，都要向国王缴纳通行税。在护城河的内侧城墙上，四面都有一排小炮，具有很强的防御功能。远远在几公里以外就能看到城堡的四个塔，他们并不是规则地矗立在城堡的四角，有三个是这样，而最高的一个号角塔在南边城堡的内侧具有战斗警报的功能；西南角的是电报塔，最初是炮楼；东南角是信鸽塔。

城堡院子中央的原先美丽的喷泉被海盗当战利品劫走了。城堡十七世纪经历过火灾，十八世纪经历过战争，主要的财产毁坏。城堡东南侧建筑是个小教堂，中间的装饰难得地保存完好。还保存了一些当年的珍宝。巨大的厨房曾经为整个城市提供面包。更大的阴暗潮湿的地下室原来驻扎过兵营，据说当年的生活艰苦，供水困难，就供应同样难喝的啤酒，一星期吃一次蔬菜。

帆影点点，天空湛蓝，白云游弋，海风清凉，有人在垂钓，有人在练习潜水。窄窄的海湾里船只往来翕忽，有私人游艇，运动帆船。转过头回望这座已经屹立了几百年的建筑。

"to be or not to be"，其实也就是一瞬间的事。仿佛从来没有过金戈铁马。

游走在城堡里，难免会联想起当年生活在这里的囚徒，经济学上也有个著名的"囚徒困境"。

囚徒困境的故事讲的是，两个嫌疑犯作案后被警察抓住，分别关在不同的屋子里接受审讯。警察知道两人有罪，但缺乏足够的证据。警察告诉每个人：如果两人都抵赖，各判刑一年；如果两人都坦白，各判八年；如果两人中一个坦白而另一个抵赖，坦白的放出去，抵赖的判十年。

于是，每个囚徒都面临两种选择：坦白或抵赖。然而，不管同伙选择什么，每个囚徒的最优选择是坦白：如果同伙抵赖、自己坦白的话放出去，不坦白的话判一年，坦白比不坦白好；如果同伙坦白、自己坦白的话判八年，不坦白的话判十年，坦白还是比不坦白好。结果，两个嫌疑犯都选择坦白，各判刑八年。如果两人都抵赖，各判一年，显然这个结果好。但这个显然办不到，因为它不能满足人类的理性要求。囚徒困境所反映出的深刻问题是，人类的个人理性有时能导致集体的非理性——聪明的人类会因自己的聪明而作茧自缚。

囚徒困境，用一句话概括，就是个人最佳选择并非团体最佳选择。

在整体环境不好的时候，如果唐华健选择遵守游戏规则，他无疑是吃亏的，既没有利益，口碑也不好。如果唐华健选择跟随，同流合污，则一旦被查处，受损更大。这是个两难选择，后来华夏大地上掀起的足坛反黑，则是这个囚徒困境更大的解释！

生活常常会发生意想不到的重复，昨天和今天，现实和梦境，有时你会发现峰回路转，景色相同。

唐华健事件的受益者之一，是胖子！他被正式提拔为基金经理，薪水涨了2倍，胖子乐得哈哈大笑。

胖子搬家了，搬到新买的公寓里。在海城，静安区的房子，价格高挺！年轻人能在这里买房，就算是成功人士了。

胖子买的公寓在静安区新闸路1124弄也即沁园村。这里很有来头，据传是海上名门望族盛家的产业，一幢幢三层小洋房历经七十多年的岁月，如今依然光洁如新、典雅幽静。

沁园村口的铭牌仿佛把记忆带到了三十年代，当年年仅25岁的影星阮玲玉难抵可畏人言，吞服大量安眠药在此告别人间，惊动了上海滩的街头巷尾。

胖子住在15号楼，而9号楼是阮玲玉曾经居住过的旧居，据9号楼的邻居介绍，当年的茶叶大王、超级粉丝唐季珊弃别女演员张织云，用十根金条买下了这幢小洋房送给阮玲玉，一楼是阮玲玉接待朋友和客人的客厅，二楼则是她和唐季珊的卧室，三楼由她母亲和佣人居住。

这幢三层小楼，见证过阮玲玉的欢情美梦，也见证了她的伤情恶果。七十多年的岁月沧桑，抹不去一代又一代粉丝们对阮玲玉的追忆，每年清明时节，阮玲玉的粉丝们依旧会带着鲜花来这里祭奠，纪念他们心中的偶像。

胖子搬家那天，我带着一帮人，路过9号楼，不仅思索道：倘若阮玲玉在另一个世界看到粉丝们对她的怀念之情，是否后悔不该在花季妙龄就匆促撒手人间、如青烟飞逝？

胖子的新屋确实牛！进屋转了一圈后，我奇怪地问："胖子，你住这么大房间干么？"

"嗨，你不懂。"

"四室一厅的房子，就你一个人住？"我显得很吃惊。

"是啊，怎么了？"

我顿了半天，才道："你打扫得过来吗？"

"我一周请家政公司打扫两次。"说完这句话胖子已经换上围裙，往厨房走了。我跟在他后面，"你一个月多少工资？？（到底是买还是租的？）租这么大的房子，还请家政公司，你不会也老鼠仓吧？"

"你管那么多干嘛？快出去，客厅等着。"胖子一边说，一边把我往外面撵。

我坐在客厅的沙发上苦等了一个小时，饿得前胸贴后背时，终于看见胖子端着一大白瓷碗走出来，同时闻到鲜香扑鼻，我抹了把哈喇子，赞道："看不出来你除了会炒股，还会做菜，难得，难得。"

胖子脸上洋起一阵得意，"吃完了再夸我吧。"他一边替我盛饭，一边问："诶，你和美美最近如何？"我嘴里包满了饭，含糊地答道："还不错吧，美美像这鱼，味道鲜美，你呢。"

"没戏，女神没戏，得找备胎。"胖子一脸地失望。我咽下一口饭，饶有趣味地看着胖子，笑道："你不就是女神的备胎嘛。"

大概是在想心事的缘故，我忘了自己吃的是鱼，还没怎么嚼就往下咽，于是我理所当然的被鱼刺卡住了喉咙。胖子夹完菜抬起头，看见我正表情痛苦的做吞咽动作，脸憋得通红，他立马明白是怎么回事了，赶紧起身给我倒了一杯水，递到我手里。

"这么大个人了，吃个鱼还能卡住，真是的。"胖子既着急又关切的看着我。

我喝完了整杯水，仍然不见好转，张了嘴却只发出一些沙哑的怪声。胖子越看越着急，却不知道该怎么办，这时候门外突然传来敲门的声音。

"小胖啊，你在家吗？这个月的电费我帮你垫了，告诉你一声。"门外一个中年妇女喊道。

胖子似乎听见了希望，快步走到门口，将那中年妇女拽进来，口中慌忙道："刘阿姨，您快帮帮我。"

那刘阿姨开始也是一头雾水，待进屋后看见表情痛苦的我，又看了看碗里吃剩的鱼，瞬间明白怎么回事，于是她双手将袖子一捞，大声吩咐道："快去厨房拿醋来！"

胖子哪敢怠慢，小跑着去厨房拿来一瓶黑色的东西出来，准备递给我，刘阿姨见状阻拦道："这样给他喝没用，要用灌，让我来。"说罢便操起醋瓶走向我，手脚麻利地搂起我的脑袋，拇指和食指往脸上一按，嘴巴立马张开了。她打开瓶盖便往我的嘴里罐，灌了半瓶，见我的表情更加痛苦，觉得不对劲，于是把瓶子往鼻孔凑近了一些，"嗨——这是酱油！"

胖子闻言脸顿时红了，"那我再去换一瓶。"

刘阿姨大手一挥，"来不及了，过来搭把手，把他倒着提起来。"

一听这话，我眼泪都快掉下来了，慌忙夺路，冲进了卫生间，干吼了一阵后，才扶着墙走出来，"我，我没事了……"

那天的事，让我有一种不好的预感。也不知道啥原因，想起了美美。

出差新疆几周，我业务繁忙，觉得冷落了美美。于是，为美美带回一件珍贵的礼物，这是被称为"四大名玉"之一的玛纳斯碧玉.

玛纳斯碧玉又称天山碧玉，产于准噶尔盆地南缘的玛纳斯县南部山区天山雪线一带，是软玉里的一个品种，从色彩上看，有青绿色、暗绿色、墨绿色和黑绿色之分；这种碧玉玉质仅次于和田玉中的羊脂玉，可以与和田玉中的青白玉及墨玉等媲美。

玛纳斯碧玉多用于器皿制作，也可用来雕刻挂件、人物、花鸟等首饰和玉石品，历来是玉雕工艺品的上乘之选。

美美仔细端详这块玉，它的质地细腻如墨绿色凝脂，通身没有瑕疵。在美美眼中，闪亮登场的玛纳斯碧玉，恰如新一轮初升的太阳，像朝霞般放射出万丈光芒，美美非常喜欢。

我半开玩笑对美美说："这块和田玉，就象征着我们呀，合合满满。"

奇怪的是，美美没有答话。

次日，美美遇到闺蜜露易丝姚，本想炫耀下自己的宝玉，却发现闺蜜心情不佳，就忍住了。

露易丝姚告诉美美，她想放弃自己辛苦打拼出来的事业，去北京找她男朋友，她怕距离会把他们的爱情扼杀于萌芽状态。

美美问她他们的感情是否稳定，值不值得她这样冒险，她回答不知道，两个人只是在相亲的时候见过一次，确定了恋爱关系后男友就回北京工作了，两个人的"爱情"是靠互联网和手机建立起来的。这个男人的条件非常好，是一家企业高管，这是让她心动的地方，她认为这样的男人适合婚姻。

美美让她再考虑一下，为一段不确定的爱情放弃自己的事业，是一件极其愚蠢的事情，不管对方多么优秀都不能冲动行事。她最后的决定是继续和他网恋，但不久后，她就宣布北京男友已经成为过去式了，因为靠电话和网络恋爱缺乏一份真实感，男友提出分手，她同意了，两个人的"爱情"就这样不了了之了。

露易丝姚并没有寂寞太久，另一个男人向她发出了爱的信号，大她六岁，长得很帅，谈吐得体，更难得的是他还是个公务员，只是可惜他是个"二手男人"还有一个十岁大的儿子，她有些为难不知道该怎样抉择，如果接受了他的求爱，那么就意味着结婚后她就要扮演后妈的角色，她怕自己无法胜任这一角色，接受还是拒绝？拒绝了还能遇见这样适合结婚的对象吗？

听露易丝姚说完后，美美叹了口气，完全理解闺蜜的心情和境遇。在爱情世界里，举得起放得下的叫举重，举得起放不下的叫负重。可惜，大多数人的爱情，都是负重。。

其实露易丝姚的心态和大多数"恨嫁女"一样，随着年纪的逐渐增长，越来越不安，怕自己成了大龄剩女，觉得被剩下来是一件很没面子的事情，有人示爱的时候就开始感到焦躁，患得患失，想得最多的是对方是否适合结婚，而忽略了一个最大的本质问题，那就是这个适合婚姻的人是否适合自己。

美美觉得，一个好的结婚对象很难遇见，不好好把握就是对不起自己。但不要忘记，婚姻并不单单是"适合"这两个字就可以诠释出来的，有时候适合婚姻的那个人并不一定就适合自己。

很多人到了一定的年纪就开始恐慌，觉得自己已经被剩下来了，没时间去玩"情感游戏"，要么不交往，要么交往了就必须以结婚为目的，把恋爱硬生生地"嫁接"到了婚姻的藤蔓之上，也不管"嫁接"以后会结出一颗怎样的果实，先告别单身再谈其他！

美美感叹道："唉，这男人呀，就像大学食堂里的菜，虽然难吃，去得晚了居然没了！

美美点点头，说："记得张爱玲曾说过：为生活结婚，和妓女没什么两样，所不同的是一个批发，一个零售。这无疑是为结婚而结婚的举动做出了最好的诠释。

想要结婚，婚前的磨合是必不可少的，就像同样是 37 号的鞋子，未必就适合同一双脚，也许大了，也许小了，只有等鞋子和脚互相适应了，才会有真正的'适合'，婚姻亦是如此，所以想要结婚，就先恋爱吧。"

我感叹道："男女考虑问题的逻辑是不同的，有时很难理解对方。男人永远无法了解女人，就像男人永远不知道痛经是一种怎样的痛，女人永远无法了解男人，就像女人永远不知道蛋疼是一种怎样的疼。"

女人喜欢钱，这个我也能理解。但幸福是不是完全等同于钱？或者说两者高度正相关？

追求幸福是穷与富平等的权利，美女开名车，住豪宅，穿时尚服装，那都是需要付出代价的。

尤其是出身名门富豪家庭，从小就要受到高等的教育，全面培养：礼仪，社交，博览群书，经商。

豪门之外的人，羡慕里面的生活，很多人都想挤破头，进去享受。但其实，豪门家规深似海。

他不是那么容易进去的，学历、背景、身世、家庭情况各方面都会受到查验，中国由古至今一直是讲究 "门当户对"，多少不对等的人，最后都是劳燕分飞啊；如果真的想进去，那么至少也要有资本才行：学历、才能、品位……

一直以来我都觉得《罗马假日》才是自己最喜欢的电影，很多人看完后，都会希望女主角赫本和男主角派克，应该有个完美结局，但影片展现的现实是不可能的，位置、背景，所有的一切都不是在一个层面上，所以最终是一个美好的回忆……

所谓完美，就是你发自内心的接受不完美。

第十八章　中国没有巴菲特

2008 年下半年，发生自美国次级房屋信贷危机，席卷全球。投资者开始对按揭证券的价值失去信心，引发流动性危机。

即使多国中央银行多次向金融市场注入巨额资金，也无法阻止这场金融危机的爆发。半年后，这场金融危机开始失控，并导致多间相当大型的金融机构倒闭或被政府接管。

最初，受影响的公司只限于那些直接涉足建屋及次级贷款业务的公司如北岩银行及美国国家金融服务公司。一些从事按揭证券化的金融机构，例如贝尔斯登，就成为了牺牲品。2008 年 7 月，全美最大的受押公司瓦解。印地麦克银行的资产在他们被紧缩信贷下的压力压垮后被联邦人员查封，由于房屋价格的不断下滑以及房屋回赎权丧失率的上升。当天，金融市场急剧下跌，由于投资者想知道政府是否将试图救助抵押放贷者房利美和房地美。2008 年 9 月，已是晚夏时节，虽然联邦政府接管了房利美和房地美，但危机仍然继续加剧。

"现在的调整，不是正常的经济周期，而是一种根本性的系统重建；以往那种繁荣是建立在一种错误的基础上，你再也不能把繁荣建立在那样的基础上"。投资"大鳄"乔治·索罗斯（George Soros）如此分析之后高呼"狼来了"。很快，金融危机席卷全球。

危机引爆国内股市从 6 千点大跌，开始了漫长大熊市。我："哇，大海，这次比上轮熊市还跌得惨呀，"

大海："那倒未必，2001 年到 2005 年是慢熊，指数下跌空间不大，但个股大面积跌幅达到 90%甚至更多。2008 年是快熊，大面积的个股市腰斩再腰斩，跌幅达到 75% 以上。但要说杀伤力，2001 年到 2005 年更大。"

我："不过有些高手还是很厉害的，尤其是私募的，比如我师兄郭靖。"

大海："那是，2005 年以前那一批成长起来的人，控制力很强，大熊市基本毫发无伤，2008 年大熊还能大赚。不超强的根本无法度过那五年慢熊。最近几年成长极快的年轻人，理解力很强，市场最有效的模式很快就能学会。入门很快，赚钱的速度也很快。但控制力上稍差，有些隐患，碰上时间长一点的熊市要出大问题。"

那段时期的市场众生像：

某证券公司，A 女。接电话，长叹一声：哎，依靠股市发财的梦想破灭了，安心工作吧。

某建筑工地上，扛着一捆钢筋的 B 男，四十多岁，相貌丑陋，歪脖子站着，咧着嘴，对旁边人说："套牢啦，套牢拉。"

一家院子里，一个孩子在哭，一个女人双手叉腰，脸上的表情多云转晴变化着，面带狞气。对一个蔫了巴几的男人喊："叫你当初别买股票吧，现在亏这么多，怎么向老娘交代，孩子上学怎么办。"

众多的画面被一阵风吹扬而起，纸一样在天空中翻卷着，变成了涌动的云团。

安平集团办公室，吴冬衣放下手中报纸，感叹："滥用金融杠杆制造市场泡沫让价格虚高，有人并在其中谋取巨额利益。"

我："危机未必都是坏事，美国在 1933 年大危机以后，出台了《格拉斯—斯蒂格尔法》，实行严格的分业监管和分业经营。在随后近 60 年里，美国金融业得到了前所未有的发展。"

德福："股市大跌，受苦的还是散户呀！"

我："农夫和蛇呀！"

某医院，病房。某私募大老躺在床上："唉，完了，6000 点，这一辈子都看不到了。"

安平，办公室。吴冬衣放下手中报纸，感叹："某私募大老病逝。"

我："可惜了，间隔 13 天，投资界两位名人接连病逝。一位是私募元老大红投资董事长因罹患肝癌实施换肝手术失败而辞世，年仅

44 岁；另一位是公募大佬，公司投资总监孙孟强因消化道出血引发的失血性休克不治身亡，年仅 41 岁。"

在公募基金的办公室，我来看望黄大海。大海常说，他点背，刚进这行是 2000 年，进入了苦熬 2001—2005 漫长的长熊，经过 8 年厚积薄发，好不容易刚接手操盘，就是 2008 的巨熊，我安慰他说，也许这是天将降大任于他。

"最近几个大佬的事，听说了么？"我问道。大海站在窗前，叹口气："他们学会了从容地投资，却没有学会优雅的生活。"

我："我觉得后者相比前者更重要些吧。"

大海："有时侯，说着容易，看着别人加班，我能不加班吗。"

大海："我经常收到研究员半夜发来的调研报告，他们白天调研，晚上加班在第一时间完成调研简报。"

大海喝口水，继续："每次我坐飞机，都能遇到我们的同行，这个行业的竞争非常激烈的。许多私募公司则有过之而无不及。"

我沉默了，大海对旁边一个助理说："旺盛的精神状态，还有强烈的赚钱欲望，都很重要。没斗志了，状态立马下降，操作的质量甚至还不如小散户。不要相信什么资历越老水平越高的鬼话，一脱离市场就是个门外汉而已。"

我回到自己的办公室，几个手下正商量晚上吃什么。黄伟显然对附近酒店的餐厅已经探得很熟。中餐厅、韩餐厅、火锅餐厅和咖啡厅，说起来如数家珍。他说这里的餐厅据说都不算太好。晚上如果是找一个环境幽雅的去处，一般是西餐厅最宜，于是他提议去吃西餐。

我权衡半天，最后一想，那就吃西餐。黄伟马上从沙发上跳起来，兴高采烈地说："OK！"

于是我们兴冲冲地出了大门，拦住一辆桑塔纳，一头钻进汽车，跟司机说了句："海鸥饭店。"

出租车行驶着，电台里播放说："大家好，我是范范，范玮琪！"司机师傅："现在结巴也能上电台！"大家哈哈大笑。

一转脸的工夫就到了，饭桌上菜很快，一会就上齐了，味道不错，大家食欲大增，纷纷开始动筷，开怀畅饮。

第十九章　食品安全

　　时光进入 2009 年，一场三聚氰胺的闹剧，震动了整个华夏大地，国人前所未有的关注食品安全。

　　4 月的某日，天阴。早上起床，我用二甘醇牙膏刷了牙，用氟砷自来水洗了脸。我坐到了餐桌边，喝一杯黄曲霉素牛奶，吃一笼盐酸克伦特罗瘦肉精包子，嚼了两口苯钾酰馒头。

　　我抬头望窗外，路上灰蒙蒙，阴霾严重，我心里琢磨，相信用不了多久，大街上的三个人种就一目了然：戴防毒面具的是外国人，不戴面具的是中国人，坐在配置远大牌空气净化器的奥迪 A8 里横冲直闯的，是官员。

　　我坐到电脑桌前，因为好奇，百度一下中国到底有多少头奶牛：大概有 1300 万头吧。一头奶牛淡奶季和旺奶季平均下来每天最多可挤 10 公斤奶，但除去绝奶期只有 250 天可挤……也就是说，一头奶牛一年可挤 2500 公斤奶，全国 1300 万头一年可挤 3250 万吨也就是 325 亿公斤奶。假设中国只有 1/4 的人群也就是 3.25 亿人喝奶，每人每年可分到 100 公斤奶，如果每人每天喝半公斤，只够每人喝 6 个月多点……6 个月多点！那其余时间我们喝的奶，是哪儿来的？

　　对面新开张的火锅店有着时尚的名字——HOW DO YOU DO，翻译成中文名字不会陌生，"好毒油毒"。中午带着冬衣去尝试了一下。我俩坐在火锅桌边，我点了一盘甲醛白菜、汞蘑菇，他要了一份福尔马林牛百叶、二氧化硫金针菇，我不甘示弱又加烤了一串溴酸钾小馒头。

　　他瞪我一眼，加要了一份次硫酸氢钠甲醛粉条和十二串刷了上等鲜肉精的牛板筋……

席间，话题又牵扯到地沟油。冬衣提起报纸上一篇《围剿地沟油》文章，引起全国各媒体炒作"地沟油上餐桌"新闻的势头。一时间，全国上下人人闻油色变。在我看来，从下水道捞出来的废弃食用油脂（地沟油）根本就无法上餐桌，也从来没有上过餐桌。当然，根本原因不是监管得力，而是加工技术不过关！

因为要想用低于食用油的成本将地沟油加工成外观近似食用油的假冒油有几大难关难以逾越：一是臭味难除，二是杂质难除，三杂色难除，四是动物油脂外观难加工成植物油外观。而这几关过不了的话，就根本无法在市场上销售。都过关，技术做不到，成本也太高。冬衣听闻后，点点头，得出结论说口水油才是大概率。

第二天在单位食堂吃饭，大家又在讨论这个问题。

我看着众人，振振有辞说：地沟油都是卖给工业用的，粗加工的地沟油人类根本不能下咽，而地沟油上餐桌是极个别人泡制的惊天大骗局。最近例子是海南地沟油事件，现在调查结果出来了，原来那些油是卖给茂名一间化工厂，但新闻造谣的结果是造成了社会的恐慌，乱抓人，又不向社会道歉，这就是媒体的丑态。

吴冬衣也若有所思，回应道："真正的地沟油应该是一些餐厅、火锅店对材料的循环利用而已，这样才解释得通，不过这样也够让人恶心的了。"

黄伟早就看不惯这些现象了，虽然自己比较胖，平时饮食很注意，但也气愤说："批量生产的地沟油，假鸡蛋和人工带鱼是不可能的，至少目前来说不可能，科技和成本达不到，但是劣质的是会有的，质量很差，同样不能吃。"

我听闻，点点头，继续分析说：现在社会上很多老百姓还没有区分什么是地沟油、潲水油、口水油这些油的概念，在老百姓眼里，已经把几种油的定义合成一种，就是地沟油，就是不能吃。

其实，地沟油、潲水油、口水油还是有区分的，要严格打击的是口水油，这种油确实流进了老百姓的餐桌，严重危害了老百姓的身体健康。

冬衣有个好朋友就是开餐厅的，平时也有耳闻，说："其实餐饮业一般都是简单制作一个回收装置，在处理剩菜的时候，就把一部分剩菜里的油回收了，那个油一般只是有酸辣味，气味有一点，但是不会臭的，如果又拿来做菜，一般吃不出来，尤其是用来烧味道很大的菜。"

一周后，在安平投资办公室，几个人开例行讨论会。

吴冬衣："雷总，这边有个项目，我一个在会计师事务所的同学，上周在浙江审计一家净水器制造企业，了解到他们在考虑引进私募。"

我："这个行业好像还可以，环保概念，呵呵，公司行业地位如何？企业发展到啥阶段了？"

吴冬衣："这个还不清楚，我让同学打听一下。"我："嗯，好的，再打听下业内评价，靠谱的话，咱们去拜访下。"

这项目由于有环保背景，我比较关心，几天后，项目有了回音。

吴冬衣："雷总，上次那家净水企业，项目不错，公司在行业处于领先地位，美誉度不错，本次融资主要是解决净水器核心部件滤膜制造项目。"

我："嗯，是还行，让你朋友搭个桥，咱们去拜访一下，对了，再了解下企业发展到啥阶段了？本次计划融资多少。"

吴冬衣："好的，啥时候去比较合适呀？"

我："我看，下周有安排了，就两周后吧。"

吴冬衣："OK。"

那段时间，全国投融资非常活跃，不到两天，又有了一个新的项目消息，这次是黄伟从自己的私下渠道打听来的。

黄伟："雷总，最近湖南也有家酒厂在私募，筹备上市，要不要去看看。"

我："酒类上市的，比较多了吧，它在行业里如何。"

黄伟："资料我看过，它做黄酒的，不过在行业里，排不进前5。"

我："先看看资料吧，再了解下市场。"

吴东衣："我比较熟悉苏州和上海，黄酒的主消费区，很少看见其产品。"

黄伟："那我再详细了解下。"

第二十章　净水翘楚

又过了两周，各人都在忙自己手上的活，该讨论前述项目的进展了。

例会上，我总结说："通过上两次的企业考察，及外围调研，整个净水行业目前发展迅速，尤其是当前社会水环境污染比较严重，应该说该项目发展前景不错。公司在行业处于领先地位，保持一定的先发优势和品牌效应，再说，最近食品安全日益突出，饮用水安全也是个重要领域。下面主要谈谈问题。

一是独立性，公司还有个纯净水项目，需要剥离，监管层最看重公司独立性了。另外财务不规范，往来账，大股东占款，都是需要解决的，这个德福负责解决。"

李德福："好的。"

我："员工社保问题，改委批复和土地证照，这几个问题，冬衣负责去了解。"

吴冬衣："知道了。"

我："黄伟研究下膜项目技术、市场可行性，大家加快推进项目。"

项目组一起："是。"

例会结束后，我去向领导汇报，几个手下站在过道上闲聊。冬衣在海城生活了很多年了，感觉也很一般。路上巨堵；挤公交长期被人踩脚、弄伤手；地铁人多得让人心慌。工作压力也很大。房子总是因为各种原因就得搬家。冬衣没有说海城不好，只能说海城是当今发展的一个缩影，发展太快了，所以让人喘不过来。

不久，黄伟负责去弄的大地山河初步调查资料过来了，大家兴致勃勃讨论起来。黄伟："资料我看过，它做黄酒的，号称毛利率高于行业平均水平10个百分点，销售均价高出行业龙头2倍，人均产能甚至高出300%。"我："不可能，做黄酒的，龙头是金枫酒业、古越龙山，我都很熟悉，它不太可能这么强？一家远离黄酒主要消费区域、产销量排名连国内前5都进不了的企业，有这么强？我感觉不靠谱。"黄伟："我也觉得资料有问题，那就先搁一边。"我："如果是真的，那就是奇迹，这怎能不让人好奇！"

我感觉不放心，让黄伟去复查一下，核实真假。一周后，黄伟交过来核查结果，然而，黄伟的小聪明毛病又犯了，核查过程非常毛糙，我看着很恼火，烦躁地开口问了一句："大地山河公司情况如何？项目有没新消息？公司有没信息造假？上下游的关联企业怎么说？"

黄伟听到这种连珠炮似的刨根问底，闷了一会儿，没好气地说："都在资料上写着。"

屋里沉默了片刻，我开口，说："资料我看过，个人觉得很多部分，还有不清楚的地方，你们觉得呢？"

黄伟这时插了一句："他们都看过，都觉得资料足够了。"

我见他情绪有缓和，就又往深里说下去："你不是冬衣、德福。你代表不了他们。"

我虽然说得不客气，但在理，冬衣和德福开始点头同意。黄伟犹豫片刻，终于说："要不，让他们再发点资料过来。"

冬衣没有搭他的腔，沉默不语。我显然是不想再度谈僵，适时补充说："再弄仔细些吧，关键不是要他们发资料，而是我们自己要复核。"

"我觉得已经够仔细了，没必要复核了。"黄伟这样一说，我的话有点不客气了，"安平是个认真踏实的公司，安平不养懒散的员工。"

我的口气听上去好像挺轻松的，其实话说得很重。屋里一下子像被这句话打哑了，没人再吭声，气氛显然已经非常僵了。德福这会儿也放下来屏息去听动静。好半天才听到黄伟没好气地说了一句："那就再去复查嘛。"

这场谈话不欢而散，可能是黄伟的少爷脾气上来了。我走的时候，他甚至没有送出会议厅。我的脸青着，离开房间时看到王莹进来，只严肃地点了一下头。

冬衣没跟着一起走，他把黄伟从里屋叫出来。黄伟没精打采地从里屋出来。

冬衣建议他坐下来，告诉他事关重大，马虎不得。黄伟说好好好，随你们安排。再进行调查日程的安排，这其实早就定了，是我看完资料不满意，根据资料选定的。我要求大家打起精神，不要想当然，在外出调研活动时，要听从冬衣的指挥，如此等等交代了一番。

黄伟看着我，说绝对服从冬衣指挥，争取把事情做好。

然而，事情果如我所料，大地山河的 IPO 申请被否定了，巨大的造假震动了市场。这是后话，暂且不表。

工作虽然繁琐复杂，但那段时间，我的心情还是开心的，自己觉得和美美的关系比较融洽，感觉希望就在前方。我开始筹备新居，经常往宜家家居跑。但美美似乎一直有啥心事，总是情绪不稳，心事重重。

又是一个周末，美美和我推着车，在人流中默默地走。

"你什么时候把家具搬来的？"美美问。

我得意洋洋说："最近几周，我都在忙家具的事呀，有功劳吧。"

进了新居，美美眼睛一亮，见原来空荡荡的室内已摆上了那套共同挑选订购的组合家具，而且经过粗粗的布置，有点像个家。美美扭脸看我："你找谁帮的忙？"

我垂着眼睛声调刻板地说："上午找露易丝姚几个帮的忙。本来早就想告诉你，可你手机没通 ……"美美就什么也没说。

我伸手搂过美美："还生我气呐？"

美美偎在我胸前，嘴一撇要哭，十分委屈的样子。

我冲动地想说些温柔的话，叹了口气，终究什么也没说，松开她，走到组合柜前，轻轻抚那上面光洁明亮的油漆。

"这面上的漆打得还可以，里边活儿有点糙。我没太挑，想想这可以了，能面上光看得过去就算可以了。"我跟过来，站在美美身边轻轻说。

"不错不错。"美美说，"不能再高要求了。"

"我想在这儿放一盆吊兰，让它从上垂下来。这个玻璃柜放酒具高脚杯，这几格子放几本书。"美美兴奋起来，指指点点地对我说着她的设想，"再买些小玩艺儿小玩具动物四处一摆，整个调子就活了。"

"嗯嗯，挺好，就按你说的办吧。"

"我说咱买什么样的窗帘好？"美美兴致致勃地说，"我想来想去还是自己勾个'蕾丝丝'好看，和这套家具配得起来。"

"窗帘还不能完全图好看，还得多少能遮点光。"

"那就再买块鹅黄的'摩立克'挂在里面，都不耽误。"

"闹不闹得慌？"

"那你说什么颜色好？"

"我说……算啦，就按你喜欢买吧，我也不知道什么合适。"

我察觉到了美美情绪的变化，小心看着美美脸色说："你是不是又累了？累了就躺下歇会儿吧。床垫子买回来我就擦过了，挺干净。"

美美没吭声，走到长沙发旁坐下来，仰靠在沙发背上。

我走过来，在美美旁边侧身坐下，凝视美美。

"别理我。"美美喃喃地对我说，"让我静会儿。"

我无声地起身离去，旋又无声地在美美面前的茶几上放了一杯水。

我抖开一条新床单，铺在床上，用手把裙子抚平。从立柜里拿出一对新枕头，拍松，并排放在床头，又拿出两条新毛巾被整整齐齐叠放在床脚。

"你怎么，今晚打算住这儿了？"

我停住动作，垂着眼睛一动不动。我那神情使美美无法再说什么。簇新的提花枕巾上，缕织着并蒂莲和鸳鸯的鲜明图案。

"你没生我气吧？"黑暗中我轻声问道。

"没有。"

"我再也不跟你闹了。"

"……我也未想过怪你。"

"真的么？"

我恭恭敬敬地贴过去，手主动地寻找摸索。

"热。"

"不怕热。"我在美美耳边低语。

美美找着我的手，紧紧攥着不让我动，我就用身体缠住美美。我的腿几次搭上去都被美美挡开。

"你怎么啦？"我焦灼不满地说。

"我不想！"美美用力地推开我，猛地翻身坐起，拧亮台灯，下地找着一枝烟点上吸，第一口就把她呛得连连咳嗽。

美美回头看了我一眼，我也从床上坐起，不解地瞧着美美。

"咱们得谈谈了。"美美走到沙发上坐下，抽了几口烟说，"必须谈谈了。"

美美垂着头，咬看嘴唇，片刻，仰起脸，意外地显得镇定、平静。

我顿时紧张起来。

"你是不是另外有人了。"我说这话时内心是痛苦的，但从外表一点也看不出来。

"是的，可能你太在乎工作吧，我们不合适。"美美艰难地说，"我又认识了一个帅哥，富二代，想重新考虑一下我俩的关系。"

"我不差呀，个子不矮，海城财大的研究生。你说我在乎工作，我也是为了咱们将来有个保障呀！"我争辩说。

过半天，我又说："他很有钱么？"

"还可以。"

"比我帅？"

"比你帅吧。"

我蠕动着嘴唇，深深地垂下头，抹去额头的汗珠。

"他，爱你？"

"是的。"

"你呢？"

"也一样。"

"那还有什么可说的？随你便吧，我想你也早就决定了。"我情绪一下来了，青筋暴跳。

"我本来想早点告诉你，可，你也知道，我觉得很难说出口。"

"我明天走行吗？"我抬起脸，平静地望着美美。

美美眼中一下蓄满了泪，忙吸了两口烟，嗓音沙哑地说：

"不，你不用走，我走。"

"还是我走吧，反正我暂时也用不着这房子了。"

"你别这样儿。"美美挥去泪，央求我，"你这不是不让我做人了么。"

"我不让你做人？是相反吧？"我盯着美美一字一顿地发问。

美美垂下头。

"你要觉得你走好点儿，那就你走吧。"我说。尽管我的语调仍旧平静，但眼里有东西闪动。

"对不起，我，真的对不起。"美美泪流满面说，"都是我不好。"

"我可以等你，万一你跟他不合适……"

"不，我就是和他不合适也不会再考虑你。过去的事就让它过去，咱们谁都别再想了。"

"不！我不能！我永远要想。"

那一夜两人没有更多言语，我们坐在床边彼此相倚。清晨来临我才睡去，美美让我枕着她的双腿，看我睡得如婴儿一样安宁。

天亮后，她扶我上床盖好被子，自己起身到前边的厨房去做早饭。

饭快好时露易丝姚也来了，见到美美眼睛通红，不由主动表示关切。
"怎么了，昨晚没睡好啊？"

"没有。"美美说："昨晚他不小心从床上掉下来了，我过去帮
他来着。"

露易丝姚又问："他反应如何，对你还好吧？你们过去感情不错，
他是个念旧的人，这一点我最了解。"

关于她和我关系的任何话题，都是美美理应避讳之处，她潦草地
应付一句："啊，还行吧。"别无多语。

露易丝姚却很执著，继续追问下去："还行吧是好呢，还是不好？"

美美不得不正面表态："露易丝姚，我现在都无所谓的。"

到了告别时，我在门口紧紧拥抱美美，美美的骨节被勒得"咔咔"
作响。是啊，是啊，我们既无立约又何来相欠。但美美是欠我的，她
使我的年月窄如手掌，我一生的年数在她面前如同无。

看着我背影远去，两人有些惆怅。"这样做"，露易丝姚向另
一间房走去，随口问道："会不会太残酷了些？"

美美迟钝了一下，回答："只能这样了，也没别的办法……"露
易丝姚脚步走得有点乱，说："你此刻是啥想法？"她们出了屋子，
沿一条窄窄的甬路走进花园。花园里种了些贵妃竹和早园竹，生得干
挺叶茂，深绿撩人。"没啥想法，一片混乱吧……"美美答得相当含
糊，好在露易丝姚也没留意，话题随即转移："花园里有灯，开关在
那边，呆会儿我告诉你。每天晚上一定要检查一遍，看看花园，还有
每个屋子，看看灯都关了没有，看看每间屋子的门都关好没有，注意
安全。""噢。"露易丝姚亦步亦趋，听随美美到处指点，绕出花园
以后，两人去了客厅，在客厅分主宾坐下，从那天起，露易丝姚便搬
进去和美美一块住起来。

那之后，我有很长的时间，没有见到美美。我便索性专心工作。
一个入春以来最为晴好的日子。上午，我们一行三人按约前往杭州湾
工业园区。一路驱车，通过了杭州湾跨海大桥。这是一座横跨中国杭
州湾海域的跨海大桥，北起嘉兴市海盐郑家埭，跨越宽阔的杭州湾海
域后止于宁波市慈溪水路湾，是国道主干线同三线跨越杭州湾的便捷
通道。

大桥全长 36 公里，这个长度，比连接巴林与沙特的法赫德国王大桥还长 11 公里，超过了美国切萨皮克海湾桥等世界名桥。

公路上穿梭往来的车辆和谢塘、盖北集镇旁的非机动车、行人十分稠密，以至于我们不得不放慢车速并不时踩一踩刹车。

不一会，来到工业园区，路两旁熙熙攘攘的行人、林林总总的商店正是园区企业生产景气的外在反映。当传统产品利润空间受挤压的时候，新产品开发成了应对良策。

绿景环保公司的车间是全市面积最大的生产车间。车间里弥漫着热腾腾的水蒸汽。陪同我们前往的公司管理部经理夏平额头上沁出了细细的汗珠。隆隆的机器声里，一堆堆白坯布亮得耀眼，布的一端连着机口，像被吸面条一样迅速吞进机肚。

"这是第一道水过滤 PP 棉制作工序"，"这是第二道的定型工序"，"那边是验货区"，"再过去是交货区"。夏平边走边介绍，尽管我们大着嗓门说话，仍被隆隆的机器声淹没。

我环顾了整个车间，横宽直长的大车间颇具气势。夏平说，这里共放置了 70 台左右的机器。一开始的时候，这 70 台机器占据了整个车间。为提高生产效率，公司将机器摆放场地缩减到半个车间，多出来的半个车间作为堆货、验货、交货的场地，这样，生产环节之间的距离缩短了，场地的利用率也提高了。

我第一次考察厂区，访谈了几个职工，总体感觉很不错。一会儿，绿景环保董秘钱润祥带着助理胡英，前来会面。

双方寒暄后，我说："钱总，厂子规模很大呀。"

钱总："雷总，我们现在员工规模 2 千多人呢。"

我："嗯，不错，现在该行业发展势头很猛，唉，主要还是环境水污染比较严重，国外需要这玩意就少些吧。"

钱总："他们也需要的，我们也出口，不过他们主要是改善水的口感。"

我："听说你们新建了厂区。"

钱总："对的，在园区东边，安排了下午去看。"

我："呵呵。"

钱总："不瞒雷总，这次私募，一方面是解决滤膜制造项目，另一方面也是解决新厂区的资金缺口。"

我："了解。"

钱总："滤膜制造项目是个长期提高过程，今后上市了，募集资金还是继续提高。"

我："是呀，这块核心技术，不提高，我们的本土就解决不了高端制造问题呀，老依靠进口，解决不了根本问题。"

我："我个人是支持这个思路的。"

钱总："哈哈！"

初次访谈结束后，冬衣和黄伟又分别调查了国美、苏宁，专卖店，以及行业专家。

（国美、苏宁店内）吴冬衣："服务员，这些产品销售如何呀？"

服务员："还不错，现在人们对健康还是很看重的，不能老用身体做过滤器吧！"

（专卖店内）黄伟："用户怎么评价呀？"

服务员："总体还可以吧，回头客人瞒多的！"

大约一月后，外围的准备资料和调查都基本弄清楚了，团队里各成员对绿景项目都充满信心。我觉得时机成熟了，就带队去绿景公司第二次考察。

这次，对方表演了核心技术，啤酒过滤成水，这坚定了我投资该项目的信心。钱总现场演示啤酒过滤成水，只见一杯雪花啤酒从设备口倒进去以后，约莫半分钟，过滤成干净的纯净水，没有一点啤酒味道，下面掌声一片。

我："钱总，这技术不错呀。"

钱总："雷总，不瞒你，我们这技术在中央电视台播出过呢，《新闻联播》也采访过。"

我："嗯，不错。"

钱总："我们新上项目，就是突破国内滤膜这项关键项目，目前在和相关高校合作。"

就在考察绿景公司的同时，一家商业银行考察大地山河厂区和销售地。在岳阳这个大地山河的"大本营"，除本地少量超市能见到极少数的古越楼台酒出售以外，批发市场、大型超市都难以找到大地山河的产品。众多业内人士对该公司"销售量大幅注水、收入利润虚增、高端产品勾兑、虚构行业地位"提出质疑。

就在那天下午，故友董文文美国归来，我热情接待了这位移民的老同学，回国一月匆匆，用董文文的话说，像个赶通告的明星，每天各种聚会各种饭局，当然也各种欢乐各种累。

董文文说，十年没回来了，回来后有点找不着北，尤其是头一周，连家门都摸不清。等到稍微适应些了，又到了返美的日子。

国内大街上看不到公用电话了，下飞机以为还跟以前一样找个街边电话亭就能打，结果被人耻笑了，还是乖乖的去买了张手机卡。

闺蜜带去富桥洗脚，闺蜜跟洗脚的师傅说董文文是第一次洗，洗脚师傅脱口而出一句："哪里来的人哦，连脚都没洗过？"

当场被鄙视，董文文脸红了。去商场买东西，销售员左一声"美女"右一声"亲"，才明白原来国内现在流行这么叫顾客。

去外面吃饭，饭前不流行上茶了，改上各种玉米汁啊，花生汁啊，喝了下，还不错。

外面吃顿饭比从前贵很多，回去请家里的亲戚吃了顿饭，两桌，花了三千多 RMB，还不含酒水钱，董文文跟美国的朋友一说，大家说"都吃些啥啊，500 美金在美国够吃一个月了。"

国外的各种奢侈品牌在国内基本都能买到。

董文文去了一家 Burberry 店。一条羊绒围巾标价 4900RMB。旁边来了一位女士，上来轻松拿了一条就去结账，董文文只叹，国内的有钱人真多。同样的羊绒围巾美国标价$375。从上海浦东机场返美，开出租车的师傅年龄很大了，人也 nice，下车的时候特别多给了小费，师傅那个高兴劲真是别提了，可见国内贫富差别还是很大，有钱的人买奢侈品眼都不眨一下，但辛苦讨生活的人也不少。商场里的其他国货也很贵，和国内的物价比起来，美国真是购物天堂。十年前刚去美国，董文文一买东西前把价格先乘八，换成 RMB 觉得美国东西好贵。十年后在国内一买东西前先除个 6，发现美国东西真是便宜到惊人。

国内人热衷于购房，亲戚家朋友家一般手里都好几套房子，没房产没安全感。国内人都很忙，人人都忙，不忙没有存在感。城市也比过去干净，变化很大，漂亮。国内能感受到亲情人情，家人，朋友，很温馨。

国内人热衷于自己创业，很有奋斗精神，但也很浮燥，要在国内的大环境下保持内心的平静，坚持自己的价值观应该很不容易。相对的，美国的华人安分守己，乐于现状，更倾向于小家庭生活。

那边董文文在倾述，这边我在思索，移民是个围城呀，这问题我纠结很久了，每次正经考虑的时候，都是进退两难。

看着手里的项目，我叹了口气，先把绿景项目做完，移民的事以后再说吧。

第二十一章　风投狂潮

绿景项目的进展，有喜有忧。考虑到其处于绿色环保领域，再加上饮用水安全问题日益突出。

综合比较，这仍然是团队手上最值得推进的项目。但是，那几个核心的问题，又让我不胜其烦。

深夜，我思考良久，犹豫不决。自己不仅想起师父当年留赠的三个锦囊还剩余 2 个，遂起身，到保险柜处，取出锦盒，端正地拜了三拜，然后打开第二个锦囊。

这个精囊是一个绿色的绸缎袋子，内固封密札，我小心翼翼地打开来，见上面写着 3 个字："抢，先机。"

我第三次带队考察绿景公司，鉴于前两次考察情况，我不想过多的纠缠，以免浪费双方时间。

在会议末端，我强硬提出，安平投资入股的前提，是绿景公司必须剥离冰川水业务，归还大股东占款，补交部分职工社保。这三个核心问题，这也是影响公司规范发展的阻碍。如不解决，我方就拒绝进一步推进投资。

正当双方对持的时候，市场传出俏东南和江山资本不和，话说私募闹别扭，这事很常见。俏东南主，"引进他们江山资本是我们最大的失误，毫无意义呗。"并称，"他们什么也没给我们带来，那么少的钱稀释了那么大股份。"

我开玩笑道："估计呀，当年江山资本拿了把刀架在了俏东南主的脖子上才签的约。"

冬衣："这场婚姻有点像女方自己修养欠差，偏嫌老公不行嘛。"

话音刚落，冬衣接到绿景董秘钱总电话，他们妥协，最终剥离了冰川水项目，承诺大股东归还占款。

不知不觉，净水项目到过审核会时刻了。秘书处、风控部、项目组、投委会尽数到场。

投委会：企业现金流如何？

项目组：现金流情况不错，最近三年，除了金融危机受点影响，其余时期，都很正常。

投委会：按 EDATTA 算的价格如何？

项目组：初步概算在 8 倍左右。

投委会：企业毛利率如何？

项目组：毛利率在 40% 以上，在行业里算较好的表现。

投委会：从资料上看，净利都在 10% 左右，主要消耗在什么地方？

项目组：主要还是用在销售费用上，行业竞争比较激烈。

投委会：大股东有占款？

项目组：是的，这个项目组一直在和企业沟通，要他们归还和规范。

投委会：这个是原则，要求他们必须做到，可以给予几个月时间缓冲。

项目组：好的。

风控部：企业有冰川水的相关业务，虽然不是直接相关，但也有一定联系。

项目组：是的，企业在考虑剥离。

风控部：是的，从谨慎角度，我们风控部也是这样考虑。

项目组：我们正在和企业磋商。

秘书处：价格战，企业怎么应对？

项目组：价格战一直都有，企业是国家名牌，在竞争中有一定优势。

最后投委会表决，项目因为题材较好，以三票全部同意，一致通过。

签约总是喜气洋洋。绿景，安平，当地园区官员悉数到场，鞭炮响起来，安平创投以一亿资金投资入股绿景环保。

当天傍晚，夕阳落在远处山坡上，那两处摇晃的芦苇叶，像是太阳的两幅眼睫毛，煞是好看。

此刻，我团队的成员们聚在哈魔寺酒吧，他们举杯狂饮，彻底放松了签约时拘谨的表情。

　　我把一大口啤酒吞下肚子，眉飞色舞得意忘形。"这么大的公司，投资安全；环保节能行业，项目形象好；净水行业的龙头，等咱们这项目成功了，将来咱们走到哪儿去，肯定就都能有人认识咱们了！"

　　大家一阵欢笑，一起碰杯喝酒。连一向不苟言笑的德福都笑得额头放光。冬衣意犹未尽，说："没错！以后咱们就专门做龙头项目！"又是一阵欢笑。酣饮至深夜，众人散。

　　黄伟骑着摩托车送王莹回家，目送王莹上楼，然后驾车离去。我微醉着走上楼梯，手机响了，"喂，你是谁……什么，露易丝姚？"

　　我的脚步在楼梯上蓦然停住，片刻之后，我返身跑下楼梯，向小院外面跑去。夜深人静，只见露易丝姚站在远处，不停跺脚，踢踏震耳，天地间似乎都在同一个节奏中震动不停。露易丝姚青春亮丽的脸上，露出焦虑而疲惫的神色……

　　露易丝姚四周被路边的一束路灯光照得刺目。我迷迷糊糊的视线被那束灯光吸引，我隐约看到灯光中站着一个金色的人影，那人影缓缓向我走来，缓缓向我跑来，我认出那就是我梦中的舞蹈女神——美美，正用优美的奔跑迎面扑来。

　　我晃了晃脑袋，待眼前幻影清楚了以后，迎面走过去！不料，露易丝姚看见我，蓦然惊醒，突然扭头跑开，任凭我怎么呼喊，头也不回，我愣愣站在原地，不知所措，扑面而来的只有无边的夜幕。

第二十二章　保荐有踵

大地山河办公室，董事长和董秘谈论包装方案。

董秘："找券商吧，他们是包装总策划师。尤其对于咱们这样中小公司，规模较小，包装手法比较见效。"

董事长："我担心资金缺口较大，业绩增速不是很高，上市通过的机会不大呀。"

董秘："这容易，让几家券商拿出各自的包装方案。"

董事长："那就找一个券商来牵头。让他们提出包装方案。"

安平办公室内，吴东衣："雷总，现在这些流行的包装手法是啥。"

我："也就是财务方面、法律方面、业务方面。"

吴东衣："举个例子。"

我："比如扮靓业绩，会通过虚假销售来增加企业的利润，在这个过程中，律师事务所需要做的，就是让各方签订销售合同。如一家上市企业为了增加收入，会将自己的产品卖给一家经销商，而经销商转手又将该部分产品卖给拟上市公司的大股东，大股东再以原材料等方式将该部分产品出售给公司。"

吴东衣："嘿嘿，真是。"

我："业务包装也是比较常用的手法，比如说有的企业是搞运输的，把它包装成供应链管理，现代服务等，摇身一变为高技术服务行业。还有一些企业原本就属于行业中的子行业中的子行业，原本这个行业就没几家公司，于是为了对其进行包装，就找个中介机构发布个行业调查报告，用数据说明该公司在行业中处于龙头地位，彰显其竞争力，而发审委委员又不可能对每个子行业都很熟悉，所以这样的包装不容易被看穿。"

吴东衣："难怪出现数目众多的'行业龙头'但上市后业绩下滑

快。"

华金国际证券办公室内。

保荐人张文楷："胡董秘，我们是正规军呀，只能在合规前提下适当包装，最多打打插边球。"

胡董秘："说说看。"

保荐人张文楷："比如跨期调节利润。"

胡董秘："呵呵。"

一天下午，某咖啡厅内，我和文楷讨论保荐人，文楷连声感叹，这行有阿喀琉斯之踵。

那个传说我听过，《荷马史诗》中的英雄阿喀琉斯，是凡人泊琉斯和美貌仙女忒提斯的宝贝儿子。

她的母亲忒提斯为了让儿子炼成"金钟罩"，在他刚出生时就将其倒提着浸进冥河，使其能刀枪不入。但遗憾的是，因冥河水流湍急，母亲捏着他的脚后跟不敢松手，乖儿子被母亲捏住的脚后跟却不慎露在水外，所以脚踵是最脆弱的地方，全身留下了唯一一处"死穴"，因此埋下祸跟。

长大后，阿喀琉斯作战英勇无比，在激烈的特洛伊战争中，勇猛过人的阿喀琉斯单挑特洛伊主将赫克托尔，杀死他后拖尸示威。但很快，阿喀琉斯被太阳神阿波罗一箭射中了脚踵——地动山摇的一瞬间，英雄轰然倒地。

因此后人常以"阿喀琉斯之踵"譬喻这样一个道理：即使是再强大的英雄，他也有致命的死穴或软肋。

（大地山河总裁办公室）

A保荐人："曹总，方案拟好了。"

董事长："说说看。"

A保荐人："把利润和收入做得较为好看，毕竟投资者看企业的投资价值主要是看其盈利能力，利润的大幅增长，有利于公司获得证监会审核通过，也有利于公司提高发行市盈率，募集更多的资金。"

董事长："呵呵，继续。"

A保荐人："同时业务包装，夸大行业地位。"

董事长："呵呵，不是夸大，我们一直是领先。"

A保荐人："上下游产业链整合，宣传夸大产品种类，夸大销售渠道能力。把现有五种产品，做大到十余种产品，号称公司独创的大地山河品牌高端江山多娇黄酒。"

董事长："这主意好。"

A 保荐人："最终实现销售量大幅提高、收入利润强劲增长、高端产品突出、行业地位领先的格局。"

董事长有些犹豫道："会不会留下披露不实、涉嫌虚增销售收入等证据呀。"

A 保荐人，拍胸脯："放心，我们有 90% 的成功把握。"

董事长："嗯，那就定你们了。"

A 保荐人："抓紧时间报材料。"

董事长："我看行。"大地山河最终选定 A 券商全全负责包装方案。

与此同时，绿景按照预定计划实施股改，改为绿景环保股份有限公司，敲响上市进程。

大地山河会成功，等候挂牌的消息传来，我和大海讨论，都觉得水好深。

2011 年 3 月开春，绿景股份上报材料。然而，就在大地山河即将登陆深交所的前夜，有媒体发文称其招股书披露不实，涉嫌虚增销售收入等情况。

该报记者对大地山河工厂和市场调查后，发现了其主营产品难觅踪迹、招股书披露不实、涉嫌虚增销售收入等一系列有力证据，监管紧急叫停，IPO 最终被否。

证监会下发罚单：向保荐机构出示警示函，并撤销大地山河项目两名签字保荐的保荐代表人资格。结局超出市场预期，以史上最严罚单画上句号。

等到绿景上报材料，IPO 预审信息反馈，核心问题不多，大家都感到轻松。

我："IPO 有三道坎呀，持续盈利、募投风险、独立性。"

钱董秘："反馈意见上，独立性没啥大问题，多亏听你们的建议，及时完善了公司的治理和规范。"

大约 2 个月后，绿景环保成功实现创业板挂牌，代码 300918。

第二十三章　山岳之老

蹊跷的事来了，大地山河 IPO 失败后，却意外获得两家风投。这两家战略投资者以增资扩股方式，斥资 1 亿元入股大地山河。我和大海讨论此事，大家都直呼看不懂。我考虑到这事和自己也没啥关系，就暂时忘掉了。

话说我有很长时间没有见到美美，期间打她电话也不接。有时，甚至连露易丝姚也找不到，两人像是干什么机密间谍工作似的。

这种情况一直延续着，直到露易丝姚的出现。那天，是一个夜晚，我记得很清楚。

我患了感冒，所以晚上不到十点便上床睡觉。上次生病剩下的药里，大概有扑尔敏的成分，吃过之后便昏昏欲睡。正睡得模棱两可，手机突然狂叫起来，是露易丝姚！

我强睁着眼用手机回电。露易丝姚说她正在内环路附近的一个公用电话亭里，有点情况希望与我见面。

我凭经验感觉到这次可能确有情况，因为露易丝姚的口气不像前几次那样有种没事找事的无聊。地点约在位于内环路华山路立交桥下，那是华山医院所在的地方。我匆匆下楼，拦了辆出租车便向内环路方向开去。

我很快在桥下见到露易丝姚，她却一反常态的犹豫，不作明确表态反而不断地把刚才已经谈到的细节又拿来支支吾吾，仿佛其中有什么矛盾和破绽。

我摸着下巴，看着她，想解读她脸上的迟疑，那迟疑在此时仿佛格外的深刻。最终，露易丝姚才说出让我晴天霹雳的话。她告诉我，美美住在华山医院里，已经送往重症病房。

早在一年前，美美就查出患有全身肌肉萎缩综合症，当时还不严重。但最近几个月情况急转直下，已经危及生命。这是一种怪症状，目前，医学界还没有治疗的方法。

美美在获悉自己患有全身肌肉萎缩综合症的准确消息后，由露易丝姚陪同去住了院。她让露易丝姚瞒着我，并上演了自导自演分手的那一幕。我听闻后脸若白纸，眼如黑洞。

露易丝姚本来是想劝慰我，但话到此处也有些哽咽，"你们已经不可能像过去那样——美美练舞，然后你接她回家。现在，避着人，隔着墙，只能在心里头想着对方，也被对方在心里想着，这样也应该算是幸福的，如果美美病情不进一步恶化。"

我却斩钉截铁地说："不，我不怕什么。我此刻就要见到美美！"

"暂时不行，她在重症监护室，暂时不能见任何人？"

听完这话，我吓了一跳，没想到竟有如此严重了！

我真的吓了一跳，我不由自主地放轻了声音，轻得几乎只有自己听到："你说什么？"

这天晚上，我来到华山医院，美美的病床前，然而，如露易丝姚所说，床是空的，美美还未脱离重症监护室。

一条窄窄的夹道，穿过手术室，那里就是重症监护室。

美美关乎我一生的幸福，但已经被露易丝姚毫不犹豫地泼了一瓢冷水，泼得冰凉透心。

那天晚上，我注视着重症监护室，一直到天亮。

美美住院后过着完全与世隔绝的生活，严格按照医嘱起居，打针服药，进行放射治疗。应该说医护人员治疗的态度是积极的，美美的病情得以维持全赖他们的努力。但"全身肌肉萎缩综合症"是目前人类尚无法控制和征服的，就像花谢日落一样，人类的意志对此是无能为力的。

从露易丝姚留在华山医院，尽心照顾美美的那一天起，她便带着另外一种不同的心情。

她每天很早就来到医院给美美带来可口的早餐。

早餐每天都换花样，豆浆油条、稀饭咸菜、馄饨包子，还有面包水果、奶酪和鸡蛋，均按美美前一天晚上的想法，一一采买准备，然后用保温罐装好，一直送到床前。虽然美美是住在华山医院普通病房，但因为露易丝姚的细心照顾，美美心情尚好。

中午饭就由医院的伙房按菜单派送，简单凑合而已。医院做的饭菜，原料品种不是不好，只是吃的时间一长，口味难保不腻。晚饭还是由露易丝姚亲自送来，也是按照美美的胃口，换样安排。

有时是直接去某家酒楼买了打包。在家做的东西均属粥面小菜一类的家常便饭，在酒楼打包的则多是鱼翅燕窝等营养精品。

那段时间，露易丝姚过得很劳累。好在她从小身体好，所以吃点苦，也不算特别大的事。

露易丝姚如此细心，以至于美美已经不把自己的不幸，算在命运的不公身上，至少她身边还有这样一个贴心的闺蜜。

然而随着病情的逐渐变化，医疗的无能为力，美美已不再对痊愈抱有希望。

露易丝姚有时给美美带来一些消息。她说我投资的那个风险项目成功上市了，上市那天，庆祝典礼时来了很多头面人物剪彩，典礼搞得十分隆重，张灯结彩，鸣放鞭炮之类。

据说彼时全场欢腾，美美听着很安详！

病情迁延至今。任何变化已经不能使美美感情波动，对于美美来说几乎是渴望死亡的到来。

2012 年 1 月 4 日。

记忆里如此深刻的一天，那天，美美正安详地躺卧在病床上。

美美没有听到一点声音，只是看到露易丝姚面对着门突然僵住，接着眼睛湿润了，一言不发地站起来，把美美扶转向门口……

我出现在美美面前，望着她，一言不发。

我手里拿着一束名贵的麝香百合，它淡绿的花蕾昨天才刚刚张开了一个小口，花瓣雪白雪白的，花蕊金黄金黄的，叶片儿碧绿碧绿的。

麝香百合的花蕊丛中一张卡片，上面是那行字：

"'多少人爱你青春欢畅的时辰，爱慕你的美丽，假意或者真心，'只有一个人爱你那朝圣者的灵魂，记得你在哭墙下的虔诚。"

我向美美移步走来，她脸上蒙着白布，严严实实，只露出一对眼珠，像浸于一缸清水的雨花石，纯净滑润……

我静静地坐在她身旁，给她讲了一个故事："相传在遥远的山崖上，长着一株美丽的百合花，还有住在那儿的百合仙子，但只有有缘人才可以看到它，如果心怀不轨的人想去摘它，走到山前，会发现那座山崖消失了，等到走远了，又发现百合依然立在山顶上。

百合已经在这座山上呆了近千年，她希望有一天会有一个真心待她的人来到，为此，她可以忍受无边的寂寞。

有一天，一个男孩听到这个传闻，历经千辛万苦找到这儿。还没进山区，就闻到一股清香，让人精神一振，他仿佛听到一阵银铃般的笑声。来到山顶，一株百合静静的长在那儿，微风拂过，打着旋，像是一个女孩在跳舞。男孩目瞪口呆，无法说出话来。这世间竟有这么美的花，看到它，仿佛看见自己的梦中情人！

男孩在山坡上搭了一个草棚，可以每天看到百合。他给百合浇水，施肥，遮荫，一有时间，他就呆呆的望着百合，目光炽热得仿佛那是他的情人，他轻轻地抚摸着花瓣，像是在抚摸情人的面孔，整天对它喃喃地诉说自己的思念。

渐渐的百合见到他，会打着旋儿，风吹过，还会发出一阵笑声，像是见到他很高兴的样子。一天，百合的身边出现了一个美丽的白衣女孩，这就是传说的百合仙子，男孩的诚心感动了她。跟我走吧，男孩大喜，我会给你幸福的。

百合用那双见过人世悲欢的明眸打量着他，男孩的眼中没有一丝虚假，只有真诚和爱，也许他是可以信任的，百合想已经寂寞很久了，可以去品味人间的喜乐了。

男孩说，让明月和苍山见证我对你的爱！男孩拥着百合说，我永远也不会离开你的，我会慢慢的陪你走遍天涯，会与你一同变老。百合只是依偎在他的怀里，觉得自己不再是一朵飘满不定的云。"

我盯着美美，默默地继续说："你，就是那朵百合，我……我就是……那个男孩。"

美美沉默了一会儿，才做出回应："也许吧，也许我命中注定，要注定凄凉。被关在某处，永远走不出去，用一辈子的时间去体会孤独。"

我为之动容，再次轻声倾吐："我不愿意你这样，看你这样我心里挺难过的，很难受……"

美美说："我认命了，这些天我一直在想，感谢我遇到你，拥有后，再失去，是最痛苦的，原谅那天我对你说的谎话，我不忍心骗你，但其实，你走后，我……我……，也许这就是命运。"

我再度走近美美，我想拉住她的手。

我心酸地看着美美，说"爱情本来就不复杂，来来去去不过三个字，下次再骗我时，不要伤了自己。"

美美幽幽地说："我这样的人，假如在这个世界上消失，没有人会发现，就好比这个世界上从来就没有我存在过一样，一点痕迹都不会留下么?我有时候看着镜子，常常怀疑我自己是否真的存在，还是只是一个人的幻影。"

我说不出话，想了想才哽咽道："没有你说的这么夸张，你要是消失，至少我会发现。"

"你是我手中的风筝，我剪断了线，你才会自由。"美美有些哭腔。

"不，我是你手中的线，即使风筝飞了，我还在你手中。"

"你这样说，我很开心，我留住过一颗心，并且在里面，装进了我的，一辈子。"

"嗯。"

"好的，虽然我一直不相信幸福，但我相信你，你说过要照顾我一辈子，少一年，一个月，一个时辰都不行。"

美美哽咽继续道："我不要死在我不知道的地方，至少，要死在你怀里。"

"别说这些傻话……"

美美的声音越来越小，像是自言自语："嗯……嗯……难怪……他们都说尘世那么美，相守着你爱的那个谁……"

我心里发酸，看着美美怜惜地说："以后，不许你自言自语了，我要陪着你。"

美美注视着我，很安详，她似乎用尽最后的力气，声调也大了起来："记住……倘若有来生……万仞山颠……我定等你再踏烟波月色而来……"

美美面无表情地望着我——

那熟悉的，婆娑着碎银般光华的眼眸，一滴滴水从她眼中流出，淌过她毫无知觉的面颊，点点滴在我轻抚她脸的手上……

当我走出房间时，悲痛使我情难自已，我这一生，"行过许多地方的桥，看过许多次数的云，喝过许多种类的酒。"

却只眷念一个，那夜，哈魔寺酒吧灿如罂粟的美美。

像是被一场梦魇住了，心底急切地渴望抓住些什么，但是我的四肢无法挥动，头脑混乱得无法思考。我不愿从梦中醒来，因为我内心还深埋着希望，真的不想就这样被动地接受事实。

连续几月，我在哈魔寺酒吧的街头巷尾山野酒肆东游西荡，有时醉醺醺绊倒在路边，有时就酣睡在街头的满月下。

2013 年 1 月 4 日。我站在美美的墓地石碑旁边。我尤为怀疑，不敢确信，美美就这么消失了？

想当日，哈魔寺内，我们初相识，一个年少，一个无知。
神说，人生百年，不过白驹过隙。
佛说，弹指挥间，就是霎那永恒。
我说，在乞力马扎罗山顶，回头看见那眼神，便是我永恒。

可她现在分明还是与我同在一片土地上，但的的确确从我的世界消失了。啧，怎么说没了就没了呢？这么容易。

只留块墓碑让我凭吊，站在墓碑前，我深情地唱起那首歌《女人花》，"女人花，摇曳在风尘中，女人花，随风轻轻摆动。"

唱完一曲，我仰头灌酒，忽然觉得有东西碰到了我的身体，长期修炼出的敏锐，使我没有任何迟疑，同一时间内我拔地而起。右臂内弯，右掌划了个圆圈，呼的一声，向外推去。掌风猛烈如涛，夹着一声龙吟，汹涌而至。

一声刺耳的碰撞声回荡在寂静空旷的墓园。
"轰"。

墓地突然闪开了一道月门，发出刺眼的光芒。我犹犹豫豫缓步穿过它，出现在面前的是那间熟悉的哈魔寺酒吧，那夜刺眼的霓虹。

林忆莲的歌声悠远而感伤，一个颀长却又凹凸有致的女子，端坐在那里。一头长而飘逸的卷发披在肩上，那水水的红唇性感而妖媚。

这正是美美呀！

我不敢相信，哆嗦着问："你是人，还是鬼？

美美宛然一笑，说："都不是，我是罂粟。"

我震惊而哀怨地说："你这些日子去哪里了，我好想念你呀。"

"哈，你来啦，你这人，总是在不该消失的时候消失。"

"哦……什么？"我看着美美抿抿嘴，夜的光亮在她脸上水波般荡漾，她的笑靥如绽放的罂粟，妖媚袭人。

美美望着我，默默地说：

"我很喜欢那首《城里的月光》它照在我心上，却不在我身旁。"

听完这些话，我握紧的手骨咯咯作响，我的心里一阵阵地绞痛，美美承受了这么多人世间的孤寂，但她离开时一句也没跟我说过！

我呆呆站在屋里，想起了露易丝姚的话。"美美一直是个被命运抛弃了的女孩子，我记得与她在一起时，她经常当笑话给我听过，讲着讲着，自己就哭了。我不知道该如何安慰她，可能只有你能做到了，因为仅仅你的一句话，美美就会开心几天了。"美美托梦给她，露易丝姚陪她坐了一晚，她跟露易丝姚讲了许多，她说她知道我为什么老是忙于工作，疏忽她的存在。"

我沉默了一会儿，屋里静得能听到烛灯滋滋燃烧的声音。

我不得不垂下头，让散乱的头发摭住我的面颊，因为我的眼里，已经泪水充盈。

因为美美，一直在这个世界充当着一个陀螺的角色而从未自知过，转动的时候以为自己会飞，停下的时候，才发觉满身鞭痕。

注视着美美一举一动，我站在哈魔寺酒吧里，把牵挂的外衣一件件脱下，让思念涌起的热浪炙烤着我的身体……

我紧紧盯着她，那么自然，突然间像是想通了，那该是我最隐秘的，被一层层剥离了的灵魂。

从那以后，我再没看见美美，我满心希望她能在某个时候偶尔出现，我一直在等待，我相信，只要我在这个世界，只要我还与美美在现实呼吸着同样的空气，我的希望就不会泯灭。直到现在，我都没放弃这种信念，而且，更像一件珍宝一样珍视。

2016年，我辞掉了工作，放下了手里的一切杂务，开始了自己的环球之旅，企图从这一切里走出来。

在那漫长的两年时间里：

我在金字塔下的幽暗隧道里，遇到了复活的木乃伊。

在挪威的卑尔根峡湾，有群百年前的疯狂海盗，掠夺了我的小船和藏宝图，把我抛下深海，然后消失在浓雾中。

在太平洋复活岛上，一群蜥蜴人追逐着要吃我的肉，他们似乎在祭拜什么。

在耶路撒冷，连天的炮火，惊动了地下沉睡的神灵，那是魔鬼的外衣么。

在敦煌莫高窟，那副画壁上的美女，竟然走了下来，抓住我的手。

在日本的长崎，有个半支烟、半支眼的老巫婆，预言核辐射即将发生。

在海参崴，那个二战时候，攻克柏林的老兵，为何惊恐着望着我。

在哥斯达黎加丛林里，幽灵蒙蔽我的双眼，我从一只猛兽嘴里逃生，却遇到盘奎蛇的盛宴。

在蒙特卡洛的皇宫赌场，我怀揣2千美元进去，3天后，带着8万美元出来。

在巴萨，高迪的圣家堂，那百年未完工的建筑废墟旁，我竟然偷听到僵尸亡灵的对话。

在东非，在内罗毕，那只乞力马扎罗的豹子，竟然复活过来了。

在林肯纪念堂，那个带着黑色枪支的墨西哥人是谁？为何眼睛紧张望着周围。

在南太平洋，我从万米高空的飞机上跳出，为何前方不远处，有椭圆型不明飞行物。

在ARLES，我看见梵高和高更在争吵，几天后，梵高完成了《星夜》，他举起了枪，朝自己扣动扳机。

在地中海马略卡小岛上，一个千年未还魂女尸却和我同床共枕。

在印度洋，我竟然和海上钢琴师共奏了一曲《土耳其进行曲》。

在北极圈，一只含泪的北极母熊，望着我，护着膝下的孩子，我放下了手里的枪。

在大溪地，一个传说的马蹄部落，那个酋长得意地告诉我："地球是圆的，像橙子"

在落基山下，那是传说中的女树妖么，还是聂小倩？那夜，请将我遗忘。

在马丘比丘天空之城，一个神像竟然开口对我说："不是这样的，不是。"

在百慕大三角附近，天空五色祥云，我遇到了传说中的幽灵岛。

在新天鹅堡和国王湖边，路德维希二世托梦给我，述说那四百年惊情的沧桑，他当年冤死在天鹅湖的内幕，我含泪告诉这个痴情的男人，茜茜公主早已不在人世，第二天早上，几个蒙面黑衣武士，千里追杀我。

我始终坚信，我能渡过那些艰难险阻，逃过那些危难时刻，是因为有美美在暗中庇护。

她一直不曾离开我。从来不曾。

2019 年的初春，我又回到了海城陆家嘴。

20 年，一眨眼就过去了

青春已经收场，那些年少时的轻狂和虚荣，青春里的招摇和买弄，其实，只是一场华丽的外衣。

如今，繁华已经落幕，岁月吹起荒凉的风，在时光的荒崖中，我渐行渐远。

人的命运这种东西，要在它经过之后才能回头看见，而不能抢先跑到前面去。

我抬起眼，看着头顶碧蓝色的天空，那里，一朵云悠悠而过。

突然，那云缓缓地变幻。

竟然幻化出几个字：

"私の爱は、永劫だった、と。"（我的爱，是永劫）

我热泪盈眶，带着哭呛，里面满是无奈，我终究还是放不下，美美是我眼中的沙，我不敢揉，一揉就痛………

我自问：用了多久可以忘记一个人？

爱消失了是否真的回不来了？

人是否有可能再次爱上一个人？

我了解，都说思念的蝴蝶飞不过沧海，是因为沧海那边没有了等待。

只是，偶尔，在一成不变的时光里想起美美，想起她的小恶搞，米饭里埋着的芥末，杯子里的盐水，口袋里的果冻，不过，也就是想想，想想，到底，到底，到底是意难平。

唉，念来去，如水流，徘徊久，叹息浓。

所有的习惯都因美美而习惯。如今，又因美美而不再提及那些习惯。

曾经相见欢，曾经春衫薄，曾经冬衣厚，岁月烟行，那些曾经如凋零的书卷，字迹散落，徒留怅惘。而这怅惘，仍旧令我伤感。

十月初，秋临。

长裤长袖，覆盖光洁的肌肤。

站在阳光里伫立凝视，张开手心看光晕透过树叶间的缝隙刺进双眼。

我又开始怀念，怀念那个爱上美美的秋天。

我着手寻找新的切入点，开始新的征程。

方向在哪里呢？

我不仅又想起师父，想起当年留赠的三个锦囊还剩余最后一个，对！打开来看看。

我小心翼翼地打开背包，取出最后一个蓝色的锦囊，端正地拜了三拜。

打开来，我赫然看见上面写着：

"你也可以写三个锦囊给自己。"

我不禁哑然一笑，抬头看天，感叹。是呀，师傅说得对，我该成长了，不能总是依赖，或者说，精神依赖。

那天，天气阴霾，我记得很清楚，那是一个台风频繁的季节。

我随机漫步，又来到那个熟悉的四合院了。这次，和前几次不同，我似乎翻过了"看山是山"和"看山不是山"的阶段，心境很平和，我望着四合院的大门，似笑非笑。过往的一幕一幕，让我熟悉而亲切，"看山还是山呀"。

就在我扬起手，正准备推开四合院大门的时候，突然，天色阴暗了下来，似乎是起雨水的前兆。

天边的乌云迅速翻涌过来，一阵狂风贴着地面席卷而来，刮起苹果大小的石头呜呜作响，风沙在天空打着旋，呈螺旋状地从天边狂卷而来。

所到之处，人仰马翻，只一会功夫，风沙就随着狂风刮到了跟前。

我睁大了眼睛看着这恐怖的现象，那个神秘的四合院，那些熟悉的门楼游廊，那些院子、四周墙、野藤、天花板、房顶连同干草，一股脑儿被狂风卷起，从地面一扫而光。

"哄哄、轰轰。"

狂风过后，那个曾经神秘而温暖的四合院，消失得无影无踪。我惊骇地愣在当场，久久没有缓过劲来。

经历了一整周的台风肆掠，海城放晴了，各大电台都报送着这个好消息！

陆家嘴街道，眼前已是一派繁忙景象，环顾"品"字形排列的上海环球金融中心和金茂大厦。拥有目前世界最高观光厅的环球金融中心，尽管据称在经济不景气之际"入住率"不太理想，但这并没有影响海内外游客来此登高一览的心情。前来参观的游客络绎不绝，检票口处各种肤色、各种口音的人群排成长队。

我走进办公室，一个同事在聊郁金香：

无论啥时候，社会中的上等阶层总是渴望得到地位的标志，现在是法拉利跑车、游艇和私人飞机。在 17 世纪的荷兰，房屋、花园和鲜花，特别是异国情调的鲜花则是他们向往的目标。那时的郁金香热到什么程度，最疯狂的时候，据说，一名磨房主卖掉了自己的磨房，为的就是一支罕见的郁金香球茎，真是不可思议。

它们的价格以十倍、十五倍、二十倍的速度翻番。狂热波及了全国，各个阶层的人都投入到这场"淘金热"中来，梦想着发一笔横财，作为最富有阶层的商人当然是最先发动的，然后是中产阶级，最后连劳动阶层也加入进来，因为他们看到了这样挣钱是多么容易。

仅仅6天的时间，市场就开始全面崩溃，每个人都迫不及待地抛售存货。曾经繁荣一时的泡沫顷刻间破灭，整个国家的各个阶层都受到了影响。

还有一个同事说巴菲特的故事：比尔盖兹第一次跟巴菲特见面，他觉得他跟巴菲特根本没有什么共同点，所以他只排了半个小时跟巴菲特会谈。但当他们见面后，一共谈了10个小时，可见，这玩意，情商很重要。

一个同事聊利弗莫尔：利弗莫尔一直都是经验不足、年少无知、资金短缺这三种不幸的混合体。利弗莫尔常说，每次违背自己的守则，他一定赔钱；遵循守则，就一定赚钱。纪律，纪律是最重要的！

我问自己：面对贪婪和恐惧，人类是否永远无法从根本上战胜自己？

我站在窗边，透过玻璃墙往外看，我想起了师傅临别时，引用利弗莫尔的那句话：

"投资，像山岳一样古老，里面是人性的恐惧和贪婪，他们像绵羊的基因一样，世代流传，一百年以后，也仍旧不会改变。"

镜头拉远，黄浦江，游船鸣笛。

旁白响起：

太阳底下没有新鲜事，华尔街上演的那些故事，都会在脚下的这片土地上演，只是没有人知道，在什么时候上演，披着什么颜色的外衣。